U0936691

谨以此书献礼

第一个百年奋斗目标实现之年

全面打赢脱贫攻坚战收官之年

国务院国资委新闻中心
人　民　政　协　报　社　编著

脱贫攻坚
央企力量

苏士澍题

中国文史出版社

图书在版编目（CIP）数据

脱贫攻坚　央企力量 / 国务院国资委新闻中心，人民政协报社编著 . -- 北京 : 中国文史出版社，2020.5

ISBN 978-7-5205-2018-8

Ⅰ . ①脱… Ⅱ . ①国… ②人… Ⅲ . ①新闻报道—作品集—中国—当代 Ⅳ . ① I253

中国版本图书馆 CIP 数据核字（2020）第 074156 号

封面题签：苏士澍
责任编辑：梁　洁
封面设计：杨飞羊

出版发行：中国文史出版社
社　　址：北京市海淀区西八里庄路 69 号　邮编：100142
电　　话：010-81136606　81136602　81136603（发行部）
传　　真：010-81136677　81136655
印　　装：北京地大彩印有限公司
经　　销：全国新华书店
开　　本：787mm × 1092mm　1/16
印　　张：21.75
字　　数：320 千字
版　　次：2020 年 5 月北京第 1 版
印　　次：2020 年 5 月第 1 次印刷
定　　价：68.00 元

编委会名单

特别鸣谢：中国石油天然气集团有限公司

目 录

第四章　央企担当　“举”决战决胜之旗

重磅链接

数说扶贫

概 述

瞄准高质量 合力奔小康
国资委和中央企业决战决胜脱贫攻坚

打赢脱贫攻坚战，全面建成小康社会、实现第一个百年奋斗目标，承载着中华民族千百年来的美好梦想。党的十八大以来，我国脱贫攻坚力度之大、规模之广、影响之深前所未有，为世界减贫事业贡献了“中国方案”。

在中国脱贫攻坚战场上，国务院国资委党委和中央企业党委（党组）始终把脱贫攻坚作为重大政治任务，带领广大干部职工全力以赴做好贫困地区帮扶工作，主动作为、加大投入，探索创新精准扶贫模式，努力在决战决胜脱贫攻坚中走在前列、作出表率，高质量完成脱贫攻坚目标任务。

中央企业在自身改革发展任务繁重的情况下，2015 年以来共投入和引进各类帮扶资金 206 亿元，推动扶贫工作取得重大进展。截至 2020 年 3 月初，中央企业定点扶贫的 246 个贫困县中，有 219 个已宣布脱贫摘帽或正在检查验收，约占中央企业定点扶贫县数量的 90%。其中，2 月 27 日—3 月 4 日一周时间内，央企定点帮扶的 25 个县宣布退出贫困县序列。2020 年初以来，至少 21 家中央企业定点扶贫县正式宣布“摘帽”，涉及央企主要包括中核集团、航天科技、航空工业集团、中国石化、中国海油、中国电信、中国联通、中国移动、东方电气集团、中国远洋海运、通用技术集团、中国建筑、国投、中国旅游集团、中国化工、中国化学工程、中国建研院、中国铁建、建设科技集团、中煤地质总局、中国能建等；主要分布在甘肃、贵州、四川、湖南、新疆、陕西、河北、宁夏、内蒙古、山西、海南等地。

全方位推进　央企担当重任在肩

国务院国资委和中央企业扶贫领域点多面广，在承担定点扶贫任务的中央单位中是任务最重的“集团军”——除中央企业定点扶贫的246个国家扶贫开发工作重点县，加上国资委机关对口扶贫的河北平乡县、魏县，约占592个国家扶贫开发工作重点县总数的42%。

在定点帮扶的同时，多家央企还承担了对口支援工作。另外，央企在全国各地的分子公司，还结对帮扶了地方党委政府安排的数千个定点扶贫县（乡、村）。仅南方电网一家企业，就承担了国资委和南方五省区安排的432个扶贫点的对口帮扶工作。中国华能、中国三峡集团分别与云南省、四川省签订脱贫攻坚合作协议，定向帮扶两省少数民族脱贫攻坚，等等。

顶梁柱，顶得住！

脱贫攻坚战打响以来，国务院国资委强化组织领导，在2015年将援疆援藏援青扶贫工作协调小组和委直属机关扶贫工作协调领导小组进行调整，合并成立国资委扶贫开发工作领导小组，由3位委领导担任正副组长，并组建由各厅局、离退休干部局（办）、服务中心和行业协会等单位组成的11个协作组，分批包片对口帮扶。

国务院国资委党委先后13次召开专题党委会传达学习习近平总书记关于脱贫攻坚工作重要讲话和指示批示精神，17次组织召开中央企业扶贫工作专题会议。近三年来，国务院国资委党委书记、主任郝鹏先后多次深入脱贫攻坚重点地区，6次主持召开国资委、中央企业扶贫工作专题会议，提出中央企业要提高政治站位，不断增强做好深度贫困地区脱贫攻坚工作的责任感使命感紧迫感。

在脱贫攻坚实践中，国务院国资委和中央企业不断健全统筹联动、上下协调的扶贫工作机制，形成了许多富有央企特色、行之有效的经验做法。

从工作机制上看，坚持党的领导，组织健全、协同推进的工作体系不断完善。中央企业党委（党组）全部成立扶贫工作领导机构，绝大多数企业由主要负责同志担任领导小组组长，把脱贫攻坚作为“一把手”工程专题部署推进，扶贫任务重的企业专门设立工作机构，推动任务落实。

从发力重点上看，坚持畅堵补短，强化基础、优化设施的夯基力度不断加大。全面加强农村电网，持续完善贫困地区信息通信基础设施建设，加大运力投入、完善航线网络，打造现代农业技术服务平台帮扶模式，帮助贫困种植户降本增收，极大加快了贫困地区现代化进程。

从难点突破上看，中央企业聚焦“三区三州”等深度贫困地区，促长远发展的有效举措不断丰富。累计投入近 60 亿元支持云南省打赢“直过民族”脱贫攻坚战，积极承担甘肃东乡县布楞沟流域整体连片扶贫开发任务，在“三区三州”定点扶贫县援建桥梁，解决 3 万多名易地搬迁群众出行困难。

从扶贫模式上看，不断拓展产业扶贫、消费扶贫的途径方式，展现就业扶贫、教育扶贫的溢出效应，资本运作、基金扶贫的市场化路子也越走越宽。国资委党委还从代管中央企业党费中拨付 4000 万元用于边疆民族地区教育扶贫。

讲担当、讲奉献！

脱贫攻坚战不是轻轻松松一冲锋就能打赢的。为更好地了解贫困地区致贫原因，推动扶贫进程，按照中央统一部署，国资委机关和央企选派了一批又一批优秀干部，“尽锐出战”投身脱贫攻坚战场。扶贫干部在一线，与贫困群众同吃同住同劳动，同甘共苦齐奋斗，向困难宣战，向贫困宣战。

他们中，有国家电网派驻陕西省榆林市米脂县沙家店镇李站村的第一书记张雷威。连续扶贫 19 载，退休之际，李站村 70 多户村民联名向当地政府请求把“自家人”张雷威留下。

他们中，有中国移动派出的挂职干部——西藏自治区阿里地区行署副秘书长、改则县委常委、副县长段玉平。高寒缺氧中，段玉平推进落实中国移动援藏项目 17 个，牵头用好管好过亿元援藏资金，带动 1000 多户贫困户脱贫。

他们中，除了前述获得全国脱贫攻坚奖“贡献奖”的两位扶贫干部，还有荣获全国脱贫攻坚奖“创新奖”的中国海油罗新增、有研集团顾峰毓。

但更不能忘记的是：中核集团胡仁禄，中国电科贾坤，国家电网李俊敏，南方电网罗伟，中国电信和晓宏、李志瑛等 7 位扶贫干部为脱贫攻坚事业献出了宝贵的生命。

国资央企脱贫攻坚的里程碑上，凝结了广大扶贫干部的心血和汗水，深深镌刻着他们闪亮的名字。

瞄准高质量　央企方案因地制宜

脱贫增收，产业是基础支撑。中央企业在脱贫攻坚战中始终坚决落实精准扶贫精准脱贫基本方略，结合企业所处行业领域优势，发展特色产业助力脱贫攻坚，大力培育深度贫困地区内生发展动力。

能源电力央企深入开展新能源扶贫项目——

国家电网、南方电网、中国华能、中国大唐、中国华电、国家电投等在光照资源丰富的地区开展光伏扶贫，将大部分收益分配给村集体和“无业可扶、无力脱困”的贫困群众。

中国国新利用湖北利川县资源禀赋，与中广核合作成立利川风力发电公司，以项目收益反哺其他扶贫项目，辐射带动周边特色产业发展。

文旅央企精心打造贫困地区旅游项目——

中国旅游集团在贫困县打造“美丽乡村”精品旅游项目，把定点帮扶的香格里拉尼西黑陶制作发展为特色体验项目，带动当地村民增收。目前，尼西乡每户做黑陶年平均收入达八九万元。

华侨城集团深耕文旅融合，发掘贵州三穗、天柱两县乃至黔东南州全域旅游潜力，深挖苗侗民族历史文化特色，完善景区运营管理和基础设施，将旅游资源转化为居民实打实的收入。

中国三峡集团充分发挥旅游管理和资源优势，结合重庆市巫山县实际量身定制特色旅游线路、打造特色旅游产品、赠送旅游大巴车（10 辆），累计帮助 200 多户贫困户脱贫致富，带动 2000 余人稳定就业。

相关央企借力“新零售”对接扶贫产品和市场——

中国石油、中国石化利用遍布全国的“昆仑好客”和“易捷”便利店网络，帮助打通扶贫产品销售渠道，仅 2019 年即帮助销售贫困地区农产品 4 亿多元。

中粮集团借助旗下“我买网”的市场影响力和品牌效应，大力推动农产品电商化，实现了扶贫产品与市场需求的有效对接。同时，为农民提供“粮食银行”服务，可减少在自家存储损耗 6% 以上，每公顷节省运费 300 元以上、实现增收 1500 元以上。

更多央企因地制宜走出特色扶贫路——

历经 6 年脱贫攻坚，由华润集团定点帮扶的宁夏海原县于 2020 年 3 月正式“摘帽”。2019 年起，海原华润希望小镇对当地留守回族妇女进行系统培训，180 名留守妇女的剪纸、回绣生产能力逐步提升。同时，华润集团还在革命老区和贫困地区建成 7 个希望小镇，另有 4 个在建，打造了一批具有农业发展活力、鲜明地方和民族特色的社会主义新村镇。

中国诚通发挥资产经营优势，通过政府提供土地政策、企业出资改造设施、引进成熟电商入驻，构建农户 + 扶贫车间 + 电商产业园的产销对接通道。电商企业 2019 年实现收入 5000 余万元，带动用工 140 余人，日均发送快递包裹超过 3 万单。

通用技术集团结合内蒙古武川县道地药材优势，推动所属中国医药公司在当地发展中药材产业，以“公司 + 基地（合作社）+ 农户”的模式，累计投入 1000 万元，建设“通用武川中药材产业示范园”，带动全县药材种植达 2.5 万亩。

航空工业集团引入建设了镇宁县贵州厚诚发科技有限公司等 4 个工业项目落户，培育了以火龙果、澳洲坚果、食用菌等为代表的精品果蔬种植基地和副产品养殖基地。

国家能源集团 2018 年以来持续探索在四川省宁城、普格等县改变“靠天吃饭”态势，带领彝族群众利用阳光充足、早晚温差大发展高寒山区特色种植和特色养殖，其中高山草莓年产 4 万—5 万斤，毛收入可达 80 万—100 万元。

扶志又扶智　央企行动赋岗赋能

“授人以鱼不如授人以渔。”要彻底拔除“穷根”，阻隔贫困代际传递，以就业、教育带动贫困群体观念转变是关键一环。中央企业注重增强贫困群众勤劳致富的自我意识和发展观念，注重传授贫困群众劳动技能和致富本领，推动贫困群众切实从“要我脱贫”转变为“我要脱贫”“我能脱贫”。

这其中，有提供岗位的就业扶贫——中国建材、中国远洋海运、中国化学工程等中央企业多次在定点扶贫县举办专场招聘会，在招聘条件上倾斜照顾，还设置“挖掘机操作工”“装载机操作工”“爆破工”“凿岩工”等专门岗位，月薪达 6000 元以上。

国投在贵州、甘肃举办 6 场境外劳务输出招聘会，组织当地农民到国外就业、学习先进技术。

有“一站式”的帮扶行动——资助学生、援建学校、提升能力、解决就业。兵器装备集团推进物质、心理“双关爱”，开展援建行动（18 所）、助学行动（1.2 万人次）、暖冬行动（1.5 万套被褥），让贫困学生有尊严地接受素质教育。此外，投入近 3000 万元打造“一技在手、一人就业、全家脱贫”的一流汽车实训示范基地。

东风公司通过提供创业资金、技术培训、免费职业教育、开发公益岗位等帮扶方案，为贫困群众增加脱贫选项。

保利集团创办“保利星火班”，对建档立卡贫困户子女开展“订单”“定向”式技能培训，毕业后直接安排就业，取得了“职教一人、就业一个、脱贫一户”的良好效果。

还有面向中小学生的教育扶贫项目，让脱贫、励志的种子生根发芽——中国中铁设计、施工的云南普通高中项目，总投资 63.6 亿元，2020 年 1 月 3 日开工，计划同年 8 月底前投入使用。新建 43 所高中将显著改善云南省高中办学条件。

中国化工设立高中自强班并设奖学金。截至 2019 年，所属蓝星公司累计捐赠 210 万元，共帮助 350 名贫困生顺利完成三年高中学业。同时，捐建小学校舍、捐赠教育物资，并组织古浪 156 名优秀贫困生赴北京参加蓝星国际夏令营活动。

中国一汽投入 1.5 亿元在 100 多个贫困县开展教育扶贫项目，13 万多名乡村中小学生受益。

中国建研院每年组织开展助学济困捐赠活动，向生活困难家庭的中小学生捐赠学习用品，以实际行动体现对贫困学生与留守儿童的关爱。

中央企业“雪域雏鹰央企行”暑期夏令营活动、招商局西藏那曲地区“走出去”帮扶计划等，帮助藏族中学生和学龄儿童走出大山、走进城市、开拓视野，鼓励他们奋发图强，对他们的健康成长发挥了重要作用。

此外，中央企业还实施了一批帮扶和改善民生工程，用心用情温暖人心。

针对张家口市尚义县下马圈乡“老龄化”严重、生活水平低下等实际情况，中国铁建援助 456 万元共建“幸福互助院”，并以互助院屋顶分布式光伏电站收益解决入住老人的生活负担，有效解决 116 户贫困户（其中 90 户是危房户）的居住需求。

中国移动不断完善通信基础设施和宽带接入建设，定点帮扶以来网络建设投资累计超过 1.2 亿元。

中国铁塔协同运营商推进电信普遍服务，累计投入 2 亿元以提高 3 县 4G 深度覆盖水平。4 年来共投入帮扶资金 1380 万元，实施帮扶项目 71 个，助力 3 县 168433 人脱贫。

此外，国务院国资委监管所有中央企业共同出资的央企扶贫基金，发挥国有资本优势引导并带动各类资本到贫困地区支持当地产业发展。截至 2020 年 3 月，央企扶贫基金完成投资 222.7 亿元，撬动社会资本 2100 亿元，带动贫困地区 42 万人直接或间接就业，为就业人口每年提供收入 35 亿元，为地方政府每年提供税收 25 亿元。

决胜总动员　央企智慧贡献力量

行百里者，半于九十。脱贫攻坚越到紧要关头，越要坚定必胜信心，越要有一鼓作气的决心。

2020 年，脱贫攻坚战又遇新冠肺炎疫情加试。

国务院国资委和中央企业在全力支援疫情防控一线、积极复工复产、保障服务经济社会运行同时，统筹推进脱贫攻坚，坚决助力如期打赢打好脱贫攻坚战。中央企业 2020 年定点扶贫各项指标任务已经明确，中央企业努力克服疫情对生产经营的不利影响，承诺对 246 个定点扶贫县投入无偿帮扶资金 32.01 亿元，比上年计划数增加 6.92 亿元。

下一步，国资委和中央企业将进一步强化政治担当，着力出实招、求实效，坚决完成党中央交给的帮扶任务；强化组织领导，坚决做到责任、人员、督导落实到位。强化帮扶举措，着力解决定点帮扶地区贫困人员外出务工受阻、扶贫产品销售和产业扶贫困难、扶贫项目停工等问题，最大限度降低疫情影响；强化重点攻坚，坚持问题导向、目标导向、结果导向，聚焦重点贫困县、重点任务、重点人群，解决特殊困难问题；强化发挥优势，切实发挥中央企业在产业、资金、就业等方面优势和专业专长，进一步提高脱贫攻坚质量；强化成果巩固，保持定力、韧劲和耐性，认真谋划做好接续帮扶推进新生活、新奋斗工作；强化表彰宣传，为决战决胜脱贫攻坚鼓舞士气，营造良好氛围。

“其作始也简，其将毕也必巨。”到 2020 年现行标准下的农村贫困人口全部脱贫，是党中央向全国人民作出的郑重承诺。国资委和中央企业将以更大决心、更强力度帮助贫困地区，为坚决夺取脱贫攻坚战全面胜利、确保全面建成小康社会贡献国资央企力量。

第一章 央企方案

“集”标本兼治之策

东风公司“脱贫套餐”为贫困地区送去“东风”

2020年是脱贫攻坚收官之年，又遭遇疫情影响，脱贫工作时间紧、任务重、难度高，但身为中央直管的特大型汽车企业，东风汽车集团有限公司（以下简称东风公司）如期完成脱贫目标任务不能打任何折扣。在毫不放松抓紧抓实抓细疫情防控的同时，东风公司坚决克服疫情影响，以更大决心、更强力度帮助贫

2019年11月19日，东风公司在广西马山县召开脱贫攻坚现场会

困地区，为坚决夺取脱贫攻坚战全面胜利、确保全面建成小康社会贡献国资央企力量。

据了解，自 2019 年以来，东风公司以习近平总书记关于扶贫工作的重要论述精神为根本遵循，落实党中央和国务院《关于打赢脱贫攻坚战三年行动计划的指导意见》，以稳定实现“两不愁三保障”为标准履行央企责任，实施“赋能工程”、打造“脱贫套餐”，持续定点开展新疆柯坪县和广西马山县的扶贫工作。

自 2013 年定点帮扶以来，新疆柯坪县和广西马山县的经济社会面貌逐步改善，当地收入和生活质量逐步提升，人民群众的精神状态逐步换新。目前，广西马山县已实现 70495 人脱贫，新疆柯坪县已实现 14628 人脱贫，按计划两县均将于 2020 年实现整体脱贫摘帽，东风公司的精准扶贫取得阶段性成效。

在帮扶两县脱贫摘帽的过程中，东风公司还注重充分发挥自身行业优势、专业优势和产业优势，坚持“造血”和“输血”并重，坚持扶智和扶志并举，持续培育贫困地区和贫困人口的自我发展能力，确保脱贫基础不断夯实，脱贫成果可持续。不仅有效地帮助贫困地区脱贫致富，还构建出一套“赋能工程”加“脱贫套餐”东风特色的扶贫模式。

党建引领“四培工程”　助力产业扶贫

党的建设在脱贫攻坚过程中有着重要的引领作用。东风公司始终坚持“扶贫工作做到哪里，就把党的温暖送到哪里”的理念，带领贫困地区群众感党恩、跟党走、奔小康。

在广西马山县，东风公司创造性地将东风集团的党建法宝“双培工程”（把党员培养成业务骨干，把业务骨干培养成党员）拓展为“四培工程”（把贫困户培养成致富能手，把致富能手培养成党员，把党员培养成致富能手，把致富能手培养成村两委成员）。随着“四培工程”的深入，组建和团结立星村两委班子，完善一系列惠及民生的基础设施，动员村干部和党员主动参与土地流转，牵头引进大型企业投资创办农业开发公司，建设扶贫车间和精准扶贫产业

2019 年 11 月 19 日，东风公司在广西马山县召开脱贫攻坚现场会

园，成立了一批壮大村集体经济的专业合作社。

在“四培工程”的带动下，一批先富起来的群众积极向党组织靠拢，先后有 6 名群众递交入党申请书，2 名致富能手被选进了村两委班子。该村村委会副主任覃庆财在东风扶贫干部的帮助下，短短四年时间，由建档立卡贫困户完成到种桑养蚕大户、到致富带头人、到党员、到村委两委成员的蜕变，带动 17 户建档立卡贫困户脱贫。

为彻底斩断穷根，东风公司派驻马山县的扶贫工作队还根据当地气候、土壤特征引进了沃柑产业。在沃柑种植推广上，首先动员村干部和党员骨干带头，鼓励和支持返乡青年回乡创业种植沃柑。目前，马山县已投产果园 4300 亩，产量 6000 吨，产值 4600 多万元。2020 年投产面积将达 8000—9000 亩，预计产量 14000—17000 吨，成为当地农民脱贫增收的重要产业。

东风公司积极向定点扶贫县引进扶贫企业，培育创业致富带头人，吸纳贫困人口就业增收。资料显示，2019 年东风公司引进龙头企业广西马山县华锐生态农业开发有限公司，共计投入资金 2000 万元；引进新疆吉美达工艺科技有限公司共计投入资金 3700 万元；引进两个扶贫车间各投资 100 万。两县共带动 4150 人脱贫，培训创业致富带头人 78 人次，共转移就业 737 人。

教育 + 就业 培育自主脱贫能力

习近平总书记前不久在甘肃考察时说："我国经济要靠实体经济作支撑，这就需要大量专业技术人才，需要大批大国工匠。职业教育前景广阔、大有可为。"职业技术教育扶贫，更是解决贫困地区稳定就业和增加群众收入、阻断贫困代际传递的重要举措。

"教育 + 就业"扶贫模式，就是通过扶贫定向班的形式，与当地职业技

东风公司扶贫地广西马山立星村六麦屯，小学师生们正开展课外活动

柯坪县群众好奇地围观东风公司捐赠的无人机撒农药

术学校进行联合办学，从根本上帮助建档立卡贫困户子弟接受职业教育，实现就业脱贫。“教育”就是零费用入学，对符合条件的建档立卡贫困户子弟，免除全部学费、杂费，每月还能领到公司发放的生活费。“就业”就是零环节就业，学生毕业后全部直接安排到东风汽车集团下属企业工作。“教育 + 就业”模式在东风汽车集团援建的湖北十堰房县获得良好口碑。目前，东风公司与马山县政府已签约，预计 2020 年将招生 40 名，“教育 + 就业”模式将帮助更多贫困学生走向脱贫大道。

为充分发挥汽车产业优势，东风公司先后援助西藏昌都职业技术学校汽车维修专业、甘肃舟曲职业中等专业学校的汽车应用与维修专业实训基地等项目。通过向职业技术学校捐赠教学车辆和教学设备、培训师资、导入先进的教学理念和管理方式，提供实习基地，设立奖学金，优先安排就业等形式，支持和帮助贫困地区学子接受职业教育学习，帮助他们学习汽车维修技能，通过就业实现脱贫，基本在贫困区实现了“零费用入学，入学即就业，就业即脱贫”。

打造“扶贫套餐” 致富成为多项选择

在扶贫地区，东风公司对贫困人口致贫原因进行精准分析，有针对性地推出“扶贫套餐”服务：对于有创业能力的贫困户，积极帮助他们解决资金困难，通过合作入股的形式兴办各类经济合作社，实现抱团脱贫；对于有创业热情的人，通过开展技术培训帮助他们通过发展特色种植、养殖产业脱贫；对于年轻的贫困子弟，为他们提供免费的职业教育，利用东风公司的产业优势帮助他们实现就业脱贫；对于既没文化，又不具备正常劳动能力人群，通过开发护林员、护草员等公益性岗位实现脱贫。“扶贫套餐”为贫困人群增加了脱贫选项，使脱贫途径更广、脱贫形式更多、脱贫效果更好。

在马山县立星村，“扶贫套餐”推动建立 3 个种植、养殖专业合作社，还引进两家大型龙头企业和一个扶贫车间，村民可以选择入股加入合作社或就近到龙头企业和扶贫车间务工实现脱贫。

新疆柯坪，地处南疆四地州深度贫困地区，少数民族人口占比 98%，1985 年被确定为国家级贫困县。东风公司自 2013 年开始对口帮扶新疆柯坪以来，认真学习贯彻习近平总书记关于推进新疆“社会稳定和长治久安”的重要指示精神，把党对边、少、贫（边疆、少数民族、贫困）群众关怀放在心上、落实在行动上。通过对贫困人口致贫原因的精准分析，量身打造具有东风特色的“扶贫套餐”。“扶贫套餐”分别从“项目支持”“合作入股”“企业就业”“技能提升”“开发公益性岗位”“消费扶贫”等方面，针对不同扶贫对象量身定制“扶贫菜单”，不同扶贫对象可以结合自身实际，选择适合自己的“扶贫套餐”服务，从而使扶贫指向更加精准、扶贫实效更加显著。

“以买代捐” 促进群众就业和增收

在消费扶贫方面，为促进新疆柯坪扶贫企业“兴科服饰”发展，东风公司党委发文号召直属党委从该企业采购工装。2019 年，东风公司各级党委已从该企业采购工装 2.8 万套，该企业员工人数增加 3 倍，极大地促进当地群众就

马山县庆财种桑养蚕专业合作社里，覃庆财夫妇工作场景

业和增收。原来的农村大妈变成产业女工，她们通过自己的双手挣到钱，花起来特别开心，自信也表露在脸上。

以前要几十块钱还需看老公和婆婆脸色的女工，现在可以放心按自己所需购物。原来买不了的化妆品买了，原来买不了的衣服买了。“一人就业，全家脱贫”，收入增加的同时也改变了员工的家庭状况，现在大多数员工家里买新摩托车、换智能手机、添置家具家电，有的员工在学驾照，还计划买汽车。

收入提高了、思想观念改变了，党的工作在与扶贫增收的融合中收到良好效果，防止宗教极端思想侵入，占领意识形态主阵地，为保障柯坪县社会稳定做出了贡献，呈现“农民脱贫增收，经济不断发展，社会持续稳定”的良好局面。

东风公司积极发动员工和产业链上下游合作伙伴，通过东风惠购、爱心团购、扶贫县农产品进食堂上餐桌等方式，带动贫困地区产业发展。充分利用东风公司的管理优势，帮助贫困地区规范农特产品标准、质量、设计包装，打造特色农特产品品牌，扩大社会销量，带动贫困户实现增收。

2019 年东风公司计划购买贫困地区农产品 285 万元；帮助销售贫困地区农产品 80 万元。实际共购买贫困地区农产品 798.5 万元，完成任务要求的 2.8 倍；帮助销售贫困地区农产品 397 万元，完成任务要求的 5 倍。

同时，东风公司还利用“东风惠购”和中国社会扶贫网等电商平台，支持和鼓励各单位采购各扶贫点农特产品作为公司员工福利，开展线上线下采购，深入开展消费扶贫。此外，东风公司优先采购扶贫车间产品，积极落实农特产品进食堂、上餐桌工作，在全东风汽车集团内形成人人参与、人人支持消费扶贫的良好氛围，逐渐形成全价值链参与的扶贫体系。

据了解，2020 年东风公司将继续着力实施“扶志扶智”工程，为长效脱贫提供内在动力。积极落实“四培工程”“教育 + 就业”模式，增强脱贫攻坚的内生动力。持续加大产业扶贫力度，聚焦“输血”向“造血”转变，以优势特色产业为依托，重点开发广西马山沃柑产业、新疆柯坪庭院经济等具有地方

柯坪县供销联合社的吾守尔正在为电商平台打包黄杏

特色品牌和产业模式。通过引进龙头企业、扶持开办合作经济组织、援建产业基础设施等具体措施，为当地的经济发展提供强有力支持。

习近平总书记指出：“从实践看，疫情或灾害对减贫进程会产生影响。我们必须采取有效措施，将疫情的影响降到最低。现在，脱贫攻坚政策保障、资金支持和工作力量是充足的，各级干部也积累了丰富经验，只要大家绷紧弦、加把劲，坚定不移把党中央决策部署落实好，完全有条件有能力如期完成脱贫攻坚目标任务。”

2020 年是脱贫攻坚和全面建成小康社会的收官之年。面对新冠肺炎带来的不利影响，东风公司将持续深入学习贯彻习近平总书记关于扶贫工作重要论述精神，积极履行央企责任，始终担当责任，进一步加大力量投入。坚持做到“三个不减”：即资金投入力度不减、干部投入力量不减、帮扶措施不减，提高脱贫攻坚工作合力，激发内生动力。全力帮助定点扶贫地区打牢脱贫基础，实现贫困人口持续增收。重点突出党建引领扶贫工作，突出发挥产业优势，突出实施“赋能工程”、打造“扶贫套餐”，确保高质量收官，以总攻冲锋的姿态投入下阶段工作中，确保不获全胜，决不收兵。

更多扶贫内容请扫描 

寄语 2020

党的十八大以来，东风汽车集团有限公司深入学习贯彻习近平总书记关于精准扶贫、精准脱贫的重要讲话和重要论述精神，深入贯彻落实党中央、国务院关于打赢脱贫攻坚战的重大决策部署，把脱贫攻坚工作当作重大任务，结合帮扶地区实际情况和特点，充分发挥公司产业优势，开拓新思路，探索新措施，积极实施“赋能工程”，打造具有东风特色的“扶贫套餐”。

在东风公司“就业扶贫套餐”中，发挥东风优势，援建汽车应用相关专业，推广“东风技师班”等，形成“教育+就业扶贫”新模式，实现了“入学即就业，就业即脱贫”“一人就业，全家脱贫”目标，也实现了用人单位定向培养、有人可用的双赢局面；在“农业扶贫套餐”中，发挥东风农业机械优势，促进农业机械升级，提升了当地农业机械的自动化率；在“消费扶贫套餐”中，通过集中采购、电商平台、农特产品推介会等多渠道方式开展消费扶贫，带动帮扶地区产业发展。

在决战决胜脱贫攻坚之际，东风公司将坚持以习近平新时代中国特色社会主义思想为指导，深入贯彻落实党中央、国务院决策部署，以必胜的信心、一鼓作气的决心，迎难而上、真抓实干，助力受援地区如期脱贫，展现东风的责任与担当。

——全国政协委员，东风汽车集团有限公司党委书记、董事长 竺延风

企业名片

东风汽车集团有限公司简介

东风汽车集团有限公司是中国四大汽车集团之一，总部位于华中地区最大城市武汉。其前身是1969年始建于湖北十堰的“第二汽车制造厂”，经过五十年的建设，形成了“立足湖北，辐射全国，面向世界”的事业布局。现有总资产3256亿元，员工14万多名。

2017年11月4日，国家工商行政管理总局公告，原东风汽车公司名称变更为东风汽车集团有限公司（下文简称东风公司）。2017年11月14日，原东风汽车公司完成工商变更登记。

东风公司主营业务涵盖全系列商用车、乘用车、新能源汽车、军车、关键汽车总成和零部件、汽车装备以及汽车相关业务。事业分布在武汉、十堰、襄阳、广州等国内20多个城市，在瑞典建有海外研发基地，在中东、非洲、东南亚等区域建有海外制造基地，在南美、东欧、西亚等区域建有海外营销平台。

东风公司建设发展近半个世纪以来，积淀了厚重的科技与文化底蕴，构建起行业领先能力。研发实力雄厚，目前已形成以东风公司技术中心为主体、各子公司研发机构协同运作的复合开发体系，东风公司技术中心是国家级“企业技术中心”、国家一类科研院所、国家级“海外高层次人才创新创业基地”。其次，自主品牌丰富，拥有自主品牌乘用车、商用车、新能源汽车、纯电汽车等，形成多元化协同发展的格局，并把握汽车产业轻量化、电动化、智能化、网联化、共享化发展趋势，努力把东风建设成为具有全球竞争力的世界一流汽车企业。

东风公司经营规模超过400万辆，位居中国汽车行业第2位；销售收入超过6000亿元，位居世界500强第65位、“一带一路”中国企业100强榜单排名第33位、中国企业500强第15位、中国制造业500强第3位。

扶贫手记

作者系新疆维吾尔自治区柯坪县盖孜力克镇玉斯屯喀什艾日克村第一书记张王扬帆

昨天凌晨接到上级通知，说今明两天很可能会有大风扬沙的极端天气，让各村做好防风准备，之前村里刚组织村民完成了210个小拱棚的盖膜工作，为了不被大风吹掉，连夜组织村干部和村民一起给小棚绑防风带，一直忙到凌晨两三点。

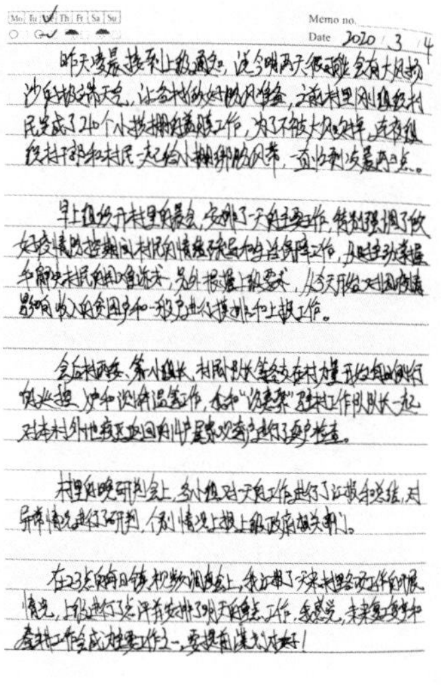

早上组织开村里的晨会，安排了一天的主要工作，特别强调了做好疫情防控期间村民的情绪疏导和生活保障工作，及时主动掌握和解决村民的困难诉求，另外根据上级要求，从今天开始对因疫情影响收入的贫困户和一般户进行摸排和上报工作。

会后村两委、第一小组长、农民小队长等各支在村力量开始每日例行的巡控、入户和测体温等工作，我和“访惠聚”驻村工作队队长一起对本村外地疫区返回的14户居家观察户进行了逐户检查。

村里的晚研判会上，各小组对一天的工作进行了汇报和总结，对异常情况进行了研判，个别情况上报上级政府相关部门。

在23点的每日镇视频调度会上，我汇报了一天来村里各项工作的开展情况，上级进行了点评并安排了明天的重点工作，我感觉，未来复工复产和春耕工作会成为主要工作之一，要提前谋划才好！

作者系广西壮族自治区马山县白山镇立星村原第一书记沈拥军（2019年11月任期满，已离任）

今天是个让人高兴的日子，我们村最让人牵挂的一家人——韦广文户终于搬进了易地搬迁的新家！一个支离破碎的家庭终于走上了正轨，让人感慨万千！

韦广文，多年尘肺病，配偶精神不正常，儿子才2岁多。这样的家庭是我们工作队和村两委最牵挂的。一年多来，为了改善这家人的生活状况，我们多方联系精神病院，同时积极协调帮助办理他老婆户口转入，申请低保救助，为了改善生活环境，我们尽力帮助申请易地搬迁。

感谢东风志愿者们，他们捐出了他们的出差补助，帮助解决了韦广文新房的水电安装及墙体粉刷资金；感谢我们村外出务工的老党员莫群全，倾力相助，一个人出资，帮助建设，并带人上门完成门窗、厨卫灯安装，并配齐基本生活设施，还向村两委承诺，一定让这一家人过一个幸福快乐年！更要感谢东风驻马山副县长刘宏涛，他亲自多方协调，帮助韦广文在新家附近找到一份保安工作，为这一家拥有了一份稳定的收入来源！

一个人的力量是有限的，只有充分发动社会各方的力量，我们的扶贫工作才有可能做得更好！

驻村工作没有周末。

早上起床，在路边小店吃了一碗当地特色的炸粉，我先来到外托屯韦三吉、覃乃周以及马鹿屯韦茂新户。这三户提出危房改造申请，我要出入户进一步了解情况，宣传危改政策，同时告诉他们要为镇里负责危改人员入户检查提供方便。之后，来到马鹿屯的贫困户莫耀初家里。莫耀初的儿子 18 岁，现因家里装修辞职在家，女儿读小学二年级，还有一位老母亲患有残疾，一家人暂时都靠莫耀初每月 1500 元的打零工收入维持生活。由于家里有两个劳动力，不符合低保户申请条件，我鼓励他儿子就业时以学技术为主，掌握一门技术后，再求长远发展。

下午，我来到连乐养羊专业合作社。前段时间因合作社负责人技术

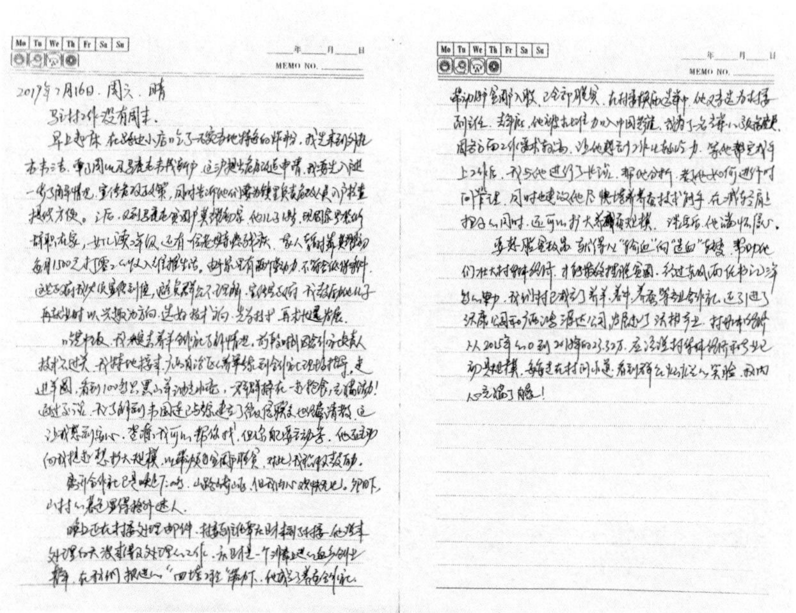

不过关，我特地接来广西自治区养羊专家到现场进行了技术指导。走到羊圈，只看到100多只黑山羊长得油光水亮，一群群地挤在一起抢食，充满了活力！通过交谈，我了解到他已与专家建立了微信联系，也经常与专家在微信里请教。这让我感到安心。资源我可以帮你找，但关键是你自己要主动学。之后，他主动提起想扩大养殖规模，带动更多的贫困户脱贫，他这个想法我非常支持。

离开合作社已是晚上7点多，山路崎岖，但我内心欢快无比。夕阳下，山村的暮色非常的显得格外迷人。

回到村委，吃了碗面条，正在处理邮件，村委副主任覃庆财来到了村委，他是来处理白天的工作。覃庆财是一个非常上进的返乡创业青年，在我们推进的“四培工程”带动下，他先成立了种桑养蚕合作社，之后被群众选举进了村委，现在也成为了预备党员。因为各方面工作要求都很高，让他感觉工作比较吃力。我帮他分析，教他时间管理，建议他尽快培养出懂养蚕的技术能手，在减轻肩上担子的同时，还可以扩大养殖规模。

要想脱贫致富，就得从“输血”向“造血”转变，帮助他们壮大村集体经济，才能最终彻底摆脱贫困。经过东风两任书记三年多的努力，我们村里已成立了养羊、养牛、养蚕等专业合作社，引进了沃康公司和鸿源达公司发展沃柑产业，村集体经济从2015年的0发展到去年的23.32万，应该说村集体经济已经初具规模。每每走在乡间小道，看到村民灿烂的笑脸，我内心充满了自豪！

澜沧江畔
东航奏响世界佤乡脱贫新歌

坐落在北回归线附近的云南省临沧市是"世界佤乡""天下茶仓"，临沧市沧源自治县有着"世界佤乡、秘境沧源"的美誉，绵延的高山大川赋予了这座城市灵韵，却也阻隔了和外界的联系，交通成为拘囿当地经济社会发展的阻碍。曾经的沧源自治县更是一个"老、少、边、山、穷"五位一体的国家重点贫困县。

东航集团党组书记、董事长刘绍勇与荷兰皇家航空公司、美国航空租赁公司代表调研东航援助的沧源自治县残疾人产业扶贫示范基地——巴饶民族服饰公司

2019年4月30日，云南省人民政府宣布临沧市沧源、双江两县实现脱贫摘帽。这个消息也让东航集团上下倍受鼓舞。

十七年前，一群东航人带着党中央、国务院的嘱托，满怀对贫困地区人民的深情厚谊，踏上了云南这片土地，开启了在临沧市定点扶贫的征程。进入新时代，他们坚持打赢脱贫攻坚战，坚决履行央企政治责任、社会责任，一件件扶贫实事清晰地记录着他们创造的扶贫模式和扶贫机制的“生动实践”，为世人展示着精准扶贫的“东航样本”。

航空扶贫：让世界走进临沧，让佤乡走向世界

佤山，树木葱郁，云雾萦绕，山脚下坐落着“中国最后一个原始部落”——翁丁村。而古寨不远处的翁丁新村，是在东航集团510万元援建资金支持下倾情为翁丁村民打造的新家。一边是凝聚古老文明的生态旅游区，一边是全新建设的美丽乡村，伴随着交通的改善和宣传力度的增强，这“一旧一新”吸引着越来越多的游人来造访翁丁古寨，一览它神秘的风采。

翁丁村党支部副书记杨新华说：“航班的开通，让世界更加了解我们，现在游客数量每年都在增加，还有很多外国游客，翁丁村每年旅游收入达100多万元，村民的生活水平得到了极大提升。”

打造“扶贫航线”，将“天堑”变“天路”，让更多的人到翁丁村这个凝聚古老文明的生态旅游区和全新的美丽乡村旅游，折射的是东航集团创新帮扶的工作思路和践行精准扶贫的央企担当。

2016年12月8日是令当地老百姓兴奋不已的日子，东航发挥国有骨干航空公司优势，帮助沧源机场选址建设、校验试飞的沧源佤山机场正式通航。东航开通了昆明到临沧、沧源的航班，把15个小时的颠簸之路变成了50分钟的空中之旅。2018年11月，东航又开通昆明至临沧至西双版纳的环飞航线。

东航不断加大昆明至临沧、沧源的运力投放，加密航班，如今，临沧、沧源航班每天执行7.5班。临沧、沧源航线拉动当地经济发展成效明显。据国际民航组织统计，每100万旅客给当地GDP贡献是18.1亿人民币，直接带动

就业 3500 人，带动相关就业 2.38 万人。2019 年，东航涉及临沧、沧源航班 4839 架次，运输旅客 47.86 万人次，即东航通过航线给当地 GDP 贡献 8.6 个亿，带动相关产业，解决就业 13065 人。值得一提的是，在开通航线之初，东航就把沧源、临沧航线定义为“扶贫航线”，定价为全省航线的最低水平，相当于东航每年在机票上对临沧地区航线补贴超过 3 亿元。

持续践行“精准切入”航空产业的扶贫理念，东航凭借自身庞大的全球航线网络，不断优化航线布局，打通山区与全国、世界联通的桥梁，让“世界佤乡”走向了世界，带动当地经济发展整体提升。如今，全球各地的旅客正在走进临沧的大山，感受佤乡之美。

放眼全国，东航已累计飞抵 68 个扶贫地区机场，辐射 352 个贫困县，人流、物流、信息流、资金流、技术流的不断传递，有效改变了当地贫困状况，促进当地稳步脱贫、经济社会发展由此迈入快车道。

当地媒体这样评述东航搭建的空中天路为临沧带来的变化：“新航线的开辟，让游客既可以体验临沧独具特色的佤文化，又可以体验西双版纳‘柔情傣乡’的傣族文化，同时也可体验临沧、西双版纳两地的茶文化，为临沧旅游业

打造“扶贫航线”，东航飞机抵达临沧机场

插上了腾飞的翅膀。”在临沧市与东航召开的扶贫工作座谈会上，临沧市委书记杨浩东说：“东航的飞机一趟趟飞进佤乡，为临沧的人民群众带来了理想与远方！”

东航集团党组书记、董事长刘绍勇表示，全面建成小康社会，脱贫攻坚是最重要的任务，也是为实现中华民族伟大复兴打下坚实基础，作为中央企业，东航始终同以习近平同志为核心的党中央保持高度一致，党中央指到哪里我们就到哪里，把打赢打好脱贫攻坚战作为最重要的政治任务来完成。

听到杨浩东发自肺腑的感受，刘绍勇更加坚定信念：“我们的航班还会不断地飞到临沧，让世界走进临沧，让佤乡走向世界。”

东航不仅为临沧架起了“天路”，还让当地的物产走出“深闺”。一方面，东航利用在航空食品、广告传媒、票务旅游、房地产、金融、酒店等相关领域的优势，为当地推广旅游业，强化对沧源的宣传力度，使旅游业成为当地支柱产业。另一方面，加大对当地农产品的品牌包装和推广，让当地的普洱、“冰岛”、滇红等众多农产品走出深山。

产业扶贫：由“脱贫攻坚”转向“帮扶持久”

“发展是甩掉贫困帽子的总办法，贫困地区要从实际出发，因地制宜，把种什么、养什么、从哪里增收想明白，帮助乡亲们寻找脱贫致富的好路子。”这是习近平总书记强调的脱贫致富重要方法论。

一项项将贫困群众“扶上马”的稳固脱贫并可持续发展的产业帮扶措施，正是东航贯彻落实这一要求，为当地脱贫致富开辟的全新模式。

东航集团总经理、党组副书记李养民说：“要激发贫困群众的内生动力，着力攻克‘产业持续’问题，充分发挥市场在精准扶贫中的作用，因地制宜地储备和开发贫困户可以干的项目，变‘输血’为‘造血’，实现可持续稳固脱贫。”

2018 年 7 月 25 日这天，双江自治县勐勐镇南宋村的佤族和拉祜族乡亲们起得格外早，大家盛装相聚在村里的东航民族文化广场，见证“双江云岭农机

昔日的刀耕火种农作方式，已逐渐被农业机械现代化所迭代

帮扶专业合作社"的成立。这个合作社，代表着东航以党建带动脱贫，"红色头雁"牵引推进一批帮扶项目落实落地，为当地脱贫致富开辟新路子。

"双江云岭农机帮扶专业合作社"充分发挥基层党组织的战斗堡垒和党员的先锋模范作用，结合农村实际，由东航为农机合作社先行注资 169.34 万元作为总股本，购置挖掘机、拖拉机等设备，作为南宋村全体村民投资性收益的"家底"，村民不需要投入股本金，而是以自己的劳动获得工资性收益。农机合作社由党员带头，让扶贫资金变股金，农民变股东，让实现"兜底一批，巩固一批，带动一批"成为可能。通过发展集体经济、培养扶贫项目带头人，为当地打造一支永不离村的"云岭铁军"。南宋村农机合作社运营以来，已实现利润超过 10 万元，160 户建档立卡贫困户 644 人受益。

产业帮扶模式在沧源自治县的创新同样落地有声：

2019 年 4 月 19 日，沧源自治县新建的葫芦小镇呈现出一派热闹景象，该县残疾人产业扶贫示范基地暨巴饶民族服饰公司新厂在此正式落成。而在三年前，这是该公司创始人陈红疆做梦都不敢想的。之前左臂因摔伤已换了假肢的她，2016 年又因一场车祸被撞断了双腿，成立不到一年的服饰公司面临倒闭。当时在沧源自治县挂职的东航挂职干部为陈红疆带来了曙光。经过努力，东航和中残联福利基金会共同为陈红疆提供了 2.5 万元设备购置资金。陈红疆的巴饶民族服饰公司不仅活下来了，而且成为了沧源自治县残疾人创业基地，带动 17 人就业，其中有 6 名残疾人和 1 名建档立卡贫困户。

一名叫鲍东美的残疾员工在 40 岁的时候第一次靠自己的劳动领到了工资，她当时激动的心情让陈红疆印象深刻，“在东航的帮助下，我能为更多的残疾人创造生活价值搭建平台，这是最令我感到骄傲的事情。”

这是东航创新扶贫方式，引进社会力量，携手李宁集团共同开展的扶贫项目。2018 年，东航与李宁体育用品公司签订沧源残疾人民族服装产业帮扶的合作协议。李宁公司向巴饶民族服饰公司捐赠缝纫机、电脑版绣花机等共计 17 台设备；培训机修、工艺等工种 22 人次。巴饶民族服饰公司销售额由过去每月 7 万元，提升至现在的每月 30 余万元，其生产的佤族服饰不仅走出了云南，更是远销澳大利亚和非洲。在李宁集团工会主席黄杰看来，巴饶民族服饰公司“麻雀虽小，五脏俱全”，已经形成了流水化作业的模式。

残疾人创业基地的建成启用，不仅是沧源自治县残疾人事业发展中的一件大喜事，也成为拓宽残疾人就业渠道、改善残疾人生活状况、实现共同脱贫致富的重要举措。东航持续以实际行动助力贫困残疾人脱贫奔小康，共同营造理解、尊重、关心、帮助残疾人的社会环境和良好风尚。

东航聚焦高质量、高水平、可持续的工作思路，实施沧源天然橡胶期货保险项目，助推当地产业发展，1155 户 4613 名胶农（其中建档立卡贫困户 334 户 1299 人）直接受益；联合东方卫视《我们在行动》大型扶贫公益栏目走进沧源和双江，媒体、企业家、知名演员共同走进贫困地区，宣传推广当地的民族特色旅游文化和绿色生态产业，社会企业现场认购当地茶叶 3220 万元，极大宣传和推广了当地的农特产品和旅游文化。

与此同时，东航食品公司还与双江自治县沙河乡景亢村土鸡养殖专业合作社签订了土鸡供应合同，并举办了多场农产品展销会，帮助当地农户增大销量。东航还开设了扶贫超市，由东航承担沧源、双江两县农产品的航空运输，累计已销售农产品260多万元；动员公司10万员工开展以购代捐、购茶扶贫的消费扶贫活动，累计购买当地农产品1000余万元，购买两县10万份扶贫茶用于夏季员工送清凉，在员工慰问和关爱中施行消费扶贫，帮助当地特色农业产业提质增效，实现“乡村振兴”；利用《东方航空》《东方风情》等机上杂志展示两县的民族文化和自然生态，对接当地旅行社打造上海、昆明两地始发的民族文化旅游新品……

精准扶贫的创新模式在当地实现，源于东航党员干部在扶贫第一线多年的深入与坚守。定点扶贫工作开展至今，东航先后选派17名政治素质高、工作能力强的优秀青年干部担任扶贫挂职干部，他们扎根在条件艰苦的山村，因地制宜，努力让扶贫工作全方位结出硕果。东航援建的“民良村东航示范村”“东航忙品拉祜族风情村”“东航南京佤族风情村”等既能帮助改善群众生活，又能吸引旅游者带动经济发展的项目已全部交付使用，经济与社会效益显著，获得当地群众的一致好评。坐落在沧源佤山脚下的“中国最后一个原始部落”——翁丁村，古寨村民已陆续搬迁至不远处东航援建的新家——东航翁丁示范村。东航为贫困地区乡村振兴及旅游发

翁丁古寨

翁丁新村

展、医疗卫生改善等做出了示范。

把精准扶贫、精准脱贫作为重大的政治任务来落实，作为重要的经济责任和社会责任来践行，17 年来，东航在产业扶贫、危房改造、爱心助学、宣传推广、助残帮困及航空运输等方面为当地脱贫致富和经济社会发展作出积极贡献。

全方位扶贫:“全生命周期”体系防止致贫、返贫

“扶贫是长期任务，即使 2020 年全面建成小康社会后，还需要各级组织和社会各界把党的温暖传递给各族群众，东航会持续关注定点帮扶县，继续提高各族群众生活水平并防止返贫，一以贯之地持续完成党交给我们的任务”，刘绍勇如是说。

为建立全方位的扶贫体系，东航按照“全生命周期”+“打组合拳”的模式，从医疗、党建、人才培养等方面作出完善部署。“稳定脱贫、防止返贫、不落一人”，东航建立的“高质量、高水平、可持续”的长期扶贫机制，使扶贫项目更精准，并向深、向细、向实发展。

“因病致贫、因病返贫”是困扰贫困地区群众脱贫的重要症结。东航在临沧结对帮扶以来，除了基础设施建设、教育帮扶、产业发展、选派扶贫干部等方式之外，还积极推进医疗扶贫。

2018 年 7 月 26 日，夹杂着泥土芳香的山雨光顾沧源自治县勐来村，尽管山路难走，患有腿疾的石万林还是和其他村民一起，早早来到村口，希望通过在这里举办的大型义诊给自己的腿疾诊断开方……

此次义诊是“爱在东航”扶贫联合志愿服务项目行动的组成部分，东航集团和上海团市委联合发起，由东航出资，复旦大学、上海交通大学、上海中医药大学、东华大学、上海青年志愿者协会参与，共同组织开展“青春上海·情系云南”青年志愿服务扶贫专项行动。志愿者从上海到沧源，跨越 3000 公里路程，以乡、村为重点，在各级医疗机构进行为期一个月的医疗扶贫实践。“希望通过类似的医疗帮扶行动，诊治一批患病的困难群众，同时也培训更多

2019 年 9 月 18 日，东航集团援建云南省双江自治县第一中学教学楼“东航楼”封顶，东航集团总经理、党组副书记李养民为教学楼揭牌

的村医、乡医和县医，促进当地医疗水平提升”，东航相关负责人说。

同样是围绕这一理念，东航联合达美航空、上海市儿童医院公益基金开展“爱在东航•健康童行”先天性心脏病患儿义诊，安排 8 名符合手术条件的临沧贫困患儿免费赴上海市儿童医院进行手术治疗；积极对接上海新华医院、上海公共卫生临床中心、上海第十人民医院等优质医疗团队，几百人走村入户在沧源开展义诊服务和带教活动，2019 年实施手术 57 台，开展带教查房、带教查片、业务培训等 382 人次，义诊患者 218 人；对接中国扶贫基金会，在两县实施建档立卡贫困人口的住院医疗补充保险“顶梁柱计划”，共有 47637 名建档立卡贫困人口受益；联合中国扶贫志愿服务促进会，在沧源开展光明行动活动，实现县内建档立卡贫困户白内障患者免费治疗……

多年来，东航集团累计投入近 1000 万元用于医疗救助，帮助 33 个建档立卡贫困村建盖、修缮村级卫生室并添置医疗设备，惠及 53614 人，为贫困群众撑起减少看病成本和降低因病致贫、返贫风险的“病有所医”健康保护伞。2019 年，东航还结合主题教育进一步抓好扶贫援建，聚焦定点帮扶地区“两

东航集团携手北京宏志中学在云南省双江自治县开办东航双江宏志班，实施教育扶贫，资助当地贫困学生完成高中学业

不愁三保障”突出问题，投入1077万元，建设乡村群众饮用水工程，让村民喝上干净水、放心水。

让贫困地区的人民快速脱贫，须配备有见识、有想法、有激情、能干事的带头人。为此，东航在当地援助建设乡村党员活动室、乡村文化活动广场等，助力当地开展党建引领扶贫，帮助边疆少数民族群众改善文化生活；帮助培养基层干部、技术人员超过2000人次，提升当地干部群众脱贫致富的技能和本领。

以解决问题、提升能力为出发点，帮扶当地的基层干部，2019年，东航采用“引进来、走出去”的方式在浙江开办“两山理论”与乡村振兴的现场教学班，为沧源、双江两县的县、乡、村三级基层干部和乡村产业带头人开展农村产业发展能力提升培训，并邀请相关专家赴两县现场指导。该举措开阔了当地基层党员干部的工作视野，增强了全面推进乡村振兴，建设社会主义新农村的工作能力。全年共培训干部423人。

十七年来，东航投资3亿元参与设立中央企业贫困地区产业投资基金；依靠东航的“全生命周期”立体扶贫措施，沧源和双江两县的短板得到有效弥补。据统计，自 2003 年东航定点帮扶两县以来，直接投入帮扶资金近 7000 万元，建成 13 个东航示范村、4 个残疾人扶贫基地，实施美丽乡村建设等援建项目 40 多个，帮助扶贫点引进其他社会资金近 2 亿元；完成危房改造 754 户惠及 3384 人；帮扶发展产业，建设蔬菜示范园、养鸡场等各类养殖场 4 个，帮助残疾人创业企业 12 个；建设乡村文化室、文化活动广场等 13 个，改善了群众生活条件，丰富了少数民族地区人民的文化生活。

提及东航，当地群众连连称赞，说东航扶贫是“真枪实弹、真金白银、真心实意、真抓实干”。日子过得越来越好，当地群众脸上挂着幸福的笑容。80 岁的杨贵山是翁丁佤寨的老人之一，每天他都会开着电瓶车往返于新村和古寨之间，他说，新村是生活，古寨是工作；他的邻居张千发每天则在古寨为游客表演佤族风情的节目，第一首歌便是广为流传的《阿佤人民唱新歌》：“共产党光辉照边疆，山笑水笑人欢乐……”临沧市负责人引用总书记的话说，脱贫只是第一步，更好的日子还在后头！

更多扶贫内容请扫描

寄语 2020

党的十八大以来，在以习近平同志为核心的党中央坚强领导下，脱贫攻坚力度之大、规模之广、影响之深前所未有，书写了人类历史上“最成功的脱贫故事”。东航集团坚决履行中央企业的政治责任和社会责任，打出“组合拳”，让扶贫航班、志智双扶、产业造血、就业帮扶多点开花、做深做细。看到我们定点帮扶的贫困县提前脱贫摘帽，看到原本一贫如洗的各族群众住新房、走新路、上新校、谋新业，我们和当地群众一样由衷地感到高兴，为党中央的关心关怀和“中国之治”的显著优势点赞。

当前，脱贫攻坚收官之年遭遇来势汹汹的新冠肺炎疫情，工作任务更重、要求更高。我们坚决做到目标不变、决心不移、力度不减、资金不降，最大限度降低疫情对脱贫攻坚工作的影响。我们聚焦“高质量、高水平、可持续”，明确今年扶贫十大重点任务，充分发挥航空产业的连接优势，加强精度力度，拿出绣花功夫，增强帮扶点的“造血”功能，推进“脱贫攻坚战”向“帮扶持久战”转变。脱贫不脱责，我们绷紧弦、铆足劲，不获全胜决不收兵。

——全国政协委员，东航集团党组书记、董事长　刘绍勇

企业名片

中国东方航空集团有限公司简介

中国东方航空集团有限公司（简称东航集团）是中国三大国有航空集团之一，其前身最早可以追溯到1957年1月上海第一支民航飞行中队的成立，经过63年的发展，已成为全球前十大航空公司，形成了“全服务、低成本、物流”三大支柱产业和“航空维修、航空餐食、创新科技平台、金融平台、产业投资平台”五大协同产业融合发展的“3+5”产业结构布局，全面开启了新时代高质量发展新阶段。

东航集团现拥有员工近10万人，机队规模超过750架，平均机龄全球最年轻，航线网络通达全球175个国家和地区的1150个目的地，年旅客运输量超过1.3亿人次，位列全球第七。东航集团在中国已拥有上海、北京、西安、昆明“四大枢纽”，业务范围实现中国省会城市及千万级以上机场的全覆盖；全球拥有109个营业站点，与全球28家合作伙伴在347个航点的1007条航线上开展代号共享合作。北京大兴国际机场启用后，东航集团形成京沪双枢纽、四大机场联动的战略格局，向全球呈现“更广阔的世界、更世界的东航”。

东航集团关注高品质航空出行服务，致力于成为国际化、互联网化的智慧航旅服务商，为全球旅客带来更加精彩、便捷、美好的出行体验。最新引进的A350-900、B787-9等旗舰机型搭载全球顶级的新一代客舱服务系统，近100架宽体机队全部具有空中WIFI功能，规模居中国第一、亚太前列；全球首发基于5G应用的智慧出行集成服务系统，重新定义航空服务的智能化、场景化、便捷化新标准；旗下东航物流公司是国家首批、民航首家混合所有制改革试点落地企业，已成功地从物流方案提供商转型为全球供应链解决方案提供商。

近年来，东航集团获中央单位定点扶贫工作考核最高等次评价，荣获中国民航飞行安全最高奖——“飞行安全钻石奖”，连续4年入选品牌评级机构BrandFinance“全球品牌价值500强”等荣誉。

扶贫手记

作者系云南省临沧市沧源自治县单甲乡安也村第一书记、工作队长梅艺宝

语言不同心相通　自然知道能为群众做什么

在临沧市沧源佤族自治县阿佤山深处，中缅176号桩附近，有一个偏僻的小山村——安也村，这里生活着从原始社会直接跨越到社会主义社会的“直过民族”——佤族。

这个距县城86公里的边境村，是我工作和生活的地方。作为中国东方航空集团选派的驻村第一书记，我肩负着党的嘱托，要办好为民实事，切实推动安也村精准脱贫。

驻村一段时间后，我发现对自己来说，要克服的最大困难不是安也村偏远的地理位置和清苦的饮食条件，也不是要帮助全村高达80%的建档立卡贫困户脱贫，而是语言不通。我相信，有党的好政策和东航集团的大力支持，经过大家的共同努力，安也村一定能脱贫。但是，大多数青年都外出务工了，村里能用汉语方言交流的人很少。每次入户，我只能找一个勉强能说汉语方言的人做“翻译”。受“翻译”语言表达能力的影响，我与村民交流时总感觉词不达意，力不从心。

11月的佤山，空气湿度大、山风大，晚上很冷。有一天，我和同事结束了入户走访，返回宿舍时经过“五保户”肖岩板的家，发现门没关严实，房内一片漆黑。肖岩板是一位76岁高龄的老人，无儿无女，眼睛不太好，平时和侄子生活。我心里一惊，该不会出什么事吧！我和同事打着手电进入老人房间，老人还没睡觉，靠在床头盖着被子坐着，原来是房间灯泡坏了。看着老人漆黑的房间，我心里很不是滋味，赶紧跑去小卖部买了灯泡重新装上，又回宿舍找来新的被子和棉絮帮老人换上。房间亮堂了，床铺暖和了，老人重复地说着“劳嘞、劳嘞”。我

知道，这是佤语“谢谢”的意思。

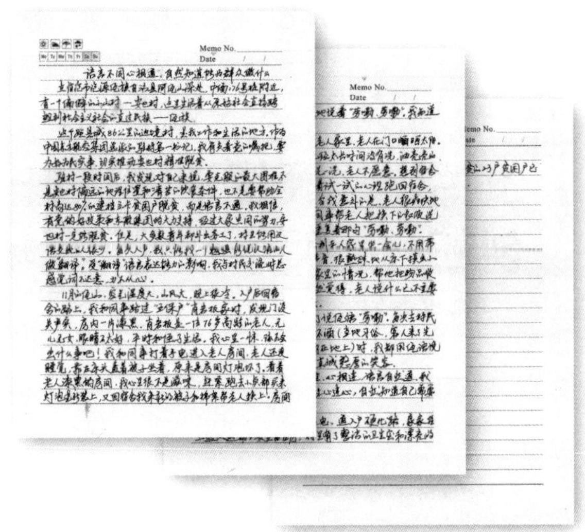

第二天中午，我和同事又来到老人家里，老人在门口晒太阳。我这才看见，老人身上穿的衣服由于太长时间没洗，已经油亮亮的。我请老人把衣服换下来帮他洗一洗，老人不愿意。想到宿舍还有从单位带过来的衣服，抱着试一试的心理跑回宿舍，我把衣服拿过来送给老人。令我意外的是，老人很爽快地答应换衣服了。随后，我和同事帮老人换下衣服，洗干净晾了起来。老人口中还是重复着那句“劳嘞、劳嘞”。

从那以后，我一有空就会到老人家里坐一会儿，不用带“翻译”了。老人听到我叫他的声音，马上很熟练地从床下摸出小凳子让我坐下。我看看老人家里的情况，帮他把物品收拾整齐，陪他说说话。我忽然觉得，老人说什么已经不重要了，因为看得出来，老人很高兴。

在村里时间长了，我也学会了说佤语“劳嘞”。每次去村民家中，主人要留我坐下滴一杯酒（当地习俗，客人来了先喝一杯酒，喝之前洒一两滴在地上）时，我都用佤语跟他们说“劳嘞”。村民的脸上，洋溢的是真诚憨厚的笑容。

语言的问题不再让我犯难。心相连，语言自然通。我明白，驻村扶贫，只要与老百姓心连心，自然知道自己需要为他们做些什么。

如今，安也村通自来水、通电、通入户硬化路，家家住上遮风避雨的安全住房，村里有了整洁的卫生室和漂亮的学校，一切都在好起来！

（本文写于 2019 年 11 月，安也村当时未脱贫的 23 户贫困户已于 2019 年 12 月脱贫，安也村整村脱贫出列。）

发挥建筑领域资源优势 创新打造精准扶贫“中建模式”

作为国有重要骨干企业，中国建筑集团有限公司（以下简称“中国建筑”）深入贯彻落实习近平总书记关于扶贫工作的重要论述，贯彻党中央国务院重大决策部署，将扶贫攻坚作为重大政治任务，切实加强组织领导，加大资源投入，贯彻精准方略，有针对性地开展了一系列卓有成效的帮扶工作。

中国建筑在甘肃三县开展产业扶贫，投入 9300 余万元，先后建成 8 个旅游基础设施项目和 2 个产业扶贫示范项目，推动三县“绿水青山变成金山银山”。图为康县旅游产业扶贫示范园项目效果图

在定点帮扶甘肃省康乐县、卓尼县、康县（以下简称“甘肃三县”）的过程中，中国建筑坚持问题导向、目标导向和结果导向，充分发挥建筑行业特点和资源禀赋优势，创新打造了集产业扶贫、就业扶贫、教育扶贫、消费扶贫和党建扶贫“五位一体”的精准扶贫“中建模式”，实现了产业扶贫“全生命周期”、就业扶贫“全过程服务”、消费扶贫“全要素管理”、教育扶贫“全方位保障”、党建扶贫“点对点引领”，为脱贫攻坚提供了中建智慧和贡献了中建力量。

发挥全产业链优势
打造“全生命周期”的产业扶贫模式

习近平总书记深刻指出："发展产业是实现脱贫的根本之策。要因地制宜，把培育产业作为推动脱贫攻坚的根本出路。”“花儿故乡”康乐、“藏王故里”卓尼、“天然氧吧”康县，甘肃三县拥有独特旅游资源，但由于交通、建设、信息等基础设施不完善原因，极大地影响了这些优质旅游资源知名度和接待服务能力，也制约了当地旅游业的快速发展。中国建筑坚持问题导向，践行绿色发展理念，充分发挥“投资、设计、建造、运营”全产业链优势，着眼于改善甘肃三县旅游基础设施，致力于将甘肃三县的“绿水青山变成金山银山”，走出了一条“打造示范项目 + 提升人文素养 + 加强旅游推介”的“全生命周期”管理的旅游产业脱贫之路。

位于卓尼县叶儿村的中建卓尼特色产业示范区，是中国建筑投资 3400 万元打造的集展示体验、线上线下交易、特色产品研发、全域旅游服务为一体的产业扶贫示范项目。项目建设过程，采取中国建筑投资、中建西北院设计、中建八局施工、中海商业协助运营的全生命周期管理模式，将帮助 247 户建档立卡贫困群众脱贫致富。该项目被列为甘肃省脱贫攻坚观摩拉练活动现场观摩项目。

值得注意的是，打造中建卓尼特色产业示范区中所提炼的经验在康县也得到了复制和深化。2019 年，中国建筑投入 3700 余万元打造的康县旅游产业扶贫示范园一期项目交付运营，该项目充分整合当地古村资源，将一个深度贫困

图为中建卓尼特色产业示范区项目效果图

村申报成功国家4A级景区，直接受益贫困群众1976人。2019年，中国建筑选择项目所在地最为偏远的深度贫困村杨家河村，开展乡村文明习惯养成行为公益活动试点，通过对87户村民评比晾晒日常行为、打造荣誉积分榜、圆梦“微心愿”等形式，推动乡村环境和村民精神状态发生巨大改变，杨家河村从当地卫生文明老大难村，成为全县精神典范文明村，为当地旅游产业发展塑造了良好人文环境，打造了乡村旅游文明之窗，被康县21个乡镇观摩和示范推广。目前，康县90%建成美丽乡村，“一带一路”美丽乡村论坛永久会址也设在康县。

发挥人力资源优势
打造“全过程服务”的就业扶贫模式

“一人就业，全家脱贫”，转移就业是新时期脱贫攻坚的一个重要渠道。中国建筑积极践行共享发展理念，将就业扶贫摆在精准扶贫突出位置，以提升贫困劳动力就业创业能力、激发贫困群众脱贫内生动力、帮助其实现稳定就业为首要任务，对贫困群众就业倾情提供“办学培训—专场招聘—特殊保障”全过程服务，使贫困群众“愿意来、留得住、有发展”。

今年 24 岁的常学华，是康乐县五户乡打门村人，父母在家务农，靠十余亩田地维持日常生计，因劳累成疾需常年服药，家庭负担很重。常学华没有专业和文凭，也没有一技之长。经过扶贫干部的再三动员，他加入了中国建筑与甘肃省建院联合创办的中建高级技能人才培训班“焊工班”，常学华刚入职 3 个月便掌握了从平焊到异形再到各种复杂的焊接构件的技术工艺，取得焊工职业资格证书，并于 2018 年 7 月在中建就业至今。对于自己技能和素养的提高，常学华开心之余更让他欣慰的是这份工作很大程度上改善了他家庭的生活状况，自从在中建上班之后每月收入 6000 余元，家庭总收入达到 9 万元，为家里置办了空调、冰箱等电器，生活质量和幸福感进一步提升。

常学华只是中国建筑针对无就业技能的贫困群众开展就业扶持的一个成功案例。2019 年中建高级技能人才培训班先后开设焊工班、测量班以及学历提升班，“订单式”帮扶 82 名建档立卡贫困群众。而这一经验也在甘肃舟曲县进一步推广，2019 年中国建筑还出资 1500 万元建设舟曲职业中等专业学校改造项目，并开展合作办学。针对有一定就业技能的贫困群众，中国建筑充分发挥

中国建筑在甘肃三县开展就业扶贫，创办中建高级技能人才培训班，“订单式”培养 134 名贫困学子，实现“一人就业，全家脱贫”

建筑行业人力资源优势，筛选就业岗位，降低招录条件和标准，开展专场招录，建立劳务协作机制等方式，全力做好建档立卡贫困群众就业服务和跟踪保障。2019 年，中国建筑先后举办 13 场就业扶贫招聘会，招录和劳务转输 329 名贫困群众，同时印发专项通知做好就业扶贫跟踪保障，确保贫困群众持续稳定就业，保证一年以上的就业。

发挥企业文化优势
打造“全方位保障”的教育扶贫模式

习近平总书记指出：“扶贫必扶智。让贫困地区的孩子们接受良好教育，是扶贫开发的重要任务，也是阻断贫困代际传递的重要途径。”中国建筑积极践行协调发展理念，充分发挥企业文化优势，“既投资建校又选派师资、既传授知识又人文关怀、既送教进山又带娃出山”，为贫困地区教育发展提供全方位保障，全力阻隔贫困代际传递。

中国建筑派驻第一书记定点帮扶的康乐县何家沟村，全村文化程度普遍在

中国建筑在甘肃三县开展教育扶贫，实施“春蕾行动”，旗下中海教育组织 50 名乡村教师赴东莞接受 52 门次教学培训，选派 9 名教师为 11 所学校送学送教，开拓师生眼界，提升教育质量

初中水平，村里唯一的一所学校仅提供幼儿园到小学三年级的教学，文化水平低很大程度上制约了村里人的致富步伐。在对全村在读学生进行调查统计后，中国建筑决定重点帮扶该村十年来唯一的一个大学生马兰花，帮助她支付大学四年的学费，并持续做好学业的跟踪保障，从而帮助村里的青少年树立榜样，在村民心中种下“知识改变命运”的种子，全村人的思想也从“孩子上学不如早些挣钱转变为要供孩子用功读书”。

事实上，马兰花的励志故事只是中国建筑教育扶贫的一个小小注脚。中国建筑着力解决甘肃三县教育理念相对落后、力量不足、方法相对单一等问题。2019 年，投入 438 万元建设康乐县三条沟小学，解决 136 户异地搬迁贫困家庭子女入学问题。开展教育扶贫“春蕾行动”动员 15.4 万职工为甘肃三县捐款 1078 万元，发放“中建幸福空间助学金”360 万元，开展“彩虹益路”“励志夏令营”等助学活动，惠及 4271 名贫困学子。引进中国扶贫基金会等投入 221 万元开展“爱心包裹”活动，惠及 4390 名贫困学子。组织 50 名乡村教师赴东莞接受 52 门次教学培训，选派 9 名教师为 11 所学校送学送教，开拓了师生眼界，提升了教育质量。

发挥资源品牌优势
打造“全要素管理”的消费扶贫模式

2019 年 11 月 12 日，中国建筑“海惠优选”电商平台的工作人员接到来自甘肃省康县长坝镇惠农核桃专业合作社的电话。“感谢中建啊！双 11 当天我们网店卖了 5000 多单核桃，要知道平时一天也就 40 单上下……”电话那头是按捺不住的激动与欣喜。

中国建筑定点扶贫的甘肃三县特色农产品远近闻名，但大都靠出售原料和粗加工产品为主，卖不上价，农户也得不到实惠。中国建筑利用自身行业优势，在甘肃三县开展“海惠万家”消费扶贫品牌打造行动。经过考察比对后，选定康县核桃为品牌试点打造对象，并将产品定位为不经过再加工的“原味核桃仁”。线上渠道方面，为“陇康老树核桃”开设了“微店”“淘宝网

中国建筑在甘肃三县开展消费扶贫，购买及帮助销售贫困地区农产品达 2639 万元

店”，上线“中建云筑扶贫商城”“海惠优选”，并聘请设计人员为网店打造了精美的视觉包装。线下渠道方面，借助中国建筑旗下中海集团拥有的近 300 万业主和近千万售楼处客群流量这一资源优势，将“陇康老树核桃”产品的推广与项目营销、客服等业务工作紧密结合，在全国售楼处、社区落地 100 余场推广活动。截至 2019 年底，“陇康老树”核桃品牌累计带动当地核桃销售 221 万元。

眼下，“陇康老树”核桃品牌下系列子产品成功上市大卖，成为了康县贫困户们的“摇钱树”。像“陇康老树核桃”这样的畅销农产品，中国建筑为甘肃三县打造了 41 种。2018 年以来，中国建筑坚持“以购代捐、以买代帮”，完善消费扶贫参与机制，打通“平台、品牌、渠道”的痛点堵点。中国建筑庞大的合作伙伴群体、全行业最大的网络集采平台和房地产行业第一品牌的资源优势，推动贫困地区产品和服务融入全国大市场。建立了“中建云筑扶贫商城”和“海惠优选”双电商平台，开设“中海优家”实体店，免费为甘肃三县 41 家龙头企业、80 个合作社开设网店，上架商品 405 种。2019 年，中国建筑通过线上员工福利购、营销卖场和 C 端客户采购等方式，购买和帮销贫困地区农产品达 2639 万元，惠及 9400 余名贫困群众。

发挥堡垒共建优势
打造“点对点引领”的党建扶贫模式

“帮钱帮物，不如帮助建个好支部。”中国建筑按照“因地制宜、分步推进、一一对应”的工作原则，与甘肃三县部分贫困村党支部开展结对共建。

中国建筑在甘肃三县开展党建扶贫，与 17 个贫困村党支部结对共建，激发其战斗堡垒作用的发挥

2019 年，组织中海集团、中建一局等 6 家子企业 17 个党支部与甘肃三县 17 个贫困村党支部结对共建，动员党员干部捐款捐物 148.37 万元，帮助培训贫困村两委班子 604 人，培训农村创业致富带头人 454 人，并通过开展联合党日活动、促进村集体发展、提升就业水平等举措，加强对贫困群众的宣传教育、感情沟通，强化对贫困村两委班子的思想作风、能力素质的“点对点引领”，激发脱贫内生动力。

人民群众是脱贫攻坚的主体，更是“阅卷人”。发展是甩掉贫穷帽子的总办法，在精准扶贫的工作中，中国建筑聚焦当地资源优势、劳动力资源、特色农副产品，阻断贫困代际传递等方面，充分发挥自身优势，持续发力，实现从“输血”到“造血”的转变，让贫困群众获得持续稳定的发展机会，带动贫困地区人民走上富裕道路，全面打赢脱贫攻坚收官之战。

更多扶贫内容请扫描 

寄语 2020

2020 年是打赢脱贫攻坚战、全面建成小康社会的决胜之年。中国建筑将坚决落实习近平总书记关于扶贫工作的重要论述和党中央、国务院决策部署，保持攻坚劲头，加大资源投入，深化精准扶贫“中建模式”，持续巩固脱贫成果，全力帮助完成剩余脱贫任务，确保贫困地区同全国人民一道迈入小康社会，为实现第一个百年奋斗目标贡献中建力量。

——中国建筑集团有限公司党组书记、董事长 周乃翔

企业名片

中国建筑集团有限公司简介

中国建筑集团有限公司（简称中国建筑），正式组建于1982年，是我国专业化发展最久、市场化经营最早、一体化程度最高、全球规模最大的投资建设集团。中国建筑主要以上市企业中国建筑股份有限公司为平台开展经营管理活动，拥有上市公司7家，二级控股子公司100余家。

中国建筑营业收入平均每十二年增长十倍。2018年，公司新签合同额2.63万亿元人民币，营业收入、利润总额在97家中央企业中分别名列第4位、第8位，第13次获得中央企业负责人经营业绩考核A级，位居2019年度《财富》世界500强第21位，《财富》中国500强第3位，全球品牌价值500强第44位，连续获得标普、穆迪、惠誉等国际三大评级机构信用评级A级，为全球建筑行业最高信用评级。

中国建筑的经营业绩遍布国内及海外一百多个国家和地区，业务布局涵盖投资开发（地产开发、建造融资、持有运营）、工程建设（房屋建筑、基础设施建设）、勘察设计、新业务（绿色建造、节能环保、电子商务）等板块。在我国，中国建筑投资建设了90%以上300米以上摩天大楼、3/4重点机场、3/4卫星发射基地、1/3城市综合管廊、1/2核电站，每25个中国人中就有一人使用中国建筑建造的房子。

中国建筑将深入学习贯彻习近平新时代中国特色社会主义思想和党的十九大精神，以“拓展幸福空间”为使命，秉承“品质保障、价值创造”的核心价值观和“诚信、创新、超越、共赢”的企业精神，贯彻“五位一体”总体布局和“四个全面”战略布局，落实新发展理念，致力打造具有全球竞争力的世界一流企业，力争成为世界投资建设领域的第一品牌和中国建筑业改革发展与推动我国城镇化建设的一面旗帜，为实现中华民族伟大复兴的中国梦不断奋进。

扶贫手记

作者：牛军帅，男，生于1986年6月23日，河南安阳人，2019年6月由中国建筑集团有限公司选派，赴甘肃省临夏回族自治州康乐县康丰乡何家沟村，挂职第一书记、驻村工作队队长。

“赶考”扶贫路

冬日的何家沟，滴水成冰，但对村民来说，他们的心中却充满了热情和干劲儿，村里的项目一期工程建成投产后，预计实现年产香菇8万斤，实现年纯利润收入20万元，带动10名在厂工作建档立卡户增收创收20余万元。

勤入户长出“信任花”

2019年6月28日，我被公司选派到康乐来扶贫，来之前，我曾经在网上搜索过很多次何家沟村，这个回族自然村是国家确定的“三区三州”里一个深度贫困的村子。全年干旱少雨，山高沟深，村里的主导产业也只有劳务输出和种植养殖，全村共有156户799人，其中建档立卡贫困户39户204人。

虽然多年来我一直在基层做党建工作，也是从贫困中走来，但来到这里心中多少有点担忧，尤其还没满月的小儿子成了我心中的牵挂。初来村里的那天，正值康乐花开的季节，漫山遍野油菜花的芬芳荡漾在风中，我在村干部的带领下走进了村委会，在这里开启了我的扶贫之路。

万事开头难，我最担心的就是融入问题。想来想去，决定用

最笨的方法——挨家挨户走访。在谈到政策落实情况时，不少乡亲羞于表达，加上语言不通，显得生分很多。但我也有着自己的牛脾气，通过一次次登门，一户户摸排，拉上村党支部的同事充当方言“翻译”，为了拉近和农户的关系，我抽空研究当地的方言，宣讲脱贫攻坚政策的时候，乡亲们也常常会被我那不标准的“土话”逗得发笑。但当乡亲们有疑问的时候，我便会指着胸前的党徽承诺：“大家放心，我是组织培养起来的，党员姓党，绝不可能忽悠大家。”

通过入户调查，一个月里，我跑遍了全村 39 户建档立卡户，我对每家每户做到了知根知底，能够因户施策；带领村民进行环境综合治理，我带头铲土挖泥，赢民心；答应村民的承诺，我通过多方协调一一兑现，让我最感喜悦的是，现在村民打老远看到我，都挥手喊一声“小牛”书记，靠着自己的韧劲儿，我一步步走进村民的心里，把信任之花种在他们心中。

“益”计划圆梦马兰花

何家沟村全村文化程度普遍在初中水平，村里唯一的一所学校仅提供幼儿园到小学三年级的教学，文化水平低很大程度上制约了村里人的致富步伐。村民祖祖辈辈形成的生活模式不是靠一朝一夕就能改变的，磨破嘴、跑断腿都不如从村民中间找榜样。

我和村“两委”班子对全村在读学生进行调查统计，通过一轮轮的摸排，一个名字映入我们的视野——康乐县第一中学何家沟村籍学生马兰花。当时心想：“就是她了！把马兰花树立为全村青少年的榜样，让全村人的思想从孩子上学不如早些挣钱转变为要供孩子用功读书。”

今年参加高考的兰花顺利考入甘肃陇东学院财务管理专业，成为全村十年来唯一一个大学生，同时她也是何家沟村建制以来第一位女大学生。兰花的叔叔早逝，叔叔的孩子全都寄养在她家，兰花的父母早年外出打工，父亲因高处坠落至今腿脚不便，母亲也积劳成疾，患有风湿、颈椎病等，父母均不能从事重体力劳动，家中还有年迈的爷爷，全家仅靠兄嫂务农养家。兰花考上大学的消息，并未给这个风雨飘摇的家带去欢乐，全家人正因为学费的问题，准备让兰花辍学养家。

了解了兰花一家的实际情况，当天，我向公司党委领导打了报告，为兰花申请成长“益”计划助学金。公司党委不仅承诺负担兰花大学四年的全部学费，还为9名贫困学生发放了金秋助学金，同时为6户贫困户家庭发放了爱心慰问品，还为学校捐助了办公桌椅、暖炉、文体用品等价值2万余元的物资，让学校成为村民心中的圣地，在村民心中种下“知识改变命运”的种子，以一个人带动更多的人。

扶产业催生“幸福花”

产业扶贫是稳定脱贫的根本之策，增强贫困村的“造血”功能，是建立健全稳定脱贫的长效机制。经过一个月的走访，我发现村民缺少的不是劳动力，不是干劲儿，他们需要的是既能顾家、又能挣钱、在家门口的经济实体，如果在村里培育一批村集体经济实体，不仅能使村民增收创收，还能激发村民自生动力、脱贫致富。

发展什么项目、流转哪块土地？动员哪些村民、如何参资分红？一系列的问题摆在我的面前。

一次偶然的机会，通过与村干部的沟通得知，年初康乐县委副书记、县长、何家沟村包抓村大组长马晓璐为何家沟村争取到中建集团定点帮扶康乐县扶贫资金，在马晓璐县长的建议和支持下，我和村“两委”班子商议决定，筹办菌类种植合作社。

雇佣本村建档立卡户青壮年劳动力、留守妇女参与建设、生产，结合实际资金使用情况，为保证建档立卡户贫困群众能够多收益，拟定2000元一股，建档立卡户“入一股、配两股”和一般户“入两股、配一股”的原则，动员全体村民积极参资入股。

通过与中建集团及当地企业签订长期产销合同，确保定点帮扶和市场拼杀“两条腿”走路，保证合作社长期受益。截至目前，合作社已实施面积2500平方米，办公区、种植大棚（一期）等已修建完成，并具备菌棒种植条件，仅建设阶段村民已累计创收20余万元，帮助全村村民稳定增收创收，巩固脱贫成效。“马县长给我们带来了实体项目，牛书记给我们带来了发展产业的希望和信心，帮助我们找到了脱贫之路。”何家沟村党支部书记马福龙说，“之前我们都没有信心发展经济，年轻人都不愿意出去，牛书记来了以后，我们足不出户就能有稳定收入，孩子们也都能上学了。”目前，何家沟村也将迎来脱贫攻坚的省级考核，除因病、因残致贫的3位贫困户外，其他全村村民将稳定全部脱贫。

随着扶贫的持续深入，我也已经完全融入了群众中，回首过去的一年，对我来说，青春最大的幸运，莫过于个人的成长和祖国的命运同向而行；青春最大的收获，莫过于个人的进步和祖国的发展交相辉映。

传承百年商业基因
招商局贡献持续脱贫整体方案

拥有140多年发展历史的招商局集团有限公司（简称“招商局”），曾组建了中国近代第一支商船队，开办了中国第一家银行、第一家保险公司等，在中国近现代经济史和社会发展史上具有重要地位。作为中国民族工商业先驱，招商局认真贯彻习近平总书记关于脱贫攻坚工作的重要指示，持续践行“以商业成功推动时代进步”的使命，延续百年公益传统及一脉相承的创新基因，积极参与到脱贫攻坚工作中，彰显中央企业的责任与担当。

旅游扶贫：招商局·幸福小镇

自 2003 年开始开展定点扶贫工作以来，招商局注重发挥自身商业经验和业务优势，以商业化原则助推地方产业发展，用现代公益理念参与民生建设，积极引导下属企业结合自身产业规划和优势参与扶贫工作，并打出立体式帮扶的“组合拳”，在脱贫攻坚工作中展现了招商速度、招商温度、招商精细度及招商广度。

“前港—中区—后城”模式，助推蕲春县域经济转型升级

2017 年 5 月，由招商局集团援建的蕲春港长江码头竣工开港并投入试运营。这不仅圆了蕲春人民“建设大码头，融入大武汉，将大别山区的丰富物产通江达海”的梦想，而且还是招商局创新应用 40 年园区开发经验助推蕲春县脱贫致富的关键一步。

公元前 201 年（西汉高祖六年）建县的蕲春县，现在隶属于武汉黄冈市，北倚大别山，南临长江，是大别山集中连片特困地区，是国家扶贫开发重点县之中的革命老区县。在开展扶贫工作的过程中，招商局充分发挥自身产业优势和创新基因，经过实地调研，决定以蕲春港长江码头为载体，以“打造一个园区，发展一个市场，培育一个产业”为抓手，推动蕲春县域经济由“蕲河时代”向“长江时代”转型，更好地融入国家长江经济带战略和健康中国战略。

在改革开放时期，招商局独资开发了中国第一个对外开放的工业区——蛇口工业区，并成功探索出了“前港—中区—后城（Port-Park-City）”独特的招商局“蛇口模式”（以下简称 PPC）。在扶贫过程中，招商局审慎研判，认为该模式对于拥有 32 公里长江优质岸线的蕲春有较大借鉴意义，其突破点在“港口先行”，并快速建成了蕲春港长江码头。据悉该项目创造了“一年完成前期工作，一年完成主体建设，当年基本投入运营”的“招商速度”，获得了湖北省交通运输厅“品质工程和平安工程”称号。

随着港口建设的完成，“前港”的问题解决了，结合“中区”“后城”的规划，招商局探索开发蕲春李时珍工业园区河西新区。蕲春位于大别山南麓，是名医李时珍的故乡，自古以来便有着艾草等丰富的中药材资源。有 40 余年园

产业扶贫配套服务：物流分发中心

区开发经验的招商蛇口利用成熟的产业育成经验，明确将园区打造为“国内先进的中草药产业示范区、长江中游港城联动发展新典范、武汉城市圈健康产业生力军”的总体定位，提出了以“健康、临港”为主题的发展路线。

为实现蕲春中医药产业的跨越式发展，招商局引入了麦肯锡等管理咨询机构为蕲春进行包括“大健康”产业在内的战略诊断，并在此基础上形成长期产业发展规划。2017 年 4 月 26 日，招商蛇口与蕲春县人民政府正式签署合作协议，合资成立招商局（蕲春）投资发展有限公司（以下简称招商蕲春）。招商蕲春作为 14.7 平方公里合作范围内唯一的招商引资管理平台，积极发挥招商局集团品牌优势。同时政府则打造良好的营商环境，确保经济发展的良好氛围，政企双方深度合作，各展所长，共同打造一个立足蕲春当地中医药行业、集聚以健康产业为核心的综合业态产业新城。2018 年 5 月，招商局蕲春产业促进中心投入使用，截至 2019 年 6 月，共计签约产业项目 23 个，累计签约投资额超过 60 亿元，有效引爆蕲春招商引资热潮，同时使蕲春县 2018 年接连三个季度在黄冈市招商引资排名靠前，为历史上最好成绩。

开创“27°农”扶贫品牌，公益助农传递招商温度

如果说，蕲春县长江码头建设展现了招商速度的话，那么开创扶贫公益品牌“27°农”则展现了扶贫攻坚过程中的招商温度。为打破偏远贫困地区“增产不增收，农民难脱贫”的困境，围绕消费扶贫，招商局在2018年10月17日（全国扶贫日）正式推出“27°农”公益助农扶贫品牌。

得益于大自然的馈赠，高原上、丘陵地、戈壁滩总有繁华之地不易寻的美味，但同时，受限于地理位置、种植加工技术等，优质农产品的销售市场还未打开，产品竞争力还有待提高。为此，招商局围绕着让农产品质量上有保障，销量上有提升，来开展助农、惠农的扶贫攻坚工作。“27°”不仅暗喻扶贫是温暖人心的工作，也代表了招商局定点扶贫的起点——北纬27°贵州威宁县。该品牌由招商局统一公益平台——招商局慈善基金会负责管理，全程产品品控及销售由招商局食品（深圳）有限公司负责实施，在贵州威宁、湖北蕲春、新疆叶城和莎车国家贫困县甄选优势特色农产品原料，不断开发标准化、品牌化的助农产品。

作为招商局参与贫困地区消费扶贫的创新探索，“27°农”已开发威宁黑

教育扶贫：素质教育课程让乡村儿童更加自信

苦荞茶、蕲春油茶籽油、南疆干果能量包、云南永仁板栗小吃等四十余款助农产品。招商局通过严格品控，提升农产品的品牌溢价能力和农户的市场意识，用市场化手段促进贫困户可持续增收，不断巩固脱贫效果。“27° 农”公益助农品牌仅 2019 年春节销售额即逾百万。

在品牌开发建设过程中，招商局深入贵州威宁、湖北蕲春、新疆叶城和莎车这四个定点扶贫县走访贫困户、合作社，了解当地农产品特别是特色农产品的生产情况。在掌握贫困户和贫困地区的生产情况下，招商局结合自身综合业务优势，调动旗下企业和员工资源，积极参与贫困地区消费扶贫。数据显示，“27° 农”平台自上线以来，已链接 51 家农产品生产主体（合作社、村委会、农业企业等），拓宽了贫困地区农产品的销路，农户不用再为没有销路而烦恼，不仅增加了贫困户的收入，还加强了脱贫发展意愿。

下一步，招商局将多管齐下，一方面继续深化“27° 农”公益助农品牌的建设，另一方面在匹配仓储、物流专业服务以及拓展销售渠道等方面加大力度，将“27° 农”打造成为“脚下粘着泥巴、手上端着精品、胸中揣着爱心”的公益助农平台。以此持续提升农产品供应水平和质量，为贫困地区消费扶贫的可持续发展不断打下市场基础，激发贫困户和贫困地区的内生动力，帮助贫困地区建立长久脱贫机制，助力早日打赢脱贫攻坚战。

卫生室建到家门口，招商精细度不落一人促小康

“用双脚丈量乌蒙大地，用心守护百姓健康，为威宁百万群众把好健康关。”招商局集团选派到贵州威宁开展扶贫工作的第七任挂职副县长刘洋在他的扶贫日记中写道。

贵州省威宁彝族回族苗族自治县地处高寒山区，由于县域面积大且地处乌蒙山区的高寒地区，群众身边的医疗基础设施显得尤为重要。然而，全县 627 个村中有一半以上村卫生室因投入不足已成为危房或无法使用，偏远山区贫困群众看病十分困难。

一个由土砖砌起来的平房便是唯一能够给村民看病的地方，房屋外墙剥

健康扶贫：招商局 · 幸福乡村卫生室，提升山村医疗水平

落，内墙开裂，裂痕里的霉菌长出了绿黑色的青苔，输液室里零星的木椅随意摆放着，发烧的村民正因病痛困扰在蜷缩着打点滴……这一幕幕相似而又让人心疼的情景是招商局考察团赴威宁走访考察时的真实所见。

通过深入了解实地情况与需求后，招商局立足实际，在威宁以“幸福乡村卫生室”项目为健康扶贫的切入点，有步骤地推进解决因病致贫、因病返贫这样的脱贫攻坚工作的重点难点问题。自 2016 年实施项目至 2019 年底，招商局累计出资 1.67 亿元支持威宁建成 523 所幸福乡村卫生室，帮助威宁实现了贫困村卫生室全覆盖。据了解，每所村卫生室建筑面积 155.3 平方米，附属建筑面积 80 平方米，按照贵州省卫计委标准化村卫生室标准设置相关科室和配备相关医疗办公设备。项目覆盖全县 39 个乡镇（街道），受益 30 万建档立卡贫困户。

家住黑河镇坪山村的文荣品，长期患有支气管炎，天气渐冷就会发作，病情严重时家里的农活一点帮不上忙。以前由于村里的卫生室没法正常使用，每次输液需要走一个多小时的路到乡镇卫生院或者隔壁村卫生室去治疗。自从新

健康扶贫：威宁卫生室新颜

的卫生室建成投入使用后，走路只需要十几分钟，输完液轻轻松松回家。有病症可以及时医治，病情得到好转，现在文荣品能下地帮助家里干农活，生活因此逐渐好了起来。文荣品说："招商局帮我们建了条件这么好的卫生室，不但我一个人便利了，整个村还有周围村的老年人都来这里看病。"

面对改善的硬件条件，有十多年从医经历的村医文涛干劲十足，他表示要为全村老百姓做好医疗诊治与公共卫生服务，不仅要看好病，更要帮助村民预防疾病，让贫困户强身子去赚票子。

村卫生室增强了贫困村公共卫生服务功能，为群众开展预防接种、健康教育、传染病及突发公共卫生事件处理等服务。威宁县计划生育协会专职副会长管彦华说，"建设村卫生室，第一个方面能给我们群众解决看病远、看病难的问题，一些小病、常见病，在村里面通过村医就能够解决；第二个方面解决了威宁县村医长期以来没有一个固定的、标准化的执业场所的问题。标准化村卫生室的全覆盖将从根本上解决我们群众就医难、就医远的问题。"

坚持大扶贫格局，传承百年商业智慧打好脱贫攻坚战

习近平总书记在党的十九大报告中指出，要坚持大扶贫格局，重点攻克深度贫困地区脱贫任务，解决区域性整体贫困，做到脱真贫、真脱贫。招商局集团作为一家中央企业，秉承百年公益传统，在扶贫工作中积极践行中央企业的责任与担当。按照党中央国务院的统一部署，2003 年招商局接受了贵州省威宁彝族回族苗族自治县的定点扶贫工作；2012 年新增湖北省蕲春县；2015 年随

干部培训：提供人才支持

着中外运长航集团整体并入招商局，其所负责的新疆维吾尔族自治区叶城县和莎车县的定点扶贫工作也纳入招商局统一管理。

为做好定点扶贫工作，招商局先后成立扶贫工作领导小组、扶贫办和招商局慈善基金会，从而形成以扶贫工作领导小组为决策平台，以慈善基金会为资金平台的“双平台”扶贫工作体系。

在定点扶贫工作中，坚持发挥企业优势与立足定点扶贫县实际相结合，充分调动贫困地区干部群众积极性和创造性，增强贫困人口的内生动力，构建社会“大扶贫”格局；坚持理性公益、专业公益、战略公益的理念，以招商局慈善基金为平台，以项目为依托，有效保证了定点扶贫工作的落实。2010 年以来，招商局集团变输血式扶贫为造血式扶贫，变救济式扶贫为产业开发式扶贫，以招商局慈善基金会为平台，稳步推进定点扶贫工作迈向专业化。

从把卫生室建到家门口的健康扶贫，到通过建设蕲春长江码头完成群众千百年来通江达海的梦想助推县域经济转型升级的招商态度，再到开创“27°农”扶贫品牌，打通销售途径增加农产品附加值的做法，我们可以看出在脱贫攻坚中招商局聚焦产业、运用商业思维而进行脱贫工作的布局与努力以及取得的可喜成果。招商局集团党委书记、董事长李建红曾说，招商局的扶贫工作始终聚焦于“人”，从解决贫困群众最紧迫的困难入手。如今，脱贫攻坚已经进入攻城拔寨决战阶段，招商局将继续带着强烈的责任感，传承百年商业智慧为打赢脱贫攻坚战而尽锐出战，彰显百年企业的责任与担当。

更多扶贫内容请扫描

寄语 2020

招商局集团作为中国民族工商业先驱，延续百年公益传统及一脉相承的创新基因，积极履行社会责任。自 2003 年开始，招商局先后在贵州威宁等贫困地区开展精准帮扶工作，围绕“两不愁三保障”的目标，实施扶贫项目 130 余项，累计投入帮扶资金近 9.4 亿元，派出挂职和驻村干部 30 多名。

招商局的扶贫工作始终聚焦于“人”，从解决贫困群众最紧迫的困难入手。在帮扶过程中，注重专业化和项目化运作，坚持以“人的改变”为核心，以“社区发展”为载体，以“扶贫主体多元化”为抓手，充分激发贫困群众的内生动力，切实提升“获得感”和“参与感”。

脱贫攻坚已经进入攻城拔寨决战阶段，招商局内部必将上下一心，带着强烈的责任感，尽锐出战，发挥自身专长和优势，帮助贫困群众早日脱贫，过上富足、幸福、有尊严的生活。

——全国政协委员，招商局集团党委书记、董事长 李建红

企业名片

招商局集团有限公司简介

招商局集团有限公司（简称招商局）是中央直接管理的国有重要骨干企业，总部设于香港，是香港四大中资企业之一。2019年，招商局集团各项经济指标再创新高：实现营业收入7177亿元，同比增长10.4%；利润总额1625亿元、净利润1262亿元，同比分别增长12.0%和18.0%；截至2019年底，集团总资产9.3万亿元，同比增长16.7%。集团利润总额、净利润和总资产在央企中均排名第一。招商局集团成为8家连续15年荣获国务院国资委经营业绩考核A级的央企之一和连续五个任期“业绩优秀企业”。2019年发布的《财富》世界500强榜单中，招商局和旗下招商银行再次入围，招商局成为拥有两个世界500强公司的企业。

招商局是中国民族工商业的先驱，创立于1872年晚清洋务运动时期。147年来，招商局曾组建了中国近代第一支商船队，开办了中国第一家银行、第一家保险公司等，在中国近现代经济史和社会发展史上具有重要地位。招商局于1979年创办了中国第一个外向型的工业园区蛇口工业区，并相继创办了中国第一家股份制商业银行招商银行，中国第一家股份制保险公司平安保险公司等，为中国改革开放事业作出了积极探索和突出贡献。

招商局是一家综合企业，目前，业务主要集中于综合交通、特色金融、城市与园区综合开发运营三大核心产业，并正实现由三大主业向实业经营、金融服务、投资与资本运营三大平台转变。

新时代，集团将以习近平新时代中国特色社会主义思想和党的十九大精神为指引，坚持“立足长远、把握当下，科技引领、拥抱变化”的战略原则，不断深化改革，持续创新转型，稳步推进具有全球竞争力的世界一流企业建设。

扶贫手记

作者系招商局集团挂职贵州威宁县副县长刘洋

用双脚丈量乌蒙大地，用心守护百姓健康

今天是2019年9月的最后一天，来威宁已经整整一年半的时间了，主要负责落实招商局对威宁在健康、产业、教育等多个领域的帮扶举措，其中健康扶贫是关键。威宁地处高寒山区，地广人多，基础医疗特别薄弱，按照招商局的帮扶目标，2020年帮助威宁实现全县标准化乡村卫生室全覆盖，为威宁百万群众把好“健康关”。

2019年招商局进一步加大对威宁的帮扶力度，在已支持建成85所“招商局·幸福乡村卫生室”的基础上，增加支持建设438所卫生室，累计将支持建成523所卫生室，帮助威宁实现基层医疗服务全覆盖，补足卫生医疗短板。

今天上午，我去了距离县城2个多小时车程的迤那镇调研乡村卫生室使用情况。到威宁挂职以来，我走遍了全县39个乡镇（街道）的村村寨寨，用双脚丈量乌蒙大地，组织协调、下乡调研了解帮扶项目推进情况、走访贫困户了解致贫原因便是工作日常。

自从乡村卫生室项目实施以来，常常要跑到最偏远的村子，协调项目落地、工程质量监督等工作。523个乡村卫生室选址，我一人跑了将近150个。

我还清晰记得，自己刚到威宁时参与过一次义诊活动，不少百姓被检查出身体有问题，但提起治疗时，他们却有些抗拒，“忍一忍，反正不是什么大问题”是他们的普遍心态。一方面可能是老百

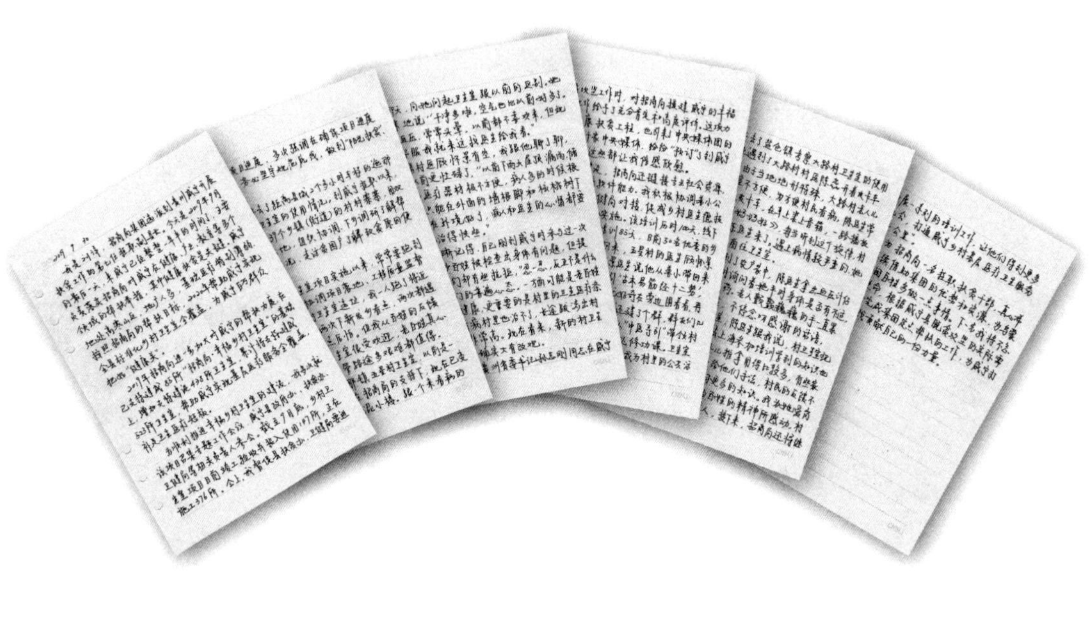

姓不重视自己的健康，更重要的是村里的卫生医疗条件极其有限，有病村里也治不了，长途跋涉出村就医的成本又非常高。现在看来，新的村卫生室建好了，情况确实大有改观。

今年上半年，贵州省委书记孙志刚同志在威宁调研脱贫攻坚工作时，对招商局援建威宁的幸福乡村卫生室工作给予了充分肯定和高度评价。这项力度空前的健康扶贫工程，也引来了中央媒体团的关注——超过十家中央媒体，纷纷“预订”了到威宁采访的档期。这些都让我倍感欣慰。

除了硬件建设，招商局还链接专业社会资源，支持威宁提升医疗软件能力。我积极协调善小公益基金会与威宁卫健局对接，促成乡村医生德技双馨培训项目落地实施。该培训历时 100 天，线下集中培训 15 天，线上培训 85 天，日前 50 名优秀的乡村医生刚从上海集训回来，五星村的医生顾怀景就是其中一名学员。顾怀景医生说他从善小带回来一套养生功法——中医导引“古本易筋经十二势”，每天都练，路过的村民就好奇地在旁边围着看，再后来就一起在广场上练。他还建了个群，群友们几乎每天都约好一起打。现在以“中医导引”带领村民强身健体成为每日的必修功课。卫生室也不再仅仅是看病的地方，已经成为村里的公共活动空间。

今天下午去了盐仓镇考察大路村卫生室的使用情况。在路上遇到了大路村村医陈蕊开着皮卡车给村民诊疗。由于当地地形特殊，大路村老人儿童居多，去卫生室不方便，为方便村民看病，陈医生常常将药品放进皮卡车，在车上装上音箱，一路播放歌曲《世上只有妈妈好》，每当听到这个旋律，村民们就知道是陈医生来了。遇上病情较严重的，她便载着患者一同前往卫生室。

我和她一同到了农户家中，陈医生拿出血压计仔细为老人测量，不时询问着她平时身体是否有不适，并叮嘱老人按时服药。老人颤颤巍巍的手一直紧紧抓着我和陈医生，不停念叨感谢的话语。

回到大路村卫生室，陈医生跟我说，村卫生室现在条件好多了。她说去上海参加培训学到的知识也都派上了用场。现在小儿推拿用得比较多，有些家长觉得很好，她就教给他们手法，村民的反馈不错，接下来她还想要学习更多的知识。我为她爱岗敬业、务实进取、一心为百姓的精神而感动。村医作为村民健康的守护人，接下来，招商局还将继续支持开展一系列的培训工作，让他们得到更多的学习机会，打通威宁乡村基层医疗卫生服务的“最后一公里”。

我作为招商局一名挂职扶贫干部，真心希望能够继续借助集团的优势和资源，为乌蒙大地上的贫困百姓多做一点事情。下一步我将不忘初心，牢记使命，根据威宁县脱贫攻坚的实际需求，保质保量完成集团定点帮扶的工作，为威宁打赢脱贫攻坚战贡献自己的一份力量。

中交方案
打通脱贫攻坚“致富路”

“去年独龙族实现了整族脱贫，乡亲们日子越过越好。得知这个消息，我很高兴，向你们表示衷心的祝贺！”中共中央总书记、国家主席、中央军委主席习近平在 2019 年 4 月 10 日给云南省贡山县独龙江乡群众回信上写道，并勉励乡亲们要再接再厉、奋发图强，同心协力建设好家乡、守护好边疆，努力创造独龙族

中交集团党委书记、董事长刘起涛代表公司向泸水一中捐赠图书

更加美好的明天。习总书记对独龙族成功脱贫的关注和认可是云南省和怒江州脱贫攻坚的荣光，也是对中交集团定点帮扶工作成绩的充分肯定和鞭策激励。

事实上独龙族脱贫攻坚的成功，仅仅是中交集团定点扶贫工作的一个缩影。按照国务院扶贫领导小组和国资委的统一部署，由中交集团助力云南怒江州泸水、兰坪、福贡、贡山县和新疆英吉沙县脱贫摘帽，推动这 5 个县（市）与全国同步实现小康。在脱贫攻坚工作中，中交集团紧紧抓住立项、帮扶、资金使用等重点环节，以聚力交通扶贫、搬迁扶贫、产业扶贫等为抓手，确保脱贫工作务实、脱贫过程扎实、脱贫结果真实。在脱贫攻坚大格局中，打造“中交模式”，贡献“中交力量”。

怒江所需——正是中交所能

怒江三江并流、群山环绕，98%以上的面积是高山峡谷。千百年来，这里的傈僳族、白族、独龙族群众，零散居住在江畔、山腰。怒江州 54 万人，近 90% 是农民，有 26 个民族直过区。至今，这里无高速、无机场、无铁路、无燃气。受自然条件限制，这里村民受教育程度低，加之因为过度饮酒、近亲结婚导致的致病致残率高，这里成为了全国贫困发生率最高的地区——2018 年末，全州建档立卡贫困人口为 14.3 万人，贫困发生率 32.52%，而同期全国的贫困发生率已降到 1.7%。

在怒江州，中交集团对口帮扶的所属泸水、兰坪、福贡、贡山县四个贫困区县，是脱贫攻坚中的硬骨头。其中交通不便，是怒江发展最大的瓶颈之一。一包水泥在山外卖 25 元，运到山上就得 150 元。1998 年，独龙乡通公路，这里的村民才见到汽车，此前村民到县城就要走上三天。

怒江所需，正是中交所能。中交集团，主要从事公路、水运、铁路、机场等交通基础设施投资、设计、建设和运营业务，是世界最大的港口设计及建设企业；世界最大的公路、桥梁设计及建设企业；世界第一疏浚企业；全球最大的集装箱起重机制造企业；中国最大的国际工程承包企业，拥有强大的自主创新能力，创造了多项“世界第一”工程。

中交集团援建的中交怒江渡口大桥

为解决当地出行难题，中交集团结合怒江脱贫攻坚和经济发展的需要，成立“怒江州项目前期工作小组”，多次针对高速公路、轻轨等 13 个项目开展考察调研，提供项目规划“中交方案”。2018 年 8 月 8 日，由中交集团投资 1.05 亿元，公规院设计、三公局承建的中交怒江连心桥项目正式开工，这是中交集团在怒江州最大的援建项目，将对提升泸水城市品位、完善城市功能、构建城市交通、助力脱贫攻坚起着巨大的助推作用。

除了连心桥，中交集团还通过“环城路”的修建来破解怒江各族儿女“行路难”的难题。“没有中国交建，就没有这条‘环城路’。”福贡县上帕镇腊吐底村俄夺底自然村第二书记阿南肯感慨道。

阿南肯所说的“环城路”，其实是连接易地搬迁安置点和村级主干道的一条路。在中交集团的帮助下，仅用 4 个月时间，便将村里唯一一条上山不足一米宽的石板路变成了 4 米宽的水泥道，并让这条“环城路”从各家门前通过，实现了“家家通”。

“要想富，先修路。”在怒江州之外，中交集团务实推进新疆英吉沙县旅游区公路建设，改善旅游区交通环境，吸引更多旅游资源，带动经济增长和贫困人口收入提升。诸多成功经验告诉我们，经济发展，需要交通先行。在脱贫攻坚战中，中交集团正在充分发挥交通建设领域的资源和产业链优势，发力脱贫攻坚工作的开展。

怒江所盼——正是中交所急

当一方水土难养一方人，易地扶贫搬迁便成了摆脱贫困的有效途径。“十三五”期间，我国计划对1000万左右建档立卡贫困人口实施易地扶贫搬迁。

在异地搬迁工作中，中交集团打的是一套组合拳。首先是参与制定搬迁规划，与怒江州共同创新扶贫工作模式，按照“搬得出、稳得住、有事做、能

中交集团援建的福贡县上帕镇木尼玛大桥

致富”要求，谋划脱贫搬迁规划工作。其次是支持扶贫搬迁项目建设，出资1400万元援助云南怒江安置点建设，援建村级综合设施，着力打造搬迁脱贫示范村。再次是打通“最后一公里”，中交集团出资40万元修建从安置点至村级主干道道路，解决出行困难；捐赠大型工程机械设备，保障乡村道路畅通。

2017年，中交集团审批通过贡山县普拉底乡腊咱中交小区危房改造项目，出资400万元，作为易地扶贫搬迁示范村建设项目的配套资金，项目建成后，将极大改善700余名（240户）建档立卡贫困人口的生活居住条件。

搬出穷窝窝，住上好房子，但还要解决有事做，能致富的问题。在建设支撑产业的过程中，“背靠墙头晒太阳，等着别人送小康”的等靠要思想严重，是实现脱贫攻坚面临的较大挑战。为此，成立对口帮扶农民讲习所，成为中交集团在当地扶贫的又一有力抓手。

通过讲习所老师来村里与群众面对面宣讲扶贫政策，手把手传授技能技术，对村民转变思想观念，规划今后脱贫致富门路非常有好处。截至目前，中交集团出资200万元举办农民讲习所，累计培养1300人，提升就业技能，拓宽就业渠道。

根据怒江州新时代农民讲习所专职副所长苏义生介绍，怒江州目前共挂牌

中交集团扶贫干部姚聪学深入帮扶群众

成立了州、县（市）、乡（镇）、村、组5级新时代农民讲习所1163个，建立了由3269名机关干部、行业名家、致富能手、乡土人才组成的讲师库，形成了“人人都是讲习员、处处都是讲习所”的讲习格局。未来，怒江新时代农民讲习所将针对少数民族群众文化素质偏低、劳动技能缺乏、脱贫攻坚内生动力严重不足的现状，创新宣讲培训方法，开展新型农民、农村劳动力转移、进城务工技能和文明素质培训，完成6500人劳动力综合素质培训任务，扶智送技能，助力怒江精准扶贫工作。

怒江所想——正是中交所备

从火龙果种植到肉牛养殖合作社再到养蜂产业，中交集团立足区域特色，聚力产业脱贫。近年来，中交集团先后共投入1000多万元，实施了黄牛、生猪、山地鸡养殖，雪桃、重楼、秦艽、草果、白芨、火龙果种植，以及饲料加工等一批产业扶贫项目，带动154户建档立卡贫困户增收脱贫。将“输血式”扶贫转变为“造血式”扶贫。

大兴地镇荣新火龙果种植基地是中交集团在当地开展的产业扶贫中的一大亮点。火龙果种植基地总投入100多万元，其中20%由本村的牵头人投资，其余部分由中交集团无偿投入。2018年，荣新火龙果基地总收入达到17万元左右，给无偿入社30户建档立卡贫困户每户带来1700元左右的收入。

除了火龙果种植，中交集团在自扁王基村还成立了肉牛养殖合作社，模式与火龙果种植合作社一样，培养1名村里致富带头人，出资20%担任合作社理事长，中交集团捐资80%，让20户建档立卡户成为股民，30%的经济效益归入村级集体经济，以结束村级集体经济零的历史。

事实上，这些数字还不能完全体现项目的连环效应。两个合作社，有效解决了当地贫困户的就业和持续增收问题，切实提高了农户的经济收入。比如，火龙果合作社社员可以参与基地建设、火龙果种植养护及运输，每人每天最低工资100元；肉牛养殖基地的牛饲料大部分购自当地百姓，在基地打工，每天最低工资也有100元。除此之外，中交集团还成立了“怒江乡味”电商平台，

中交集团出资举办“中国交建杯”中国怒江皮划艇野水国际公开赛

为当地百姓打通了一条全新的特色产品销售渠道。

怒江州是“三江并流”世界自然遗产风景名胜区重点景区之一，是绚丽多姿的原生态民族文化汇聚之地。如何基于当地优质的自然资源优势，将怒江的旅游资源优势转化为经济优势，成为中交人挖掘当地优质资源，聚力产业脱贫的重要突破口。针对旅游产业“小、散、弱”的现状，旅游文体产业开始进入中交人的视野。怒江州提出要策划一批有国际影响力的体育赛事，以推动怒江旅游文化产业发展，助力怒江脱贫攻坚。为此，中国交建出资 600 万元支持怒江州举办了 2 届“中国交建杯”中国怒江皮划艇野水国际公开赛，壮大体育旅游产业，让贫困群众有更多更稳定收入来源，让老百姓有实实在在的获得感。

脱贫计长远——贡献中交方案

如果说，交通扶贫、易地搬迁、就业扶贫等措施解决了当前贫困问题，那么教育投入及资金平台扶持则从根源上解决了贫困的长效机制，是巩固交通脱贫成果而提供长远的保障。

“父母觉得浪费时间读书不如早日挣钱养家，所以，初一没上完便辍学当起了‘苦力’。”这是家住泸水市大兴地镇自扁王基村的六月二的真实经历。六月二，本姓祝，自小家里穷困，父母也没什么文化，自己连一个正式的学名都没有。吃了没文化的亏，六月二对女儿祝安霞接受正规的教育非常支持，并表示就算砸锅卖铁也要帮女儿完成心愿。

云南省怒江傈僳族自治州，全国贫困发生率最高的深度贫困地区之一，人均受教育年限仅为6—7年。一些人祖祖辈辈生活在高山深谷中，与现代生活隔绝，缺乏主动谋求幸福的动力，精神贫困成了脱贫攻坚路上的拦路虎。

中交集团通过建硬件、圆梦想、设基金等系列教育扶贫项目实施“精准滴灌”，覆盖范围从幼儿园到大学各阶段，以“拔穷根”、转观念，阻断代际传递，重点解决“看不见的贫困”。2018年3月，泸水一中一座“特殊”的新教学楼——“中交楼”落成并投入使用，为初中部992名学生、58名教师改善了教学环境，间接受益者近2000人。“‘中交楼’的建成也为实现义务教育均衡发展奠定了坚实基础。”泸水市教育局副局长尹智说。

中交集团援建的泸水一中教学楼

事实上，这仅仅是中交集团在“扶贫先扶智”所做的一系列工作的一个小小缩影。针对当地教育落后、人才短缺、观念相对封闭等现状，中交集团出资790万元实施教育扶贫项目，用于怒江州部分校舍改造和建设，改善学习生活环境；投入900万元设立助学基金，帮扶1600多名困难学生，解决“回流”“辍学”问题；加强地企人才交流和培训，公司为怒江州多名干部提供学习机会，安排参加公司中青班系统培训……

扶贫攻坚终有期，而致富奔小康之路却未有终点。为此，中交集团引入市场机制，建立帮扶长效模式。按照习近平总书记“摘帽不摘责任、摘帽不摘帮扶”的要求，集团与怒江州结成命运共同体，于2019年5月出资5亿元人民

中交集团招聘团队走进怒江州开展怒江籍大学生专场招聘会

币共同组建了中交怒江产业扶贫开发有限公司，构建在怒江州属地化投资、建设、运营的一体化平台，着力以“计划 + 市场”“政府 + 企业”“短期 + 长期”的全新模式，推进“扶贫 + 开发”“扶贫 + 产业”“扶贫 + 教育”等精准扶贫举措，将优质资源转化为优势产业，通过产业运营带动脱贫攻坚，助力怒江州实现脱贫攻坚与乡村振兴有效衔接。

在开展对口扶贫工作 20 多年来，中交集团始终坚持精准扶贫精准脱贫基本方略，积极发挥自身产业优势，加大帮扶力度，从 2017 年的投入帮扶资金 1900 多万元，到 2018 年的 9700 多万元，再到 2019 年已实际投入的 2.5 亿元，连年超额完成与国资委签订的扶贫责任书中各项任务指标。

当前，脱贫攻坚已经到了决战决胜、全面收官的关键阶段。中交集团将以更大的决心、更明确的思路、更精准的举措实现脱贫攻坚目标，确保摘帽“不摘责任”“不摘政策”“不摘帮扶”“不摘监管”，采取超常规举措，拿出过硬办法，打好组合拳，探索构建精准扶贫“中交模式”，在脱贫攻坚中践行中央企业的责任与担当。

更多扶贫内容请扫描 

寄语2020

习近平总书记在东西部扶贫协作座谈会上指出，要真扶贫、扶真贫、真脱贫。这句话既指出了扶贫工作的认识论，也点明了方法论。启于思路，胜于理念，贵在实干。结合中交集团扶贫工作实践，我理解，“真扶贫”是强调实事求是、求真务实的工作态度，“扶真贫”是要秉承以人为本、因地制宜的扶贫理念，“真脱贫”是要建立拔除穷根、久久为功的长效机制，对准贫困群众的获得感，瞄准市场和产业的结合部，扶到实处、扶到根儿上，全力以赴打好打赢脱贫攻坚战。

——全国政协委员，中交集团党委书记、董事长　刘起涛

企业名片

中国交通建设集团有限公司简介

中国交通建设集团有限公司，品牌名称“中国交建”，于2005年成立，主要从事公路、水运、铁路、机场等交通基础设施投资、设计、建设和运营业务，是世界最大的港口设计及建设企业；世界领先的公路、桥梁设计及建设企业；世界第一疏浚企业；全球最大的集装箱起重机制造企业；亚洲最大的国际工程承包与设计企业，拥有强大的自主创新能力，创造了多项“世界第一”工程。2019年，中国交建居《财富》世界500强第93位；在国务院国资委经营业绩考核“14连A”。

中交集团拥有60余家全资控股子公司，其中有中国最早成立的疏浚企业、筑港企业、筑路企业和对外承包企业，在121个国家和地区设立250多个机构，在157个国家和地区开展实质性业务，历史悠久、业务多元、文化厚重。

中交集团秉承“固基修道，履方致远”的企业使命，坚守“交融天下，建者无疆”的企业精神，致力于打造全球知名的工程承包商、城市综合开发运营商、特色房地产商、基础设施综合投资商、海洋重工与港口装备制造服务商，努力做政府与经济社会发展的责任分担者、区域经济发展的深度参与者、政府购买公共服务的优质提供者，努力“让世界更畅通、让城市更宜居、让生活更美好”。

扶贫手记

作者系中交集团派驻云南省秋那桶村第一书记姚聪学

扎根一线 帮群众做点事 决不能让群众失望

快过年了，一天比一天冷了，秋那桶村里放寒假回来的孩子也越来越多了，不论天气多么寒冷总有那么几个孩子在村委会的球场上打球，球场上欢声笑语，秋那桶村欣欣向荣的情景，这是我初到秋那桶村时不可能见到的。

2018 年 10 月第一天到村之后，我首先看到的是堆满了建筑垃圾的球场和漆黑老旧的厨房。在和其他驻村工作队员见面认识之后，便和他们一起在这昏暗的厨房里吃了第一顿饭，当时我就想着如果都解决不了我们这些队员的生活问题，更谈不上什么工作了。当晚，回想起村委会的老旧厨房时，昏暗的光线，多年烧柴火熏得暗黑的墙，加上经常堵塞发霉腐烂的排水槽发出的臭味，厨房内的电器、线路也因为油烟常年侵蚀老化，存在极大安全隐患，我心里就不是滋味。再三考虑后，我向派出单位中交一公院提出了改造厨房的申请，单位领导还是很重视工作队的生活问题，拨付 2 万元用于村委会厨房的装修改造和厨具添置，改善了我们秋那桶村驻村工作队员的生活条件。

在经过深入的走访后我了解到，秋那桶村的老百姓业余生活单调，爱在火塘边喝酒。我知道少数民族群众大都能歌善舞，于是我就去动员老百姓少喝酒，走出火塘到村委会球场上去跳舞，可是老百姓微醉地质问我球场上都是建筑垃圾我们怎么跳舞。清理球场上

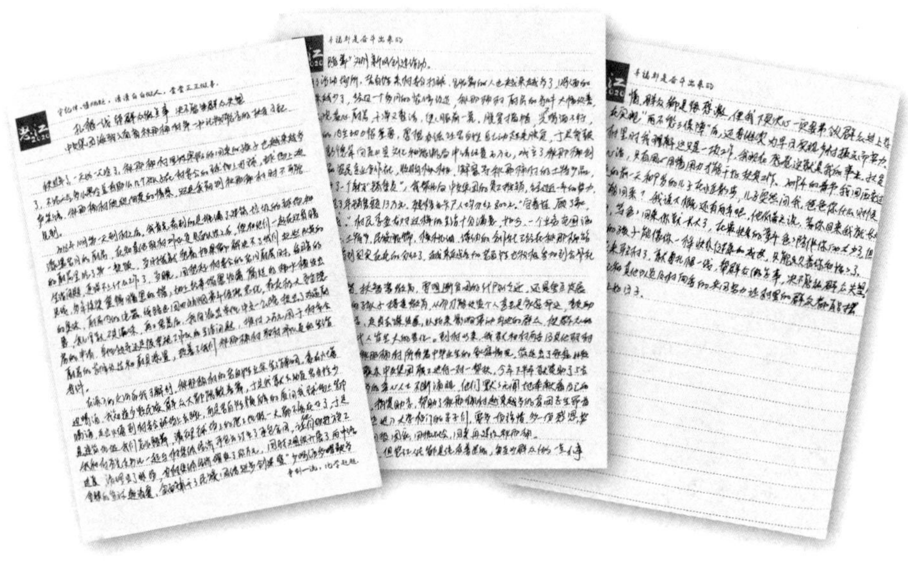

的施工垃圾一天都不能再等了，于是我和村党总支书记一起与村集体经济承包方订立了承包合同，让他们来加快施工进度，清理出了球场。为村集体经济增收 8.5 万元，同时又组织开展了丙中洛全镇的篮球邀请赛，全面铺开民族团结进步创建暨“少喝酒多唱歌多跳舞”文明新风创建活动。

有了活动场所，来村委会打球、跳舞的人也越来越多了，喝酒的也越来越少了。经过一个多月的装修改造，秋那桶村厨房的条件大幅改善，中交一公院爱心厨房，干净又整洁，使人眼前一亮。脱贫摘帽，光不喝酒不行，老百姓的内生动力很重要，要想办法让老百姓自己动起来脱贫。于是我鼓励村民彭德军向贡山县文化和旅游局申请经费 20 万元，成立了秋那桶创福手工艺品农民专业合作社，收购核桃、蜂蜜等秋那桶村的土特产品。此后我又多了一个身份“销售员”，我帮忙向中交集团的员工推销，经过近一年的努力，合作社实现了年销售额 13 万元，建档立卡户人均分红 800 元。“守着娃，顾了家，还能赚到钱。”村民李金龙对这样的生活十分满意，如今，一个业务范围涵盖民族手工艺、土特产、民族服饰、核桃油、漆油的合作社已经在秋那桶站稳了脚跟，看到实实在在的分红了，越来越多的老百姓也积极参加到了合作社里来了。

扶贫先扶智，扶智靠教育，要阻断贫困的代际传递，还是重点发展教育，使更多的孩子接受教育，从而才能改变个人甚至是家庭命运，鼓励更多的孩子考大学，走出去谋发展，以此来影响带动身边的群众，使群众的意识观念通过一代人发生大的变化。到村以来，我就和村两委及其他驻村工作队员全面了解了秋那桶村所有高中毕业生的家庭情况，筛选出了家庭比较困难的家庭积极联系中交集团职工进行一对一帮扶。今年下半年就资助了5名大学生，现在越来越多的爱心人士不断涌现，他们默默无闻地奉献着自己的爱心，不求任何回报，捐资助学，帮助了秋那桶村越来越多的贫困学子昂首进校园。我也希望秋那桶村这些进入大学校门的学子们，要多一份珍惜，多一份感恩，努力学习，学有所成，将来回报国家，回报社会，回来再建设秋那桶。

秋那桶村隶属云南省怒江州贡山独龙族怒族自治县丙中洛镇，地处怒江大峡谷最北端，是云南西北部最后一个行政村，属于国家“三区三州”深度贫困地区之一，辖雾里、青那桶、初岗等10个村民小组，紧邻西藏。到村后，为了全面掌握村情贫情，做好帮扶工作，我和其他工作队员一起迅速走遍了秋那桶村的10个村民小组，访贫困、挖穷根，查找村里基层党建和脱贫攻坚存在的短板问题。

怒江虽然落后贫穷，但怒江人民都是纯朴善良的，每当为群众做一点小事情，群众都会很感激，使我下定决心一定要带领群众过上好日子，在实现两不愁三保障后，还要继续为早日实现乡村振兴而努力。刚来村里时我理解这只是一项工作，我现在感觉这就是我的事业，扶贫更是良心活，只有用心用情用力才能干好扶贫工作。2019年的春节我回西安过年，临走的前一天和9岁的儿子在小区散步，儿子突然问我，爸爸你什么时候扶贫才能回来？我说大概还有两年吧，他低着头说，等你回来我就长大了。是啊，等爸爸回来你就长大了，在最快乐的童年爸爸陪伴你的太少了，但是为了更多的孩子能像你一样快乐健康地成长，只能先欠着你和妈妈了。

既然来驻村了，就要扎根一线，帮群众做点事，决不能让群众失望！希望通过自己和其他队员及村两委的共同努力让村里的群众都能摆脱贫困，过上好日子。

第二章 央企行动

“变”群众内生之力

创新扶贫模式 中国兵器工业集团紧抓脱贫致富内生动力

2020年实现全面脱贫目标的日益临近，在紧迫的扶贫工作中，要看数量，更要看质量。自脱贫攻坚战打响以来，中国兵器工业集团有限公司结合实际，精准施策，发扬人民兵工精神和优良传统，通过深入挖掘贫困县经济发展资源与地域特点，针对扶贫县产业基础薄弱的实际，实施特色综合产业扶贫项目。项目选择注重可持续性，培养特色化、集聚化、规模化扶贫产业，带动贫困户参与产业、分享收益、实现脱贫致富。

援建项目三方协议签字仪式

兵工计算机教室

不仅如此，中国兵器工业集团通过“扶持一个项目，脱贫一批家庭，带动一个产业，致富一方百姓”的目标定位，由“输血式”扶贫向“造血式”扶贫转变，有效防止了脱贫群众的大规模返贫，形成并筑牢稳定脱贫的长效机制，成为脱贫攻坚工作“冲刺”的关键，进一步巩固了脱贫攻坚成果。

中国兵器工业集团从2002年起对云南省红河县、2013年起对黑龙江省甘南县实施定点扶贫。18年来，集团公司累计向两县投入定点扶贫资金超过7600万元，先后实施了稻渔共作、电商扶贫、沃柑种植、农田深松、阳光蔬菜大棚、农机项目等产业扶贫项目，兵工计算机教室、兵工助学金等教育扶贫项目，以及基础设施建设、救灾捐赠等扶贫项目，取得显著扶贫效果。2017年，甘南县以黑龙江省综合排名第一的成绩，提前实现脱贫摘帽目标。

2019年，中国兵器工业集团定点扶贫工作坚持高质量高标准的原则，响鼓重锤、多措并举，实效突出，出色完成定点扶贫责任书中全部6项考核指标。

产业扶贫插上电商翅膀

发展产业是实现脱贫的根本之策，是推动脱贫攻坚的根本出路。

“授人以鱼不如授人以渔。”要想改变一个地区的贫困状况需要通过发展产业带动，从而集聚人气、财气，远离贫困。没有调查就没有发言权。中国兵器工业集团在精准扶贫过程中注重贫困地区以及贫困百姓致贫的原因分析、现状分析，入户调查、建档立卡，不走过场、脚踏实地。多年来，中国兵器工业集团积极推进精准扶贫的进程，专注帮扶的可持续性，通过深入挖掘贫困县自然禀赋与发展实际，将重点放到扶贫长效机制的建立上，注重帮扶项目的综合价值最大化和长远发力，走出了一条央企特色扶贫之路。

针对甘南县土地资源丰富的特点，2014 年，中国兵器工业集团以提高土地经济效益为重点，启动实施阳光大棚项目，经营蔬菜大棚的 25 户贫困户当年户均增收 2.24 万元。通过典型示范作用，带动当地其他村也积极开展大棚种植。2015—2017 年，在取得初步成果基础上，持续推广大棚项目。截至 2017 年，累计投入资金 540 万元，援建 135 栋阳光大棚，解决了 300 余名贫困人口就业问题，取得了显著的经济效益，让近千名贫困人口从中受益，并对周边农户带动和辐射作用明显，在当地形成了大棚经济发展模式。

蔬菜种植基地

针对甘南县农业生产连片耕种的需求，贫困户多为老弱病残等弱劳动力的情况，自 2017 年起连续三年实施农机服务队项目，通过提供耕种服务和分红建立帮扶贫困户的长效机制，既解决了缺乏劳动力的贫困户帮扶保障问题，也促进农民耕地规模化经营发展，带贫、减贫的经济效益和社会效益都十分明显，得到了甘南县的欢迎。2017—2019 年，中国兵器工业集团累计投入资金 474 万元，为新鲜村、大岗村、新发村配备无人机、黄豆收割机等共计 30 余台套，组建 3 个农机服务队，使村民们从降低生产成本及增加收入两方面受益。

实践证明，通过精准选择产业，结合各地资源禀赋及农户意愿，科学谋划，合理布局，并认真分析村情民情，充分发挥规模效益，增强主导产业抗风险能力，切实提高扶贫产业的竞争力和效益。

结合红河县实际特点与资源优势，中国兵器工业集团确定了开展立体种养、提高土地附加值的产业帮扶思路，通过实施“稻渔共作”项目，实现了“一水两用、一田双收、粮渔双赢”，取得了很好的脱贫效果。2010 年以来，投入资金355万元在红河县推广的稻田养鱼项目，从最开始的1万亩发展到现在的8万多亩，建立起田里种稻、水中养鱼、水上养鸭的立体式“稻鱼鸭共作”模式，惠及群众近10万人，形成以甲寅、宝华、乐育、架车、石头寨乡等为代表的梯田鱼养殖区，有效提高了梯田综合经济效益。

捐赠农机

2018年，在宝华镇集中养殖3236亩梯田鱼，人均经济效益更加突出，直接受益农户2398户11052人，其中建档立卡贫困户838户3748人，取得了较高的经济效益。“稻渔共作”项目在保护千年哈尼梯田的基础上，既提升了水稻产量，又有效增加了梯田的经济附加值和农户的收入，取得了良好的扶贫效果。“哈尼梯田”渔稻综合种养模式入选了淡水鱼产业技术体系核心示范点。“中国兵器工业集团‘稻渔共作’助推脱贫致富优秀案例”入选《中央企业社会责任蓝皮书（2018）》精准扶贫篇。

随着互联网的发展，电商对产业发展的促进作用不言而喻，中国兵器工业集团引入电商扶贫新理念，从而创新扶贫攻坚与产业发展模式。

2017年，与中国扶贫基金会合作，并联合红河县启动“互联网+扶贫”示范县建设，在尼美梯田红米示范基地建设智慧农业系统试验，成立“木美云田种植专业合作社”，吸纳68户建档立卡贫困户入社。2018年，扩大红河哈尼梯田产业发展与提升示范基地规模，在宝华镇撒玛坝万亩梯田发展梯田红米、稻田鱼、鸭蛋产业，吸收13个合作社成立联合社，共建农户达1518户，其中建档立卡贫困户804户，红米交易额突破600万元，帮助社员户均增收3000元。通过电商扶贫项目产生的溢出效应，盘活了红河县红米厂3100万闲置资产，解决当地直接就业人数40余人，间接带动当地就业人数2000人以

梯田红米丰收

上，2018 年给红河县里带来 200 万元以上税收。

中国兵器工业集团开展电商扶贫项目，帮助销售梯田红米，实现了梯田“红米下山”，取得了显著成效，成为全国产业扶贫的典型案例和示范。2018 年 9 月 5 日，央视 12 频道到撒玛坝梯田对帮扶红河县梯田“稻鱼鸭”共作模式进行了采访，对电商扶贫线上产品——梯田红米秋收做了直播。

在前期合作取得显著成效的基础上，中国兵器工业集团持续深化中国扶贫基金会的战略合作，不断拓展合作领域。2019 年，在红河县，积极引入中国扶贫基金会、国盛证券及喜茶等社会扶贫资金共计 860.5 万元。同时，在总结红河县梯田红米电商扶贫成效的基础上，在甘南县实施“甘南大米产业扶贫与消费扶贫综合发展项目”，形成“南有红米、北有大米”的脱贫致富模式。梯田红米电商扶贫优秀案例入选《社会力量参与脱贫攻坚实践案例研究（2018）》，入选 2019 全国电商精准扶贫典型案例 50 佳案例以及社会组织扶贫 50 佳案例，成为央企扶贫路上的典型成功案例。

培育致富带头人　建立利益联合机制

培育致富带头人是脱贫攻坚与乡村振兴的有机衔接点，是增加贫困群众脱贫的内生动力的有力手段，也是保障脱贫地区实现可持续发展的有效途径。中国兵器工业集团通过项目牵引、引进资源、搭建平台、加强培训等多种方式，积极培育致富带头人，发挥当地人力资源，调动各类新型经营主体积极性，厚植脱贫攻坚内生动力，推动建立贫困群众脱贫长效机制，形成一个可持续的脱贫致富新模式。据初步统计，2018—2019年，在甘南县和红河县开展的电商扶贫、稻渔共作、生态鸡养殖、农机项目、大棚种养、沃柑种植等产业扶贫项目11项，共培养致富带头人25名，带动近5000户建档立卡户实现脱贫，在脱贫攻坚中发挥了重要作用。

2018年，中国兵器工业集团投入200万元在迤萨镇土台村委会底呸村建设“生态鸡养殖基地”。项目采取“地方政府＋集团公司＋养殖企业＋基地＋建档立卡贫困户”的扶贫模式，按照“集中养殖、规范管理，入股分红”的方式实施，与建档立卡贫困户建立利益联结机制，共同分享产业发展保底利润分配，当年有60户建档立卡贫困户享受利润分红，户均年增收5000元以上，同时解决10户贫困户就业问题。

生态鸡养殖场

2019年，养鸡场正式投入运营，企业从年利润中提取部分资金，保证建档立卡贫困人口享受每羽鸡2元的利润分红。2019年10月23日，宝华、乐育、甲寅镇的60户贫困户每户首次领取2019年补助金5000元，共计30万元，受惠贫困人口286人。中国兵器工业集团实施的生态鸡养殖基地项目不仅加快推进了红河县家禽标准化规模养殖，促进家禽业生产方式转变，同时也为当地提供了就业机会，通过建立利益联结机制，更实现了贫困户的稳定增收。

注重文化教育扶贫　进一步提升脱贫实效

中国兵器工业集团把产业发展方面的成功经验运用到脱贫攻坚工作中，为进一步提升脱贫实效，结合扶贫县的实际情况，通过深入挖掘贫困县经济资源与地域特点，实现从单纯产业扶贫项目向综合扶贫项目的转变。2019 年，与中国扶贫基金会共同策划“哈尼梯田生态保护学校”援建项目，与联合国粮农组织合作推广哈尼梯田“双遗产”项目，让红河哈尼梯田在得到有效保护与传承的同时，成为红河县开展产业扶贫、民宿旅游等综合发力的脱贫资源。

教育对于贫困地区脱贫致富有着基础性、先导性作用。习近平总书记指出，“扶贫先扶志，扶贫必扶智。让贫困地区的孩子们接受良好教育，是扶贫开发的重要任务，也是阻断贫困代际传递的重要途径”，为我们做好教育精准扶贫工作指明了方向，提供了遵循。在定点扶贫工作中，中国兵器工业集团采取“软硬兼施”的办法，从改善贫困地区教育资源硬件条件入手，在提升教师资源及教育质量等软件条件发力，切实打好这场教育扶贫的战役。

自 2002 年起，持续在云南省红河县开展教育扶贫，将重点放在乡镇学校、村级小学，援建了“中国兵器工业他腊希望小学”，并为多所中小学捐赠“兵工课桌”、电教化设备和音体美器材，为对口帮扶学校援助修建宿舍，改善了学校信息化教育及教学办公、住宿条件。据了解，先后为红河和甘南两县中小学建立了 62 个计算机教室，累计投入资金 800 多万元，满足了 4 万多名学生使用需要。计算机教室的建立，一方面极大地缓解了计算机教学和计算机等级考试的需要，另一方面通过计算机教学为贫困县的孩子们了解外界开辟了一个新的窗口。

红河县 95% 以上都是山区，人口居住分散，教育资源稀缺，学校分布不能满足学生就近上学的需求，很多学生住校，还有很多走读的学生中午只能在校就餐。而学校学生食堂存在着设备缺乏、卫生条件差、供求不平衡等问题，有的学生因吃的饭菜不卫生而生病，有的则吃不上热的饭菜。这些问题也成为了中国兵器工业集团扶贫工作的当务之急。投入180万元实施了兵工学生食堂项目，为红河县30所中学、中心小学配置食堂设备，实现了红河县中心小学和中学的全覆盖，25000多名学生每天可以吃上热腾腾的饭菜，使学生用餐得到了保障。

兵工课桌椅

针对红河县大部分学校的课桌椅破旧问题，策划了兵工课桌项目，以此来集中改善中小学校的基本教学条件。兵工课桌椅项目，投入资金290万元，为红河县购置学生课桌椅10200套，20000多名学生受益，解决了红河县中小学课桌椅短缺问题，让孩子们再也不用在简陋的长条桌椅上上课。

硬件的升级重要，但软件的提升更重要。教育扶贫作为提高扶贫对象自我发展能力的抓手，教师则是教育的关键。中国兵器工业集团通过举办“中国兵器工业集团公司扶贫工程云南省红河县骨干教师培训班”，对红河县中小学校长、教导主任及骨干教师共计800余人进行教学培训，探索出了一条“有规模、可持续、见实效、能执行”的教育扶贫模式。2019年，针对甘南县脱贫摘帽后对教师培训的需求，对全县1080名小学班主任进行了全员培训，提升了专业能力和教学水平。

上大学是每个孩子的梦想，也是每个贫困家庭摆脱贫穷的希望。但是有的贫困学生通过艰苦努力考上了大学，起飞的翅膀却因缺少入学的费用而折断，这难免让人心酸。为了实现这些贫困的莘莘学子梦，助他们的家庭走出贫困的泥沼，中国兵器工业集团在甘南县开展了兵工助学金项目，累计投入资金102.2万元，帮助280名困难家庭新入学的学生解决了入学资金。

少年强则中国强。在中国兵器工业集团的帮扶下，红河县和甘南县的教育

兵工助学金捐赠仪式

硬件、软件水平都有了很大程度地提高，让教育真正成为了阻断贫困代际传递的一把利器。

拓宽扶贫渠道，提升帮扶效益。中国特色扶贫开发道路是中国特色社会主义道路的重要组成部分。打赢脱贫攻坚战，是全面建成小康社会的标志性指标，是解决发展不平衡不充分问题的关键之举。中国兵器工业集团清醒认识到打赢脱贫攻坚战面临的困难和挑战，切实增强责任感和紧迫感，从管理和模式入手，集中力量攻克贫困的难中之难、坚中之坚。未来，还将继续落实中央和国家有关政策要求，继续落实国资委关于定点扶贫的工作部署，持续加大对贫困县区的帮扶力量，持续健全定点扶贫工作机制，持续推进扶贫项目建设运营，持续推进企地合作产业扶贫。全方位引导双方优质资源和项目的精准对接，不断开创精准脱贫、深化合作、发展共赢的新局面，高质量打赢精准脱贫攻坚战。

更多扶贫内容请扫描

寄语 2020

2019 年，中国兵器工业集团全面完成脱贫攻坚各项任务，扶贫工作“五个界面”（定点扶贫、老区对口帮扶、苏区对口援建、助力地方扶贫以及困难企业脱困和困难职工帮扶）实现新的突破。

2020 年是坚决打赢脱贫攻坚战的“收官之年”，兵器工业集团将以高度的历史使命感贯彻落实好习近平总书记关于扶贫工作的重要论述、重要指示精神和党中央、国务院的重大决策部署，提高政治站位，落实工作责任，尽锐出战，突出兵器特色和优势，狠抓扶贫项目落实见效，统筹各方资源，注重扶贫工作创新，做好扶贫干部组织保障，扎扎实实把打赢脱贫攻坚战的各项工作做实做细做好，在国家脱贫攻坚工作中发挥好兵器工业集团的积极作用，用兵工人的努力助力贫困地区和贫困人口一道迈入全面小康社会，为实现人民群众对美好生活的向往继续前行！

——全国政协委员，中国兵器工业集团党组书记、董事长　焦开河

企业名片

中国兵器工业集团有限公司简介

中国兵器工业集团有限公司是我军机械化、信息化、智能化装备发展的骨干，是全军毁伤打击的核心支撑，是现代化新型陆军体系作战能力科研制造的主体，是国家“一带一路”建设和军民融合发展的主力。现有50余家子集团和直管单位，主要分布在北京、陕西、内蒙古等29个省、市、自治区，在全球70余个国家和地区设立了100余家境外分子公司和代表处，人员总量22万余人，连续15个年度和5个任期蝉联国务院国资委业绩考核A级，位列世界500强企业排名第140位。

兵器工业集团始终坚持国家利益至上，将装备保障放在首要位置，是各大军工集团中唯一一家面向陆军、海军、空军、火箭军、战略支援部队以及武警公安提供武器装备和技术保障服务的企业集团；积极推进军工技术民用化、产业化，集中力量打造汽车零部件、工程机械设备、铁路产品、石油化工、特种化工、民爆、光电信息、北斗产业、智能制造、应急产业等先进制造业板块和贸易流通、工程技术管理、金融服务等现代服务业板块；深入贯彻落实国家“一带一路”倡议，着力推动我国装备“走出去”和国际产能合作，大力发展军贸、战略资源开发、国际工程承包、产品出口及技术引进等国际化经营业务。

2019年，兵器工业集团按照新时代集团公司发展方针，把贯彻落实党中央决策部署作为最高战略，围绕履行好强军首责、推动高质量发展的工作主线，意志坚定地聚焦主责主业、强化科技创新、推进结构调整、全面深化改革、防范重大风险、加强党的建设，改革发展党建各项工作呈现新局面、展现新作为，实现主营业务收入4702亿元，位居军工集团首位，经济运行向高质量发展稳步迈进，为建设具有全球竞争力的世界一流企业奠定了坚实基础。

扶贫手记

作者系中国兵器工业集团派驻云南省红河州红河县宝华镇朝阳村委会驻村第一书记李富培

住房和教育问题需要户户落实

今天的工作任务有两项。一是到朝阳村李发美户、龙施村石文光户跟进危房拆旧工作，避免其住危房；二是到龙马村、朝阳村开展控辍保学工作。

在去之前，我把李发美户、石文光户、郭龙贵户、李鲁三户的基本情况查阅了一遍。

上午，我叫了朝阳一组组长郭文光阿叔，我们俩来到了李发美家，他家的房子房顶已经拆除了，房子前面堆了许多拆下来的木料，现在房子里的东西已经搬走了。没有见到李发美本人，邻居说今天一大早搬东西去县城安置房了。

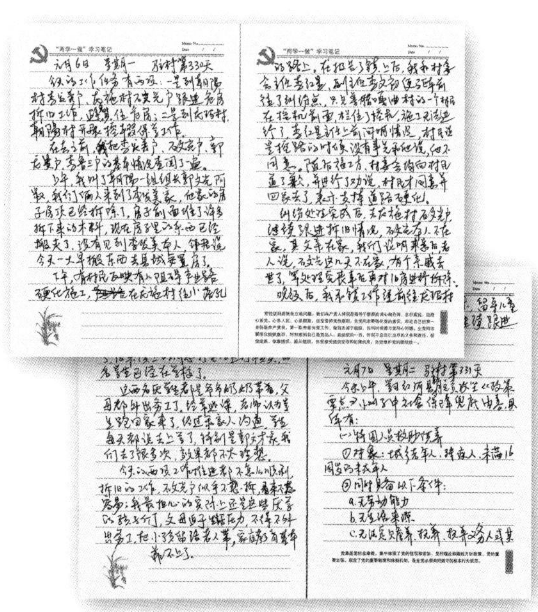

下午，有村民反映有人阻碍产业路硬化施工，在龙施村通往小落孔的路上。在报告了镇上后，我和村委会主任李红星、副主任李文初便驱车前往了纠纷点。只见普腊嘎曲村的一个村民在挖

掘机前面拦住了挖掘机，施工无法进行了。李红星主任上前问明情况，村民说是挖路的时候没有事先和他说，他不同意。随后施工方和村委会均向村民道了歉，并进行了劝说，村民才同意并回家去了，表示支持道路硬化。

纠纷处理完成后，去龙施村石文光户继续跟进拆旧情况。施文光本人不在家，其父亲在家，我们说明来意后，老人说，石文光这几天不在家，有个亲戚去世了，等处理完丧事后再对旧房进行拆除。

晚饭后，我和镇工作组前往龙玛村郭龙贵户和朝阳村李鲁三户，劝说郭文才和吴瑞发返校。去的时候学生本人都没有见到，家人说今天已经去学校了，后来镇上的同志打电话进行核实，两名学生已经在学校了。

这两名厌学生都是爷爷奶奶带着，父母都外出务工了，经常逃课，老师认为学生跑回家来了。经过和家人沟通，学生每天都说去上学了，特别是郭文才家，我们去了很多次，效果都不太理想。

今天的两项工作推进都不怎么顺利，拆旧的工作石文光户似乎不想拆，看来不太容易。我最担心的实际上还是这些厌学的孩子们，父母迫于生活压力，不得不外出务工，把小孩留给老人带，家庭教育基本靠不上了。

但我相信，在不久的将来，留守儿童现象会有所缓解。明天继续跟进石文光拆旧工作。

精准扶贫　教育先行
中国移动浇灌“希望之花”

你听说过“直过民族”吗？

“直过民族”是我国 56 个民族中的特殊成员，他们从原始社会或奴隶社会直接过渡到社会主义社会，几乎一夜间跨越了其他民族上千年的历程。今天，大部分“直过民族”都生活在“三区三州”等深度贫困地区，许多群众不学汉语、不识汉字，是脱贫

党组书记、董事长杨杰在黑龙江桦南县太平村贫困户家中慰问

攻坚的难中之难、坚中之坚。

习近平总书记指出，“治贫先治愚，扶贫先扶智。教育是阻断贫困代际传递的治本之策”。

为帮扶贫困群众学会普通话，牢牢牵住“教育扶贫”这个“牛鼻子”，中国移动发挥基础电信运营企业的网络、技术、平台等自身优势，先后开展“语言扶贫”APP 、“互联网 + 教育”“建设精准扶贫系统”等多个项目，走出了一条网络 + 教育扶贫的创新之路。

扶贫扶智 “话”别贫困先过语言关

“直过民族”小男孩手握中国移动“教育扶贫定制机”进行学习

当 9 岁的“直过民族”学生扎泰在数学课上将“三三得九”背诵成“锵锵得九”时，同学们便会笑起来，其实他们自己的普通话也不标准……而如今，通过学习使用“语言扶贫”APP，扎泰的普通话水平有了很大提升，可以用普通话交流，见到外界来的陌生人也不会害羞了。

“我已经会写自己的名字，会认一些简单的汉字，而且还学会了普通话。我很喜欢‘语言扶贫’APP，它不仅方便而且还很实用，让我随时随地都能学习普通话和汉字。”云南省怒江傈僳族自治州福贡县上帕镇古泉村民丽玛组村民友里你说。

这样的故事还有很多。

为提升“直过民族”和人口较少民族群众的语言能力，让他们“讲好普通话、过上好日子”，助力打赢脱贫攻坚战，中国移动已经成功摸索出一条低成本、广覆盖和可持续的普通话推广新路子，构建了“1 个核心武器 +4 套保障体系”的推普模式，以信息化方式助力高质量推广普通话。

这个核心武器，就是中国移动会同参股企业科大讯飞公司聚力打造的全国首个普通话线上学习平台——“语言扶贫”APP，为民族地区汉语学习者提供个性化语言学习系统。

它涵盖1000句常用句和当地500个高频词，将普通话学习融入常用语境及场景，并基于人工智能和大数据技术自动给出评价反馈，进而进行针对性训练提升。

同时，中国移动还通过完善基础网络建设、提供购机流量补贴、全面造势宣传、强化效果数据管理来保障四套体系——网络覆盖＋终端流量＋积极宣传＋大数据支撑，实现“可以学”“放心学”“规模学”“精准学”。

该项目实施的第一阶段，中国移动就定制并提供了专用手机100万部，投入终端补贴5000万元为贫困客户提供“免费领”或“半价购”优惠。

如今，中国移动的推普脱贫专项行动成效显著：截至2019年底，“语言扶贫”APP用户已近20万，其中6.8万为不通汉语的青壮年劳动力；2.7万余贫

教育部副部长杜占元（中）入户走访调研“直过民族”使用中国移动“教育扶贫定制机”学习普通话的情况

困人群领取了“语言扶贫”定制机、享受了流量减免。

据了解，云南省维西县永春乡阿沙落村共有农户23户73人，其中12户为贫困人口，通过推普使能用普通话交流的村民增加41人，为村里人打开了外部交流的通道，从原来靠需求方进村采购，变成主动去县城做买卖，有效拓展了销路、提高了销量，收入水平大幅提高，目前全村已实现整村脱贫，平均每户村民收入从1万元增长至4万元。

今天，“语言扶贫”APP已走进“三区三州”深处，成为“直过民族”等贫困群众学习普通话和常用汉字的“掌中宝”。未来，中国移动还将以每年培训超过1万人的频率持续推进这项工作。

互联网+教育　走出教育扶贫的先手棋

教育扶贫就是营造起扶贫扶志扶智的环境，让贫困地区的孩子们接受良好教育，是扶贫开发的重要任务，也是阻断贫困代际传递的重要途径。贫困家庭只要有一个孩子考上大学，毕业后就可能带动一个家庭脱贫。

作为全球网络规模最大、客户数量最多、盈利能力和品牌价值领先、市值排名位居前列的电信运营企业，中国移动近年来积极发挥基础电信运营企业的网络、技术和平台优势，大力推广“互联网+教育”等信息化应用产品，在夯实教育网络基础、发展5G智慧教育等方面取得了显著成效。

网络高速公路是所有信息化的基础。中国移动始终致力于推动校园基础网络升级，推进教育全方位信息化。截至2018年底，中国移动已推动全国8万所中小学校园网络升级，为“人工智能+教育”奠定了网络基础。这也是在实施教育扶贫时，中国移动相比其他互联网教育平台的优势。

如何让网络不仅用得上，还要用得好？为响应国家“提速降费”号召，中国移动与教育部共同推进中小学校园宽带“倍增计划”：一是提速、二是降费、三是增质。为服务学校提供云网融合的校园信息化解决方案，包括教育云、智慧教学、校园安防、数字化管理等，助力实现教育信息化2.0。

截至目前，在“提速降费”和“倍增计划”的推动下，全国共有8.4万所中小学受惠，校园宽带接入率从 15% 提高到 37%，服务学校平均带宽更是从 58M 左右增长 166% 达到 154M。

而在 5G 时代来临，又应如何充分利用 5G 机遇巩固教育脱贫攻坚成果？对此，中国移动借助推广 5G+ 人工智能，打造“双师课堂解决方案”。中国移动通过“5G+ 高清摄像头 + 人工智能”模块与教育场景深度融合，实现优质校与偏远校“同上一堂课”，很好地解决了贫困地区孩子“上不了学”“上不好学”的难题。

在四川，泸州古蔺县内大多数乡村小学地处偏远，教师资源十分紧张，县内偏远地区贫困学生的素质课教学、义务教育普及等问题备受困扰。而中国移动打造的“双师课堂解决方案”，将优质的教学课程和资源送到校、送到家，真正意义上推动贫困地区的教学从无到有、从有到优，突破了当地“开不起课”的瓶颈，并根据其实际需求提供教学全闭环解决方案，有效提升教育均衡、促进教育公平。

在西藏，2019 年，中国移动专项投入 800 万元，实施《改则县双师课堂信息建设项目》，打造“名师直播课程 + 管理软件 + 智能硬件”的双师课堂整体解决方案，搭建跨地区远程教育教学系统，通过与拉萨市第三中学远程实现“送课到校”，让贫困地区学生与拉萨重点中学学生实现“同上一堂课”，缩小区域、城乡、校际差距，实现公平而有质量的教育，充分发挥教育行业信息化在脱贫攻坚中的助推作用。

下一步，中国移动将深入实施“5G+”计划，继续发挥自身优势，积极探索 5G 技术在全息投影教学、远程教学、AR 沉浸式互动学习、平安校园等场景的应用，不断提高教育质量，推动教育公平，助力教育信息化实现跨越式新发展。

软件硬件齐上　志智双扶无死角

坚决打赢脱贫攻坚战，让贫困人口和贫困地区同全国一道进入全面小康社会是我们党的庄严承诺。但在扶贫工作中，会遇到政府与贫困群众信息脱节，

黑龙江汤原县三小用上中国移动援建的新校舍，孩子们别提多开心了

信息不对称、动态管控难、供需匹配难，扶贫政策和资源投放不精准等问题，需要大数据等互联网技术的应用。

鉴于此，中国移动充分发挥自身优势，创新性地将扶贫工作与“互联网 +”平台和大数据工具相结合，自主研发建设了精准扶贫系统。它的核心优势在于通过信息化方式解决扶贫领域的信息对称难、动态管控难、供需匹配难的问题，努力实现扶贫信息的精准推送、扶贫数据的准入真出、扶贫资源的开放聚合。而教育扶贫则充分利用了这一系统的优势，实现了扶贫资源的精准对接。

长年以来，云南省大理州鹤庆县松桂镇大营小学因建设资金匮乏，学校一直没有一所真正的食堂，做饭靠柴灶煤炉，学生吃饭靠蹲倚站趴。对此，中国移动精准扶贫系统发起公益众筹，一个月的时间就筹集到食堂改建资金 30000 元，学校食堂用上了新的食堂设备，孩子们有了温暖的就餐食堂。

然而，脱贫攻坚任务繁重，千头万绪，各项好的政策、技术都需要干部去落实、推动。要做到扶贫无死角，就要“软硬”结合，打造过硬的扶贫干部队伍。

习近平总书记强调，深度贫困地区是脱贫攻坚的坚中之坚，“打这样的仗，就要派最能打的人，各地要在这个问题上下大功夫。否则，有钱也不成事。”

中国移动援藏干部段玉平，于 2016 年 7 月至 2019 年 7 月作为中国移动第九批援藏干部挂任西藏自治区阿里地区行署副秘书长、改则县委常委、副县长。

改则县海拔 4700 米，每年冬季长达 8 个月，有记录的最低温度达到零下 40 多度，空气中的氧气含量只有内地的 60%，县里至今还没有存活超过 3 年以上的树，生存环境恶劣，是国家深度连片贫困县。

刚入藏时，因为缺氧，段玉平大声说话都使不上劲，开会爬四五层楼都要中途休息几分钟。时间久了，段玉平的记忆力衰退，视神经衰弱，左心房左心室肥大、三尖瓣血液回流……但“越困难的时候越能淬炼党性，越艰苦的地方越能磨炼意志。”他常把这句话挂在嘴边。

扶贫先扶“智”和“志”，段玉平对此深感认同。虽然不分管教育，但他从来没有放下过学校和孩子，在段玉平心里，这些才是贫困地区的希望，是真正的“长远”。

中国移动援藏干部段玉平在西藏改则县察布乡小学捐赠现场

为此，段玉平刚上任就走遍了全县九所中小学校，发现3750名中小学生中30%以上来自贫困家庭。摸清贫困学生情况之后，段玉平通过自己的朋友圈，发动内地的亲朋好友，尤其是那些在江苏的老同事、老朋友，对这些贫困学子进行一对一结对帮扶。

有一次，段玉平在街上看见正在捡纸箱回去烧火的其美卓玛。了解到她家庭十分困难、父亲出走之后，段玉平认她做了干女儿，帮助她生活和读书。卓玛没有辜负段爸爸的期望，最近一次考试，在普通班级近200个学生中排名第一。

在改则，几乎没有学生不认识他，这个县长往学生家里、学校跑得实在太勤了。每来一批物资，无论多远的乡镇，他都会亲自送到被捐赠的孩子家中。但是改则实在太大了，远的乡有200多公里，为了这项分管以外的工作，他前后跑烂了几双鞋。

此前，看到学校的消毒柜和洗衣机，因为没有电而成了闲置的摆设，段玉平立即发动家乡的亲友和同事进行捐赠，很快，柴油发电机到位。

他还先后联系江苏移动南京分公司团委及连云港分公司团委等十多家单位，对口支援改则县，为学生捐赠衣物、运动器材、文具用品等物资。他利用江苏爱心企业的捐款设立“杰瑞励志奖学金”，奖励品学兼优的好学生。

截至目前，共有140多名爱心人士，资助贫困学生超过320人次，捐款达43万多元，捐赠物资价值60多万元。

彻底稳定脱贫　教育从不缺席

习近平总书记说，要把下一代的教育工作做好，特别是要注重山区贫困地区下一代的成长。把贫困地区孩子培养出来，这才是根本的扶贫之策。

中国移动驻黑龙江省桦南县太平村原第一书记程俊强曾在“扶贫日记”中这样写道：习总书记提出的“扶贫先扶志”“扶贫必扶智”等基本方略，是新时代精准扶贫、精准脱贫的根本遵循和行动指南。

百年大计，教育为本。中国移动始终秉持做教育是一份情怀的初心，坚持取之于民、用之于民、回馈于民，主动承担政治责任、社会责任与企业责任，有条件上，没条件创造条件也要上，十余年来通过各种方法补齐教育扶贫的短板，让所有该上学的孩子有环境、有条件上学。

如今，随着精准扶贫的不断推进，现在剩下的贫困人口，大多居住在地理条件差、生产条件差、自身条件差的“多维贫困”人口，都是难啃的“硬骨头”，若只是以单一方式扶贫，则难以实现有效的脱贫功效，因而必须以问题为导向，培养“立体扶贫”思维，彻底铲除“多维贫困”根源，实现有效脱贫。

也正因此，近年来，中国移动不断探索教育扶贫新模式，建立了多维立体的教育扶贫体系。

在畅通信息高速路基础上，中国移动在悬崖上架信息“天路”，让四川凉山的“悬崖村”走上了“信息高速路”。

阿土列尔村坐落于1600多米的高山之上，800米落差，70度陡坡，四面环山，贴在峭壁上的山路犹如“天梯”。莫色伍哈是村里的原住居民。他一家六口人，大儿子在外地读书，两个女儿在山下的小学读书，最小的女儿在村幼儿园读书。

四川凉山悬崖村开通 4G 基站

谈起孩子，莫色伍哈激动地说，以前给儿子打电话，要到最高的山顶上去，说着说着就断了。如今移动 4G 网络实现全覆盖，“信号是满格的，好得很，晚上睡在床上都可以给亲戚朋友打电话”。他的两个女儿下山上学，“现在我每天给老师打一个电话，不但可以了解她们的学习情况，而且需要什么我可以下山带给她们，女儿们不用再辛苦地来回跑了。”

在教育扶贫关注的对象上，中国移动并不只是关注贫困的孩子，还有扶贫干部的学习和培养，把扶贫干部教育培训作为一项重点工作，打造一支政治过硬、业务过硬、熟悉政策，敢于负责、勇于担当、善于作为的高素质扶贫干部队伍。

中国移动通过精准扶贫系统，实现了扶贫“活水”精准灌溉。精准扶贫系统“引流”最新党建知识、扶贫经验、技能培训、就业指导等扶贫“活水”，实现对帮扶干部、贫困群众的远程培训，使得精准扶贫手机 APP 成为帮扶干部“口袋书”、贫困群众“致富经”。截至 2020 年 1 月底，系统已引流扶贫“活水”4.58 万条，扶贫工作日志 35.79 万篇，累计字数达 3817.88 万字。

这些案例都是中国移动网络 + 扶贫的生动体现。从建设网络强国、数字中国、智慧社会的主力军，到决战决胜脱贫攻坚的重要力量，中国移动坚决贯彻落实习近平总书记关于精准扶贫工作的重要论述以及党中央、国务院打好脱贫攻坚战的决策部署，发挥自身优势，走出了一条基于“1+3+X”体系的“网络 + 扶贫”之路，即：以网络扶贫为主线，强化组织、资金和人才保障，将网络与教育、健康、消费、民生、产业、就业等扶贫领域深度结合，以网络信息之力助力脱贫攻坚。

2020 年是全面建成小康社会、实现第一个百年奋斗目标收官之年，也是脱贫攻坚决战决胜之年，抓牢、抓实教育扶贫这个彻底稳定脱贫的重要推手，是当前的关键举措。相信始终将脱贫攻坚作为重大的政治任务和光荣的社会责任的特大型中央骨干企业，中国移动一定会在教育扶贫之路上再创佳绩。

无论过去、现在与未来，在扶贫道路上，教育永远都不能缺席！

更多扶贫内容请扫描 

寄语 2020

坚决打赢脱贫攻坚战是我们党的庄严承诺。中国移动坚决贯彻落实习近平总书记关于精准扶贫工作的重要论述以及党中央、国务院打好脱贫攻坚战的决策部署，发挥公司优势，从网络、资金、人才、教育、健康、产业、消费、就业等方面推进扶贫工作，扎实履行央企社会责任，荣获“2019 年全国脱贫攻坚奖贡献奖”。

截至 2019 年底，累计投入 776 亿元开展网络扶贫，建档立卡贫困村宽带网络覆盖率达到 96%，扶贫资费惠及 995 万贫困客户；累计捐赠扶贫资金超过 16 亿元；集团公司总部定点帮扶的 8 个县已有 95% 贫困人口脱贫，所属单位帮扶 94 万贫困人口脱贫。

2020 年是我国全面建成小康社会、完成“十三五”规划的收官之年。中国移动将进一步提高政治站位，充分发挥公司的资源禀赋和能力优势，全面推广“网络＋扶贫”模式，全力以赴、尽锐出战，为坚决打赢脱贫攻坚战，全面建成小康社会贡献更大力量。

——中国移动通信集团有限公司党组书记、董事长 杨 杰

企业名片

中国移动通信集团有限公司简介

中国移动通信集团有限公司（以下简称“中国移动”）是按照国家电信体制改革的总体部署，于2000年组建成立的中央企业。1987年，在广东开通内地第一个大容量蜂窝式公用移动通信系统；1994年，原邮电部移动通信局正式成立；2000年5月，中国移动通信集团公司挂牌；2004年7月，在香港和纽约实现整体上市。2008年5月，中国铁通集团有限公司整体并入中国移动。2017年12月，中国移动通信集团公司进行公司制改制，企业类型由全民所有制企业变更为国有独资公司，并更名为中国移动通信集团有限公司。

中国移动成立以来，在党中央、国务院的正确领导下，在国资委等上级有关部门的大力支持下，致力于推动信息通信技术服务经济社会民生，坚持创新驱动发展，加快转型升级步伐，已经成长为全球网络规模最大、客户数量最多、品牌价值领先、市值排名前列的电信运营企业。目前，公司资产规模近1.8万亿人民币，员工总数近50万人，连续15年国资委绩效考核为A级，连续19年入选《财富》世界500强企业、2019年列第56位、全球电信企业排名第3位，在英国明略行BrandZ“全球最具价值品牌100强”中排名第27位，列中国企业300强2009—2018社会责任发展指数榜首。

扶贫手记

作者系中国移动驻黑龙江省桦南县太平村原第一书记程俊强

扶贫先扶志，扶贫必扶智

通过走访，了解到太平村有这样一家人，老百姓都说是村里最难的一家：张秀华患皮肌炎没有得到及时充分治疗，瘫痪在床已近十年；丈夫赵春生在附近水泥厂干活，患上了职业病“矽肺”，无法从事重体力劳动，除了种地，就是经常“杵大板”（拿大板锹在路边等活）；上初中的孩子赵文慧患有先天性心脏病。

为解决通信不畅的问题，我协调了当地移动，决定在村里建一座基站。在讨论选址问题时，村两委一致同意装到她家。每年占地补助的几千元，对这样的家庭来说作用太大了。今天上午，我再次来到张秀华家。我注意到墙上有一幅十字绣，就问嫂子多少钱买的。她欲言又止，过了很长时间才道出实情：那是她趴在床上，一针一线花了一个多月，才做出的“家”这幅十字绣。后来的“作品”，就找人帮着在早市上卖，些许收入以补贴孩子和家里的生活费用。

秀华嫂子不好意思地提到，赵文慧小的时候，家里条件不好，生活的重压曾一度让他们失去了生活的信心和勇气，可看到尚在襁褓中的孩子挥舞的小手和望着他们的笑脸，夫妻俩抱头痛哭。那一刻，我禁不住湿了眼眶……秀华嫂子接着说，是扶贫政策的实施和各级领导干部的关爱让他们的生活慢慢有了起色。

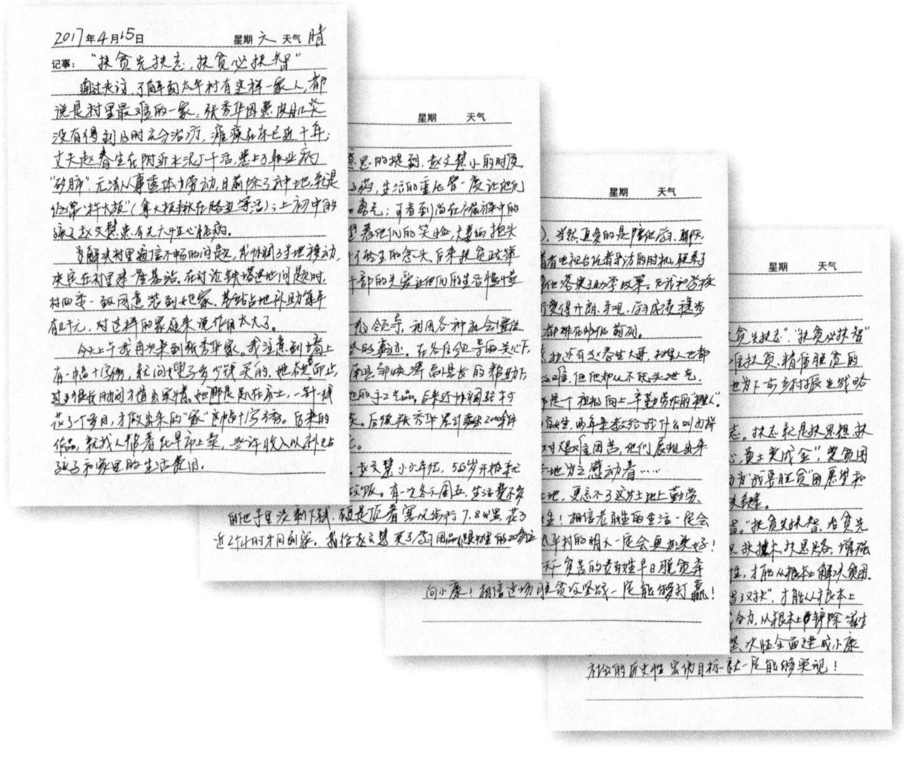

穷人的孩子早当家。赵文慧小小年纪，五六岁开始就帮家里干活，给爸妈做饭。有一次，在一个冬天的星期五，为了省下从县里回家坐班车的钱，硬是顶着寒风步行七八公里，花了近2个小时才回到家。

此外，让我特别感动的还有赵春生大哥，村里人也很佩服他：家里如此之难，但他却从不低头泄气。积极向上、辛勤劳作的他，被村里人称为“中国好丈夫”。

这就是太平村的百姓，教给我什么叫打拼和奋斗的老百姓，面对艰难困苦，他们展现出来的精神，让我深深地为之感动着……我忘不了这片黑土地，更忘不了这片土地上勤劳、向上、善良、淳朴的百姓！相信老百姓的生活一定会越来越好！相信太平村的明天一定会更加美好！

祝愿太平村和全天下贫困的老百姓早日脱贫奔向小康！相信这场脱贫攻坚战一定能够打赢！

后记 1：

我找到县镇各级领导，利用各种机会宣传、推荐张秀华身残志坚的事迹。在各位领导的关心下，特别是包村领导、桦南县邹映涛副县长的帮助下，各界爱心人士不断帮扶，还协调驻村工作队把手工艺品拿到商洽会义卖。张秀华的手工艺品后来累计卖出 2000 余件，销售收入近 6 万元。

我给赵文慧买了一些学习用品，多次陪他学习、聊天，鼓励他好好学习；联系了学校的班主任，帮他落实了助学政策。赵文慧逐渐变得开朗、乐观，学习成绩稳步提高，每次考试成绩都排在班级前列。初中毕业后，他又以优异的成绩考取了当地最好的高中——桦南一中。

脱贫攻坚政策的逐步实施，全家每个人的自强不息，让这一家原本在贫困边缘挣扎的生活，彻底改变了模样。

后记 2：

习近平总书记提出“扶贫先扶志”“扶贫必扶智”等基本方略，是新时代精准扶贫、精准脱贫的根本遵循和行动指南，也为下一步乡村振兴战略的实施指明了方向。

扶贫的关键在于扶志。“只要有信心，黄土变成金。”扶志就是扶思想、扶观念、扶信心，变贫困群众“要我脱贫”的被动为“我要脱贫”的主动，才是脱贫奔小康的关键。

扶贫的根本在于扶智。“扶贫先扶智，治贫先治愚。”扶智就是扶知识、扶技术、扶思路，增强发展的内在动力和可持续性，才能从根本上解决贫困。

要摆脱贫困，就必须“志智双扶”，铸就能力、激发活力、形成合力，从根本上铲除滋生贫困的土壤，决战脱贫攻坚、决胜全面建成小康社会的历史性目标就一定能够实现！

多元创新 尽锐出战 中国五矿扶贫送去“致富矿”

“人民对美好生活的向往，就是我们的奋斗目标。”习近平总书记的这句话，道出了党和政府对扶贫脱贫、全面奔小康的决心，同时也成为中国五矿集团有限公司（以下简称中国五矿）在扶贫帮扶工作中的坚定信念。

中国五矿董事长、党组书记唐复平赴湖南省花垣县产业扶贫基地开展定点扶贫工作调研

从习近平总书记首次提出“精准扶贫”的地方探索产业脱贫，到利用工业领域积累技术优势反哺农业脱贫、用信息技术编织一张扶贫大网络，再到利用期货、保险等金融工具创新夯实扶贫根基，在开展脱贫攻坚的道路上，中国五矿打出一套多元创新的组合拳助力贫困地区早日脱贫致富。

从云南省镇雄县、彝良县、威信县，湖南省花垣县，贵州省沿河土家族自治县、德江县等6个定点扶贫县任务，到对口帮扶的青海省祁连县，再到援疆、援藏和40余个地方性帮扶工作，在打赢这场脱贫攻坚战中，中国五矿积极承担中央企业的责任与担当。

精准扶贫首创地　探产业扶贫五矿模式

因18个天然溶洞而得名的十八洞村是湖南省湘西土家族苗族自治州花垣县的一个苗族村落。2013年11月3日，习近平总书记来到十八洞村考察，在这里首次提出“精准扶贫”，明确要求不仅要自身实现脱贫，还要探索“可复制、可推广”的脱贫经验。

花垣县是中国五矿的定点扶贫县。作为由中央直接管理的国有重要骨干企业，中国五矿遵循习总书记“精准扶贫”重要指示，立足自身产业优势和资源禀赋，多种模式探索精准扶贫，并走出一条“央企出资＋农村合作社运营＋带动建档立卡户收益”的产业扶贫模式，为定点扶贫地区脱贫致富注入了新动力。

“多亏有了中国五矿的帮助，生态苞谷鸭成了我们村里的赚钱好项目。有专门请来解决养殖技术和销售难题的专家，也学会了专业的养殖技术，让我们看到了更多的商机。”峒河山水合作社的一家农户代表说道。

只有依靠产业的带动，才能帮助实现真正的脱贫。中国五矿在扶贫工作中，基于大量调研，帮助贫困区精准方向找准定位，并提出在花垣县农村发展养殖生态苞谷鸭是一个切实可行的项目。在调研中中国五矿发现，传统养殖苞谷鸭在花垣县农村有着悠久的历史，养殖门槛低，项目易于被村民接受，群众的参与度高，养殖周期短，三个月的养殖周期就可以让贫困群众看见效益。与

中国五矿总经理、党组副书记国文清在云南省彝良县援建小学参加爱心捐赠仪式

此同时，生态苞谷鸭在城市消费需求量大，能够进行规模化的发展。从生产端到需求端来看，发展这个产业切实可行。

为了延长生态苞谷鸭的产业链，2018 年，中国五矿开始支持峒河山水合作社在花垣县长乐乡长潭村建设家禽屠宰场，用于养鸭产业的配套发展，为花垣县家禽产业的发展壮大提供了坚实的保障。经过合作社的不懈努力，越来越多的建档立卡贫困户跟着合作社养殖生态苞谷鸭，逐渐地，“央企出资 + 农村合作社运营 + 带动建档立卡户收益”的模式影响力越来越大。“中国五矿送去了致富好模式。”长乐乡党委书记说。2019 年，中国五矿养鸭基地附近长乐乡 3 个村受基地模式启发，以村集体形式新建 3 个养鸭基地，6 座养鸭大棚。基地建成后年养鸭可实现 5 万只以上，将带动建档立卡户 290 户，1253 人增收脱贫。中国五矿在花垣的产业扶贫模式也得到了当地政府的高度认可，2019 年花垣县委县政府在中国五矿援建的产业扶贫基地举行了全县的产业扶贫推动现场会，各乡镇纷纷前来取经沟通。

除了养鸭产业，中国五矿香菇产业示范基地也于 2018 年下半年在长乐乡长潭村开始建设，并逐渐打造成示范项目。截至 2019 年底，中国五矿在花垣县共有 2 个苞谷鸭养殖基地，2 个香菇种植基地，1 个屠宰加工冷藏中心、1 个腊肉车间、1 个新农村建设示范基地。同时在建油茶项目 1 个。此外，中国五矿还将这一成熟产业扶贫模式复制到云南省镇雄县和贵州省沿河县，分别开展养兔产业孵化和柑橘基地培育。如今从养鸭产业到香菇产业再到走出大山、走出湘西、走向全国的“峒河山水”品牌，中国五矿在产业扶贫的道路上不断地向纵深探索和发展。2019 年底，中国五矿在花垣县的产业扶贫模式被国务院扶贫办评选为“2019 年企业精准扶贫专项 50 佳”案例。

“保险 + 期货”创新应用金融工具
五矿系拓宽扶贫思路

“受到橡胶价格大跌的影响，为谋生计整个村里的青壮年男女多数外出务工，剩下的尽是留守老人和儿童；在橡胶生产期间，由于无人前去管理和割胶，林中大面积成片的虫害持续泛滥……”中国五矿扶贫项目组同事说这是在贫困山区云南西盟县勐梭镇里拉村进行考察时留给他们的深刻印象。

中国五矿在湖南省花垣县援建的产业扶贫项目：苞谷鸭养殖基地

云南省作为我国橡胶主产区，橡胶种植收入是当地群众特别是偏远山区少数民族的重要经济来源。天然橡胶属于大宗商品，也是很多国家的标准期货品种，2011 年以来，橡胶价格从最高 40000 多元跌至最低 9300 元，导致很多胶农返贫、致贫。而如何依托当地的优质资源及中国五矿所具有的资源优势及业务优势，来开展当地的扶贫工作，成为摆在中国五矿扶贫人员面前的必答题。

经调查，中国五矿联合保险公司和西盟县政府充分发挥在上下各级之间的通联与动员优势，以勐梭镇、中课镇、岳宋乡天然橡胶价格保险的试点项目为示范案例。在中国五矿与政府的大力宣传和努力下，西盟县 3 个试点乡镇的 754 户建档立卡户贫困胶农都同意参加“期货 + 保险”精准扶贫试点。

保险到期后，橡胶价格下跌 2216 元 / 吨，每亩获赔 179.50 元。这 754 户胶农共获得了 233 万余元现金赔付，户均理赔 3095 元，一举实现脱贫。

“种橡胶这么多年，我还是第一次因为价格下跌获得了赔付，以后种橡胶就更有底气了，感谢党的好政策！感谢中国五矿天然橡胶‘期货 + 保险’的价格保险！”国家级贫困县云南省西盟佤族自治县建档立卡户佤族贫困胶农罗

中国五矿在湖南省花垣县援建的产业扶贫项目：香菇养殖基地

玲高兴地说道。橡胶是罗玲家主要的经济来源，这几年橡胶行情不好，价钱卖不高，辛辛苦苦一年也赚不到钱。2017 年就在罗玲家一筹莫展不想割胶时，县政府和期货公司帮她家 40 亩橡胶上了价格托底保险。在专业人员的操作和指导下，最后罗玲家收入达到 15000 多元，其中包括直接打到卡里的赔付款 7179.84 元和卖干胶的钱。

在橡胶产业外，甘蔗种植也是西盟县经济发展、脱贫致富所依托的主要支柱产业之一。为了复制和扩大“保险＋期货”精准扶贫项目试点范围，中国五矿在郑州商品交易所的大力支持下，借鉴之前西盟县天然橡胶“保险＋期货”试点项目的成功经验，大力探索“订单＋保险＋期货”新模式。随着项目的顺利到期，参保的 4028 户蔗农则得到了 22.7 万元的项目赔付，共计保底赔付 46.5 万元。

凭借这一项目，中国五矿连续斩获“中国证券期货业最佳创新金融产品扶贫项目奖”“中国证券期货业最佳精准脱贫项目奖”“上海期货交易所精准扶贫试点项目优胜奖”等多项重量级奖项。2019 年，中国五矿持续推进“期货＋保险”这一有效金融扶贫模式，并不断优化价格保险中的业务结构，着力为不同地区、种植不同品种的贫困户提供更多服务。2019 年全年，中国五矿在云南、黑龙江、新疆生产建设兵团、甘肃、内蒙古等地陆续操作了橡胶、玉米、甘蔗、棉花、苹果等期货品种，累计赔付金额 437.3 万元，实现主保险品种甘蔗销售收入 3200 万元，有效保障了广大农户种植的信心和收益。尤为值得一提的是，2019 年，创新性地设计出锁定＋增强的产品模式，提前锁定农户的收益，最终对内蒙古巴彦淖尔市乌拉特前旗明安镇 402 户贫困玉米种植户 10751 亩的玉米种植进行价格保险，实现赔付 904770 元，赔付率为 106.44%。

“期货＋保险”的扶贫模式得到了各级政府的充分认可，上海证券交易所公益基金会捐赠 100 万元保险费主动参与该项目；该模式也得到了广大农户的信任，2019 年收到果农自缴的保险费用累计 37.5 万元，为模式可持续内生发展打下良好基础。从贫困治理角度看，该模式通过增强农民种植内生动力、盘活农业生产要素等方式，有效激活当地的造血机制，夯实精准脱贫的根基。

“互联网 + 大数据”编织扶贫大网络 推动农业产销对接

农业稳，则天下安。在脱贫攻坚中，解决贫困地区的农产品产销问题依然是难题。习近平总书记曾在 2018 年中央财经委员会第一次会议上强调，要把推动贫困地区产销对接作为实现农民脱贫增收的“牛鼻子”、打赢精准脱贫攻坚战的重要抓手。

为了有效解决贫困地区农产品产销对接不畅通的难题，中国五矿所属中冶赛迪在农业农村部指导下，依托自身在互联网、大数据等技术优势，投入 4500 万开发了“全国初级农产品产销对接公益服务平台”，并于 2018 年 6 月 25 日在“2018 全国贫困地区农产品产销对接行动暨首场对接活动”中使用。

活动期间，该平台完成了全国 453 个贫困县 1500 余种特色农产品供应量、1800 余家农产品经销商采购量的数据入库，从品种、价格、距离、周期等 8

中国五矿帮助云南省彝良县引进、援建的中蜂养殖基地

中国五矿援建沿河县新景镇柑橘产业园

个大项、30 余个小项，为产销双方进行智能匹配推荐，活动现场两天实际成交量 79 万吨、交易额 54 亿元。在中冶赛迪“初级农产品产销对接公益服务平台”项目的负责人看来，该平台从互联网的思路解决了更多产区的待销农产品“出村难”问题，对推动农业提质增效、拓宽贫困区域农户的新型就业和增收渠道意义重大。

48 小时、79 万吨、54 亿元，这一组数字展现了平台在推动贫困地区农产品和“大市场”有效对接、打好精准脱贫攻坚战、实现产业扶贫中的积极作用。活动结束后，在国务院常务会议上李克强总理听取农业农村部产销对接活动情况的汇报并指示：要实施“互联网 +”农产品出村工程，推动解决农产品“卖难”问题，实现优质优价带动农民增收。

2019 年 4 月 3 日，平台在全国正式上线，共有注册供应商 3560 家，采购商 1677 家，累计支撑实现意向交易额约 300 亿元，覆盖全国 230 余县，其中贫困县 23 个。在打造“初级农产品产销对接公益服务平台”的同时，中国五矿所属中冶赛迪还致力于打造特色农产品大数据中心，实现农村“造血式”扶贫。2018 年，中冶赛迪分别与云南省普洱市政府签订了“省部共建茶叶交易中心”及“国家级茶叶大数据中心”项目合作协议，与山东省胶州市政府签订了“国家级辣椒产业大数据中心、国家级辣椒交易云平台”项目合作协议。

凸显五矿长项　全力保障脱真贫真脱贫

无论在扶助贫困区调整产业结构、转变增长方式、延伸产业链条、丰富产业形态、提升产业价值，还是对于群众在产业理论、技术和体制创新的培养上，中国五矿集结扶贫战线中的每一位工作者和贫困县始终保持统一战线，帮助贫困群体树立起摆脱困境的斗志和勇气，竭尽所能全力以赴，带领贫困县实现脱真贫、真脱贫。

如果缺乏思想引导和技术支持，产业扶贫工作的效果就会受到影响，甚至打折扣。对于如何解决扶贫的瓶颈问题，中国五矿在每一个扶贫项目的开展中，始终关注两大具体任务：一是增强贫困群体的技能和竞争力；二是注重贫困群体的素质教育，增强下一代的综合实力。

开展“矿心”职业教育扶贫项目是中国五矿认真落实习近平总书记就加快

中国五矿在云南省镇雄县花山乡援建的养兔基地

中国五矿在云南省镇雄县花山乡为解决学龄儿童援建的花山乡黄连小学

发展职业教育的重要指示精神而做出的部署。通过教育扶贫切断贫困的代际相传，中国五矿依托培养出世界焊接冠军的所属攀枝花技师学院，面向定点扶贫6县贫困学子开展了富有五矿特色的、从入学到就业全闭环的“矿心”教育计划。2019年8月，中国五矿拨付71.248万元帮扶的第一批48名贫困学生正式入学，学习焊接技术、建筑金属构造、电气自动化、机电一体化、汽车维修等专业。在三年的学习中，中国五矿将综合学生的个人特长、发展需求及新时代社会经济发展对高技能人才需求等因素，制定切实可行、高效合理的人才培养方案，全力提升学生的技能水平和综合素养。据了解，中国五矿计划长期开展该模式的教育扶贫，后续探索继续优化学生激励等环节，做出五矿特色、形成五矿品牌。

“只要能让村子再好一点，我就宁愿自己再累一点。”任中国五矿定点扶贫的贵州省铜仁市土家族自治县下辖的长依村第一书记杨聪在扶贫日记中写道。在开展扶贫工作中，杨聪除了解决通水、通电等生活方面的难题之外，还在教育扶贫方面做了大量工作。通过走访，他了解到村小学，桌椅、黑板等教学物资的缺口后，通过同单位汇报沟通最后解决全校的桌椅问题。在得知因师资匮乏，不能正常开设英语教育的情况后，他便投入其中，每周抽时间开设杨聪英语课。

而杨聪仅仅是中国五矿众多扶贫战线上的一分子，在扶贫工作中，他们围绕集团脱贫攻坚工作的安排和部署，关心产业发展、注重生活环境改善，关注当地教育及劳动人口的技能提高。从扶贫工作的长远来看，越是后扶贫时代，教育投入和人力资本投入的多少将直接影响着贫困人口子女未来的发展和市场经济中的适应程度。重视农村义务教育是中国五矿的扶贫干部和工作者们密切关注的重大任务。

在企业经营中，中国五矿在习近平新时代中国特色社会主义思想的指引下，秉承“珍惜有限，创造无限”的发展理念，努力发挥金属矿产领域的国有资本投资公司功能，为打造世界一流的金属矿产企业集团而不懈奋斗。在打赢全国脱贫攻坚战中，中国五矿以习总书记“精准扶贫”重要指示为引导，发挥自身专业优势、技术优势，深入参与脱贫攻坚工作，在脱贫攻坚的道路上开创“致富矿”。

更多扶贫内容请扫描

寄语 2020

中国五矿集团有限公司承担云南省镇雄县、彝良县、威信县，湖南省花垣县，贵州省沿河土家族自治县、德江县共6个县的定点扶贫任务，对口帮扶青海省祁连县，还承担着援疆、援藏和40余个地方性帮扶任务。2019年，中国五矿以习近平新时代中国特色社会主义思想为指导，坚决贯彻党中央、国务院决策部署，以高度的政治责任感和强烈的使命感，压实责任、尽锐出战，全力以赴做好定点扶贫和对口帮扶工作。全年共向6个定点扶贫县投入无偿帮扶资金5009.3万元，引进无偿帮扶资金594.8万元，购买6县农产品1330.6万元，开展了全产业链扶贫、“矿心”教育计划、“期货＋保险”扶贫等一系列特色扶贫工作，为定点扶贫县脱贫攻坚工作贡献了五矿力量。

2020年是全面建成小康社会最后一年，是脱贫攻坚的最后一年。习近平总书记讲，脱贫攻坚越到最后时刻越要响鼓重锤。中国五矿党组深刻认识到，中央企业全力支持深度贫困地区脱贫攻坚，是一项十分庄严、十分严肃的政治任务，是向以习近平同志为核心的党中央看齐、向习近平总书记看齐的具体体现，是履行好政治责任、经济责任、社会责任的必然要求。

中国五矿将从党组做起，从扶贫工作领导小组做起，从扶贫战线每一位同志做起，进一步增强“四个意识”、坚定“四个自信”、做到“两个维护”，把扶贫攻坚作为应尽职责、分内之事，集中力量攻关，全力以赴克难，继续加大人力、物力、财力各方面支持力度，为全面打赢脱贫攻坚战继续贡献五矿力量。

——全国政协委员，中国五矿集团有限公司党组书记、董事长　唐复平

企业名片

中国五矿集团有限公司简介

中国五矿集团有限公司（以下简称“中国五矿”）由原中国五矿和中冶集团两个世界500强企业战略重组而成，是以金属矿产为核心主业、由中央直接管理的国有重要骨干企业，国有资本投资公司试点企业，2019年世界500强排名112位，总部位于北京。旗下拥有8家上市公司，包括中国中冶（601618.SH、1618.HK）A+H两地上市公司，五矿资本（600390.SH）、五矿稀土（000831.SZ）、五矿发展（600058.SH）、中钨高新（000657.SZ）、株冶集团（600961.SH）五家内地上市公司，以及五矿资源（1208.HK）、五矿地产（0230.HK）两家香港上市公司。截至2018年底，公司管理的资产规模达到1.85万亿元，其中资产总额8968亿元，境外机构、资源项目与承建工程遍布全球60多个国家和地区。

中国五矿以“世界一流金属矿产企业集团”为愿景，以“资源保障主力军、冶金建设国家队、产业综合服务商”为战略定位，率先在全球金属矿产领域打通了从资源获取、勘查、设计、施工、运营到流通、深加工的全产业链布局，形成了以金属矿产、冶金建设、贸易物流、金融地产为“四梁”，以矿产开发、金属材料、新能源材料、冶金工程、基本建设，贸易物流，金融服务、房地产开发为“八柱”组成的“四梁八柱”业务体系。

在金属矿产领域，公司金属矿产资源储量丰富，境外矿山遍及亚洲、大洋洲、南美和非洲等地，拥有邦巴斯铜矿、杜加尔河锌矿、巴新瑞木镍钴矿等一批全球一流矿山，铜、锌产量位居全球前十，钨、锑、铋资源量位居全球前列。

在冶金工程建设领域，公司拥有世界一流的冶金建设企业，先后承担了国内部分大中型钢铁企业主要生产设施的规划、勘察、设计和建设工程，是中国钢铁工业的开拓者和主力军，进入新世纪以来，依托强大技术优势进军国际市场，先后承担越南河静台塑钢铁基地、马来西亚关丹联合钢铁项目、印度TATA钢铁、乌克兰阿赛罗米塔尔等近几年全球主要大中型绿地钢铁设计建设项目，积累了贯穿各环节的核心技术优势和设计施工能力，向着打造世界第一冶金建设国家队的目标大踏步前进。同时，依托多年在冶金建设领域所形成的高技术建设优势，公司作为国家指派的第一批支援深圳建设的施工企业和设计单位之一，完成了第一版深圳城市设计规划，在承建我国第一个公开招标项目时创造了“深圳速度”，还完成了多个城市新区的整体开发建设，是国内知名的城市建设全方位方案解决专家；公司在战略新兴产业方面，提前布局地下综合管廊建设、海绵城市、特色主题工程建设等六大业务领域，形成显著的竞争优势。

在贸易物流领域，公司拥有遍布全球的贸易流通网络，全球采购、全球营销，金属矿产品流通规模国内领先。

在金融、地产领域，公司拥有多个金融业务牌照，信托、租赁、证券、期货、财务公司、基金等业务优势显著；公司是国资委首批确定的16家以房地产为主业的央企之一，旗下五矿地产、中冶置业，享有较高知名度。

公司科技创新能力突出，截至2018年底，共拥有成建制的研究设计机构14家，国家重点实验室等各类国家级科技研发平台37个，科技活动人员2.7万人，中国工程院院士3人，专业技术人员超过8万名，累计有效专利达到27187件，主编/参编国际国家标准1200余项，综合科技实力位居央企前列。

步入新时代，在习近平新时代中国特色社会主义思想的指引下，全体五矿员工正秉承“珍惜有限，创造无限”的发展理念，积极践行“一天也不耽误，一天也不懈怠”的企业精神，努力发挥金属矿产领域的国有资本投资公司功能，为打造世界一流的金属矿产企业集团而不懈奋斗。

扶贫手记

作者：罗军，男，生于1970年3月5日，重庆大足人，2017年9月根据中国五矿集团有限公司统一安排，赴云南省彝良县任挂职副县长，分管工业信息、科技、商务、招商、电力、煤炭等工作。

丹心帮扶不言悔 甘做脱贫攻坚兵

又是一天下乡，一年365天，大概200多天要下乡。

从海子镇下乡归来的途中，顺道拐到了荞山镇猴街村。我和镇里工作人员再次来到了离隧道不远处的几户农家，已经数不清多少次来到这里，村里有几条路，几户人家，我大概闭着眼也能摸清、走到。

贫困户老潘非常热情邀我到家坐坐。看到门口的水龙头哗啦啦流出纯净的自来水时，老潘喜不自禁的笑容在黑黝黝的脸庞绽放：“感谢党感谢政府，感谢中国五矿，为我们解决了多少年想解决的问题，再也不用到处找水喝，到山上背水吃了！”我指向邻居杨大姐家后面的约十多立方的水窖说，这个可以拆了吧，她连连摇头：“这不能拆，这不能拆……万一缺水还要用哩，只要有水我都把它灌满，缺水时用，缺水缺怕了。”我们一行人听了哈哈大笑，我笑的是满足和成就感，他们笑的是生活必需条件触手可及的改善。

来到另一农户家，新安装的水龙头下有一个旧的、约1立方大小的塑料水缸，装满了清澈的水。水面还垂着一根黑旧塑料管，上面接着屋顶排水管。主人告诉我这是以前靠天吃水时用的，十几

二十天不下雨了就得到山上去背水，一次要背六七十斤的水，省着点儿一家人和牛可以用两天，现在好了，再也不用担心没水吃了。农户家人也笑得很满足，边笑边不住地道“谢谢、谢谢”。

今天是个艳阳天，大概有半个月没下雨了，如果没有引水工程，这些百姓，该去上山背水了吧？我思绪飘了一会儿。

看着干净的自来水，看着他们的笑脸，我不禁想起2018年到这儿考察援助项目时，一听说中国五矿要帮扶解决饮水工程，周边的农户居民一下子把我围在中间，大家七嘴八舌地告诉我这里是如何的缺水、生活是如何的不便。在缺水季节，不要说洗衣洗澡，就连人畜用水都要靠上山找水或山下运水买水，贵得很。人畜用水，连基本的安全都无法保障。说实话，若非实地查看，我是不相信现在还有这样的地方。可是看着这连天遮日的群山，要连通饮水，确实难。

但涉及贫困家庭的事儿，涉及“两不愁三保障”的事儿，再难也要想方设法解决。办法只有一个：引进资金，实施饮水工程建设，才能从根本上解决当地居民饮水困难的问题。

项目总投资需要2000多万元，但县财政吃紧，需要用钱的地方太多，经过县委、县政府的努力争取，我也多次向集团公司扶贫办报告沟通，2018年四季度，集团公司同意立项荞山镇集中饮水工程。该工程设计在荞山镇官房村，项目包括取水坝，渠道长18450m、隧洞长1844.34m，总投资2000多万元中，中国五矿承诺持续投入1000万元。该项目惠及荞山镇官房村、猴街村、安乐村、底武村、和平村等5个村114个村民小组，共5353户22328人受益，同时解决农户3795户15810人、6所学校师生4280人和安乐场集镇的生产生活用水问题，社会效益、经济效益、生态效益均十分显著。

因为给大伙儿解决实际问题，所以那些看似困难的问题，反而不是什么问题。工程建设需要征地涉及近十户人家，原本计划需要两周时间动员才能完成，我们还担心，会不会有什么纠纷，导致工程延期。可没想到当百姓们听说是建饮水工程所用，主动到村委会仅用半天时间就完成了所有征地手续，有的甚至还没了解赔偿标准，说只要早点建好有水喝，赔偿多点少点没关系。

2018年以来，我已经到工地上看了不下20次了，中国五矿的主要领导到彝良县调研时，都要到这个饮水工程上调研，每次领导们都会严肃地要求工程质量，要求抓紧完工，尽快让百姓喝上干净的自来水。

彝良县地处滇川黔三省八县结合部的乌蒙腹地，山地占全县国土面积的96%以上，山高坡陡，沟壑纵横，地质破碎，生存环境差、基础设施薄弱，属于国家级深度贫困县。为了今年能如期脱贫出列，县委县政府下定了最大的决心，层层压实了责任，不知病倒多少扶贫工作人员，甚至有3名扶贫干部付出了生命的代价。

考虑到2020年是脱贫攻坚的决胜年，2019年中，集团公司扶贫办征求我的意见，问我愿不愿意发挥熟悉情况的特长，再干一年。我内心有个声音：把硬仗打过去，帮着再做一年。但说实话，挂职很累，和家人两地分居，孩子只能靠爱人一个人照顾。自今年春节后，我没有任何节假日，天天上班，夜晚还经常加班，已有6个月没有休息过一天，细细算来今年已累计加班72天，还不算晚上加的班。为保障挂包村的脱贫工作全面完成，我累计驻村长达87天，无数次白天走访、晚上研判，无数次检查调研做群众工作。两年多来，全县139个行政村和社区，我已到过92个。其间的辛酸苦辣，百味杂陈。

但是，看到贫困户的收入高了，房子安全了，饮水有保障了，辍学的孩子回来了，贫困地区在我的或许微不足道的工作中，一点点真的在变化，所有的付出真的都值了。作为一名战斗在一线的扶贫干部，能够参与“三大攻坚战”，我觉得很自豪，我答应再挂一年，再为这片土地，洒下我的汗水、投入我全部的精力！

这一生能够完成这样一份工作，是最难的人生际遇和崇高荣誉。

华润扶贫“组合拳”诠释央企责任

“三年前，我成为两个孩子的父亲，正艰难抉择要不要再外出打工之时，听邻居说华润集团（以下简称华润）在曹洼乡建了养牛基地，我成功应聘到基地工作。华润不仅帮助了大家脱贫，还给了我见证孩子成长的机会。”宁夏西海固地区农民杨金龙对记者说。

杨金龙 19 岁开始出去打工，在煤矿挖过煤、工地当过小工，

海原杨金龙在牛场工作

一天仅能挣到几十块钱。刚应聘到华润养牛基地时，他从事巡夜工作，现在在基地开铲车，或驾驶 TMR 自动搅拌饲喂设备。华润给予杨金龙的不仅是一份工作，还是谋生的本事，而这只是华润扶贫工作的一个缩影。

定点扶贫“结”硕果

2020 年 3 月 4 日，华润收获喜讯，历经 8 年的扶贫攻坚，集团定点帮扶的宁夏海原县正式“脱贫摘帽”。海原县是宁夏西海固地区最贫困的一个县，西海固受山大沟深、干旱缺水等因素影响，一度被称为“不适宜人类生存的地方”。2012 年，海原县被国家扶贫办指定为华润集团的定点扶贫县。经过深入调研，华润于 2013 年编制了《华润集团定点帮扶海原县发展五年规划》，按照规划要求，华润自 2014 年开始从产业扶贫、投资扶贫、公益扶贫、人才扶贫四方面着手全面推进对海原县的定点扶贫工作。

据悉，海原定点扶贫的“华润模式”也入选了由国务院扶贫办社会扶贫司和中国社会责任百人论坛联合主办的首届中国企业精准扶贫优秀案例 50 佳，并排名第一！

那么，“华润模式”新在哪里？华润是如何帮助海原脱贫的？

习近平总书记曾在宁夏考察时强调，好日子是通过辛勤劳动得到的，发展产业是实现脱贫的根本之策，要因地制宜，把培育产业作为推动脱贫攻坚的根本出路。华润正是基于海原的实际情况，决定在当地发展肉牛养殖产业，带动农户脱贫致富。

资料显示，宁夏各县区养牛的历史少则几十年、多则几百年，海原县为回族聚居区，素有养牛的传统。“不打没把握的仗”，精准帮扶首先要对贫困地区的致“困”原因有所了解。通过多日考察，华润了解到，海原农户养牛经验丰富，但整体养殖规模小，牛只品种单一且质量参差不齐，加之消息闭塞，难以与市场对接。

精准扶贫产业扶贫是方法，关键在于可持续。企业如何更深入地参与扶贫？还需与自身业务、优势和特点有机结合，从而实现“造血”式的持续帮扶。华润集团旗下华润五丰是一家优秀的综合食品企业，同时也是香港最大的活牛供应代理商，具有69年活畜供港经验，渠道优势明显。为此，华润结合双方优势，将对海原的定点帮扶聚焦在肉牛养殖产业上，对海原县发展肉牛养殖产业进行了科学周密的谋划和布局，从而推动海原牛肉逐步实现产业化、品牌化。

去年9月，由海原县人民政府、西北农林科技大学和华润五丰共同成立的西部高端肉牛产业发展研究院正式揭牌成立，进一步加大肉牛产业科技服务和技术推广示范力度。研究院开展的牛骨、牛油、红白脏器、生物制药、医药中间体、皮革等产品深加工的研发，精准帮助海原县形成全产业链肉牛精深加工产业，提高肉牛产业附加值，支撑当地牛产业的转型升级和提质增效。这一切都得益于华润初到海原帮扶之时对高端肉牛市场的探索、尝试与创新。华润的积极探索与创新也为助力海原脱贫攻坚和乡村振兴提供了可复制的经验。

华润通过市场调研了解到，高端牛肉的市场需求非常大，同时结合对海原草畜条件的评估，华润最终选择了非常适合在海原生长繁育且广受市场欢迎的西门塔尔高端肉牛。高端良种母牛繁育期较长，可通过人工方式繁育牛犊，行业通常把这种主要用来繁育的母牛称为“基础母牛”。一头优质西门塔尔基础母牛市场价约为1万元，远远超出了贫困群众的承受范围，华润设身处地想到贫困户的难处，要帮扶海原县建立肉牛养殖产业，就要先解决农民养牛的资金瓶颈。

经过与海原县政府反复论证，华润决定捐资1.2亿元，从甘肃引进良种西门塔尔基础母牛，把基础母牛以赊销的方式投放给贫困农户开办家庭农场，这也就是华润独创的“基础母牛银行”扶贫模式的第一步。

针对每头价值1万元的基础母牛，华润提供6000元的赊销款，政府提供2000元帮扶资金，农户只需自筹2000元，就可以领回一头优质基础母牛。这样每个农户只用花4000元到10000元认养2—5头基础母牛，就可建立起一个小型的家庭农场，发展肉牛养殖产业。

家庭农场建起来以后，母牛产下的牛犊长大后如何卖个好价钱？这个问题难住了海原县政府和当地农户们。

为了更好解决大家关心的事情，华润“基础母牛银行”扶贫模式走出第二步“基地收犊”，用回收牛犊的方式破解销售难题。为此，华润向海原捐赠2.65亿元，建设了一座存栏10000头的肉牛养殖基地，专门用于回收农户牛犊，帮助他们实现从商品到货币的“惊险一跃”，让农户安心养好牛。

一般情况下，农户饲养基础母牛1年后即可产下牛犊，产下的母牛犊由农户留存养育，用以扩大规模；产下的公牛犊将作为肉牛，在农户家散养育肥10—12个月后，再由华润回购至肉牛养殖基地，抵顶农户每头6000元的赊销款。华润将回购的肉牛在基地集中加速育肥后统一对外销售，收回的赊销款继续帮扶更多的农户开办家庭农场。

“赊销投母”给予农户启动资金，“基地收犊”保障农户得到实实在在的收入，回收后统一销售解决农户卖货没有渠道的难题，继续帮扶鼓励更多农户积极参与，从而实现自己动手，脱贫致富。

以上，华润帮扶海原发展肉牛养殖产业的“基础母牛银行”模式基本形成。在这种模式下，农户养殖风险低，养殖规模可以迅速扩大，一个农户赊销5只基础母牛，经过5年的一个帮扶周期，可以实现存栏23.75头牛，5年累计增加收入14.25万元。

农户牵回赊销的基础母牛

海原草畜一体化牛肉养殖基地

华润从甘肃引进的良种西门塔尔基础母牛

在海原县政府的大力支持和配合下，华润“基础母牛银行”已赊销牛只3万余头，覆盖海原县17个乡镇9414户贫困户。经过测算，到2020年华润将帮助海原县实现新增公牛9.3万头，新增优质基础母牛14.5万头，加上海原县现存牛只10万余头，海原县牛只存栏将超过30万头，海原将成为西北地区乃至全国的高端肉牛繁育集散地之一，同时也将储备更多养殖高端肉牛专业人才。

除了养牛，华润还通过华润万家、华润五丰的渠道帮扶海原县销售当地特色农产品，包括土豆、胡麻油、清真熟牛肉、硒砂瓜等。

希望小镇“凝”智慧

华润集团董事长傅育宁指出，对于海原县的帮扶是华润牢记使命，积极承担国家下达的定点扶贫任务的体现，也是华润扶贫“组合拳”当中的“规定动作”。

做好“规定动作”的同时，华润不忘初心，始终坚持履行央企社会责任，探索出一套凝聚华润智慧的“自选动作”。

“2016 年 10 月，我离开成都，来到了干旱苦瘠的宁夏海原县关桥村，我们将在这里捐建华润希望小镇。”宁夏海原华润希望小镇项目组组长，挂职海原县县长助理廖志恒介绍说，当时，海原县高端肉牛养殖已成效显著，华润希望进一步改善居民生活环境，完善海原教育、卫生等方面的不足。

由此可见，华润对海原的扶贫模式已由产业扶贫过渡到以产业帮扶为抓手，助推实现产业兴旺、生活富裕、基础配套齐全的宜居小镇。

“来到海原关桥村，生活方面我们面临着三大挑战。一是苦寒，10 月份的海原已经要穿棉衣了；二是干旱，海原缺水，当地饮水都非常困难，日常生活

海原华润希望小镇远景图

用水更不用说；三是饮食，海原贫苦，老百姓吃顿米饭配土豆就是改善生活。”廖志恒介绍说，华润项目组成员深知生活的困难，他们咬紧了牙还能克服，但海原居民长期生活在如此艰难的条件下，他们必须从农户的迫切需求出发，帮助农户解决“痛点”。

廖志恒通过与农户的深入交流了解到，村民对华润希望小镇的建设者充满了不信任。主要是因为关桥村的村民全部为回族，长期的封闭环境再加上文化习俗的差异，村民很难接受外来的新鲜事物。

如何赢得村民信任，调动起村民参与家乡建设的积极性？华润项目组经过与集团领导的沟通决定先解决“缺水”问题，在关桥原有 $100m^3$ 的蓄水池上建起一个 $500m^3$ 的新蓄水池。

“我统计了关桥村整个冬季从县城的拉水量和拉水间隙，发现 $1m^3$ 的水足可满足一个海原人一月的日常所需，而 $500m^3$ 的蓄水池既能满足小镇范围内村民的日常用水又能同时兼顾拉水周期。2019 年 $500m^3$ 蓄水池改造正式完工。”廖志恒介绍说。

“感谢华润，让我们喝到了随叫随到的‘甜水’。而且，不仅解决了‘喝水’难题，现在我们啥都好了，老人养老医疗有保障，孩子上学也不愁了，还有图书馆，这些以前我们连想都不敢想……”关桥村民满脸笑容对记者说。

历经三年的时间，海原华润希望小镇完成了新建民居 74 栋，集中安置房屋 20 栋，改造了民居 75 栋，新建了沿街商铺 197 跨，新建党群服务中心和产业帮扶中心，种植各类树木 5000 余棵，村内小学、幼儿园等公共建筑均重新整修装饰后焕然一新。

其实，海原华润希望小镇已经是华润在全国建设的第 8 座。目前，华润已在广西百色、河北西柏坡、湖南韶山、福建古田、贵州遵义、安徽金寨、江西井冈山、宁夏海原、贵州剑河、湖北红安、陕西延安、四川南江建设 12 座华润希望小镇。12 座华润希望小镇均是华润员工用心筑成的，他们都是独在异乡的“华润上山下乡好青年”，起初不被信任，难以融入，渐渐深入当地百姓生活，竭尽所能让农户过上美好生活，最后成了村中不可缺少的“本地人”，甚至不忍离开。

乡村振兴“献”经验

其实，早在2008年，华润便积极响应中央扶贫开发的号召，提出利用华润企业和员工捐款，到贫困地区和革命老区的乡村建设华润希望小镇的创想。12年来，华润共捐资超过8亿元，精准对接革命老区、贫困地区，以“环境改造、产业帮扶、组织重构、精神重塑”为四大愿景，通过发挥企业多元化经营的资源和产业优势，全面助力乡村振兴。

党的十九大报告提出实施乡村振兴战略，并提出了“坚持农业农村优先发展”和“产业兴旺、生态宜居、乡风文明、治理有效、生活富裕”的总要求。从2017年底开始，华润联合中国社科院社会责任研究中心，结合希望小镇建设经验，对“乡村振兴”进行了政策研究。社科院专家用了8个月时间，调研了11个小镇，发现希望小镇的四大愿景全面响应了“乡村振兴”的五大总要求。

以环境改造为基础，实现生态宜居。华润对希望小镇统一开展的环境改造主要聚焦在“和谐的民居改造”“生态环保的市政基础建设”和“功能齐备的公共配套设施”三大方面。在全为旱厕的海原和延安希望小镇，华润发起了一场“厕所革命”，通过为一家一户引入一体化污水处理设备，彻底解决了当地原有旱厕排水难的问题。通过环境改造，让村民享受到城市文明所带来的舒适、卫生与便利，基本实现生态宜居。

以产业帮扶为抓手，实现产业兴旺、生活富裕。在乡村产业振兴方面，华润主要通过建立“企业＋合作社＋农户”的基本模式，充分发掘每个小镇的资源禀赋，因地制宜地发展现代特色农业和特色乡村旅游业。例如，井冈山希望小镇，华润建设了第一座米兰花乡村民宿示范酒店，引导村民将闲置房屋改造成为民宿，发展红色旅游，推动小镇一二三产业融合发展，产业兴旺、生活富裕的目标已基本实现。

以组织重构为依托，实现有效治理。华润每建设一个希望小镇，都会将希望小镇原来的村委会升级为新型的农村社区居民管理委员会；积极培育村里的经济带头人和基层优秀党员，提升他们的综合素质，支持他们参加村

金寨华润希望小镇徐家大院修旧如旧，进行保护性修缮

“两委”的选举。在当地政府的支持下，华润项目组和希望小镇的村“两委”紧密配合，民主自治的乡村治理结构日益稳固，基本实现了对小镇各项事务的有效治理。

以精神重塑为目标，实现乡风文明。在扎实推进产业帮扶工作的同时，华润还注重物质文明和精神文明一起抓。同时，华润非常注重保护发展农村优秀传统文化，高度重视对公屋、祠堂的保护性修缮。在华润和当地政府的积极引导下，乡风文明、积极健康的生活方式逐渐成为了小镇村民精神生活的主流。

据统计，希望小镇直接受益农民总计 3036 户，11463 人，华润的扶贫工作，加上广昌、海原两县定点扶贫项目，辐射带动贫困人口超过 30 万人。

为了做好希望小镇项目，推进小镇产业全面可持续发展，为央企在扶贫领域模式创新方面继续贡献华润经验，华润在探索小镇合规运作方面下足了“力气”。对此，傅育宁介绍，一是成立华润慈善基金会，规范化运作希望小镇项目。二是成立产业发展部，持续发展希望小镇各项产业。三是以华润慈善基金会为平台，统筹集团各利润中心优势资源，协同建设希望小镇。

多元业务“齐”响应

创新、合规、担当，华润一直在用行动“书写”央企责任。华润集团作为一家多元化控股企业集团，业务范围涵盖大消费、大健康、城市建设与运营、能源服务、科技与金融五大领域，下设7大战略业务单元、19家一级利润中心，实体企业约2000家，在职员工42万人。

华润多元化业务赋能，多渠道参与精准扶贫，旗下业务线均能发挥所长，将自身主营业务与贫困地区所需相结合，多举措完善生活用电、教育、医疗等百姓生活点滴。华润电力通过新能源投资扶贫模式，在全国6个省区建设了14个投资扶贫项目，吸引政府以扶贫资金入股，将投资收益超额返还贫困户，直接帮扶了3.6万贫困人口；华润万家通过消费扶贫模式，在全国建设了19个生鲜扶贫基地，帮助14个贫困县拓宽了扶贫产品的销售渠道；东阿阿胶与华润金融产融结合，通过协同扶贫模式，打造了“毛驴产业发展基金”，扩大了养殖规模。这一系列华润特色扶贫模式，既解决了农民的贫困问题，又促进了集团的业务发展，取得了共享双赢的帮扶成效。

截至2019年底，华润集团各单位通过“万企帮万村”，选派了43名驻村

华润电力在海原西华山投资建设的风电厂

扶贫干部，对口帮扶了188个贫困村，其中35个贫困村位于国家级贫困县，帮助了4400余户建档立卡贫困户，直接捐赠扶贫资金1.3亿元；通过消费扶贫，在全国的19个生鲜扶贫基地累计帮扶销售贫困地区农产品78万吨，采购扶贫农产品超过2.4亿元；通过投资扶贫，在全国67个国家级贫困县累计投资超过528亿元，纳税37亿元，企业用工4408人，帮扶建档立卡贫困户就业16768人。

泰山崩于前而色不变，麋鹿兴于左而目不瞬。身为责任央企，近日，在抗击新冠病毒的“战场”上，华润也尽显担当，跑出企业的速度、力度和温度。

据了解，华润不仅第一时间为武汉捐款捐物，还是武汉早日全面战胜疫情的坚强后盾，保障着燃气、电力以及生活必需品的稳定供应。

截至目前，华润燃气承担着雷神山医院、大花山方舱医院、武汉市江夏区第一人民医院及医护人员居住的江夏区联投纽宾凯酒店等场所的燃气保供工作。旗下大型连锁超市华润万家加大民生商品的供应保障，确保蛋、蔬果、肉禽、方便食品、调味品等供应充足，并积极维护市场价格稳定。综合食品企业华润五丰从1月1日至3月2日共投放湖北市场大米2803.68吨，食用油106.74吨。

危急时刻，华润集团累计捐款捐物过亿元，向湖北省捐赠3000万元，向武汉市捐款2000万元，并通过华润慈善基金会向定点扶贫县广昌县、海原县各捐赠400万元，华润雪花啤酒向武汉捐赠超过1500万元。华润员工也纷纷慷慨解囊，奉献爱心，华润置地、华润创业、华润金控、华润三九等单位员工踊跃捐款，一共向抗疫前线捐出近616万元善款用于抗疫防疫。华润医药、华润电力、华润怡宝、华润燃气、太平洋咖啡、华润五丰和华润化学材料均捐助各类抗疫防疫物资，从防护口罩到生活物资，累计价值近1700万元。

取之于社会，回报于社会，坚持精准扶贫，帮助更多人过上美好生活是华润的愿景。对于华润而言，日复一日、年复一年，始终坚持履行社会责任定能将愿景变为实景。

更多扶贫内容请扫描

寄语 2020

党的十八大以来，华润集团深入学习贯彻习总书记关于扶贫的系列重要思想，按照中央和国资委关于打赢脱贫攻坚战的决策部署，不断加大力度，充分发挥华润多元化经营的资源和产业优势，打出了一套华润在扶贫领域的“组合拳”。

面向未来，华润集团要结合乡村振兴思考下一步脱贫攻坚如何提升，提早谋划，有效接续。华润扶贫要从发展一二产业提升到一二三产业融合发展，成为中国现代农业的有效参与者；要从利用自身资源优势提升到引导外部资源共同参与，成为乡村振兴的资源组织者；要从帮扶贫困群众实现共同富裕提升到实现乡风文明，成为中国优秀乡村文化的整合传播者；要从帮扶别人到反哺自己，成为华润企业文化的特色承载者。

未来，华润集团将继续按照中央和国资委的部署要求，立足国情、农情、司情，迎难而上，努力践行“引领商业进步，共创美好生活”的使命，统筹集团内外部资源，全力打好华润的扶贫“组合拳”，为党分忧，为国尽责，为人民的幸福生活贡献华润的智慧和力量。

——全国政协常委，华润集团党委书记、董事长　傅育宁

企业名片

华润（集团）有限公司简介

华润的前身是于1938年在香港成立的“联和行”。1948年联和行改组更名为华润公司。1952年隶属关系由中共中央办公厅转为中央贸易部（现为商务部）。1983年改组成立华润（集团）有限公司。1999年12月，与外经贸部脱钩，列为中央管理。2003年归属国务院国资委直接监管，被列为国有重点骨干企业。

1954年华润公司成为中国各进出口公司在香港总代理。在这一时期，华润的主要任务是组织对港出口，为内地进口重要物资，保证香港市场供应，贸易额曾占全国外贸总额的三分之一。1983年华润集团成立后，因应外贸体制改革的形势，企业逐渐从综合性贸易公司转型为以实业为核心的多元化控股企业集团。

2000年以来，经过两次“再造华润”，华润奠定了目前的业务格局和经营规模，目前，业务范围涵盖大消费、大健康、城市建设与运营、能源服务、科技与金融五大领域，下设7大战略业务单元、19家一级利润中心，实体企业约2000家，在职员工42万人。直属企业中有7家在港上市，其中华润置地位列香港恒生指数成份股。

2018年，华润集团实现营业收入6085亿元人民币（下同），利润总额661亿元，净利润451亿元，期末总资产14394亿元，华润集团在国务院国资委2013—2015任期考核评级中获评为A级，被授予“业绩优秀企业”荣誉称号，在2017年度考核评级中获评为A级。在2019年《财富》杂志公布的全球500强排名中，位列80位。

扶贫手记

作者：廖志恒，男，生于1976年5月7日，四川成都人，2016年秋由华润置地华西大区推荐，赴宁夏海原华润希望小镇担任项目组长，并挂职海原县县长助理。

新时代的上山下乡

2016年10月，南方还未褪去秋老虎的酷热，我离开富饶繁华的成都，来到了干旱苦瘠的宁夏海原县关桥村，华润将在这里捐建第8座华润希望小镇。我一直积极参与公益活动，作为一个地道的四川人，2008年5·12汶川大地震的第3天，我就参与了抗震救灾工作。这次得知集团要在定点扶贫县海原县捐建一个希望小镇，我第一时间就报名申请加入海原华润希望小镇项目组。

来到海原关桥村，仅在生活方面，就有三大挑战摆在项目组同事们面前：一是苦寒，10月份的海原已经要穿棉衣了，11月份便进入冻土期，所有建设工程都不得不停工，苦寒寂寞是我们大家面临的第一个挑战；二是干旱，海原缺水，当地很多人喝的还是地表碱水，饮水都非常困难，更不用说日常洗澡、洗衣服的生活用水了，所以大家经常是白天建设工地上一身泥，晚上回到宿舍只能打一盆水简单擦洗，一周能去县城洗个澡，成了我们最幸福的事情；三是饮食，海原贫苦，老百姓的饮食也非常简单，一碗清汤面就着两颗蒜做配菜就是一顿正餐，吃顿米饭配土豆就是改善生活。为了能够真正融入老百姓，我们也只能硬着头皮和老乡们一道喝碱水，吃面条。

刚到海原那段日子，嘴唇每天都要干裂流血，身上也是脱了一层又一层皮，人迅速瘦了十几斤，但生活的困难，咬紧了牙还能克服，让我压力最大的还是工作上的挑战。关桥村的村民全部为回族，长期的封闭环境再加上文化习俗的差

异，使村民很难接受外来的新鲜事物，村民更是对华润希望小镇的建设者充满了不信任。如何赢得村民信任，调动起村民参与家乡建设的积极性，是摆在我面前最大的难题。

经过与集团领导沟通，我找到了工作抓手——要想赢得老百姓的信任，就必须从农民的迫切需求出发，帮助农民解决生活中最大的“痛点”。

关桥村缺水，老百姓将自来水称为“甜水”，老百姓一年能喝上“甜水”的日子屈指可数。为此，我提出在关桥原有 100m³ 的蓄水池上建起一个 500m³ 的新蓄水池，经过 2016 年整个冬天的深入调查，我统计了关桥村整个冬季从县城的拉水量和拉水间隙，发现 1m³ 的水足可满足一个海原人一月的日常所需，而补充建设一个 500m³ 的蓄水池既能满足小镇范围内村民的日常用水又能同时兼顾拉水周期。

说干就干，如今村内的水龙头再也不是摆设，而是全部通了随叫随到的“甜水”。

除了缺水，关桥村村民大多住的是土坯房，条件好些的建砖包土的房子，只有少数的“大户人家”才建得起砖房。但海原在地震带上，这样的房屋质量让人堪忧。为了防止海原1920年大地震的悲剧再次重演，此次规划时，华润将海原希望小镇民居的抗震烈度定在了8度。同时，为了增强房屋的保暖性能，全部民居都增加了阳光房的功能。经过艰苦的动员工作，终于有一户叫田彦海的村民同意参与希望小镇建设。田彦海的新建民居成了小镇民居建设的第一户样板房，在建设过程中，村民看到了华润捐建民居的建筑质量；在建成后，新民居的美观、实用、保暖都成了吸引村民的亮点。至此，村民才相信了华润是真心无私来帮扶他们的。短短几天时间便有64户村民与项目组签署了住房新建或改建协议。还有大批没有来得及签约的村民，也开始积极期盼来年开春复工后的小镇建设。

从2016年项目组成立，到2019年海原希望小镇竣工，我和项目组的兄弟们已经在海原关桥村扶贫一线整整工作了三年时间，海原华润希望小镇建设也已经新建完成了党群服务中心、村民活动广场、产业帮扶中心等的建设，完成了新建民居74栋，集中安置房屋新建20栋，改造了民居75栋，新建了沿街商铺197跨，种植各类树木5000余棵，村内小学幼儿园均重新整修装饰后焕然一新。

三年时间，项目组同事也得到了村民的一致认可，每逢节庆，我们这些独在异乡的“上山下乡青年”都会被回族老乡请到家里去过节，村里的年轻人都把大家当做知心大哥。如今村里不管有啥大事小情，我们已经成了村中不可缺少的人。很多村民在住进新居后，无以表达对华润的感谢，都纷纷送来锦旗，其中田彦海送来的锦旗上写着“精准扶贫，华润到心”。面对一面面的锦旗，大家心里无比的自豪，我对自己说：我们是新时代的上山下乡，我们一定会像习总书记当初在梁家河那样扎根中国大地，洞察国情民情，树立起与党和人民同心同向的理想信念和价值追求，把无悔的青春刻写在实现中华民族乡村振兴的历史丰碑上。

阻断贫困代际传递
中国诚通倾心教育扶贫播撒阳光

“治贫先治愚，扶贫先扶智。教育是阻断贫困代际传递的治本之策。”这是习近平总书记对教育扶贫工作提出的明确要求，也是指导教育扶贫实践的重要指针。

“教育扶贫不仅是一项基础性工作，而且是一项长期性工程，对教育扶贫工作能否持续发力，将直接影响教育脱贫攻坚的最终效果。”中国诚通集团有限公司党委副书记单忠立表示，教育扶

中国诚通董事长朱碧新调研集团援建宜阳县物流中心生产车间

中国诚通总裁李洪凤调研集团援建花椒种植园

贫要持续发力，既要下大气力巩固教育扶贫的既得成果，更要通过课堂教学的不断改进、教育质量的持续提升，让贫困地区学生能够留得住、学得好，这是对失学辍学问题的源头治理。还要通过教育来影响和改变贫困地区群众的精神面貌，努力实现贫困地区群众的“精神脱贫”。

2016 年 9 月 1 日，中国诚通在河南省洛阳市宜阳县城关镇一中的第一届“宏志班”顺利开学，首届宏志班共招生 39 人，涉及 13 个乡镇、37 个行政村、39 户建档立卡贫困户。

四年来，中国诚通集团党委高度重视教育扶贫，积极扶贫扶智，无偿资助优秀贫困学生，先后开办了四届“宏志班”，通过享受“两免一补”教育扶贫政策和发放基本生活补贴，解决了 187 个建档立卡贫困户因学致贫问题；累计投入 700 余万元用于教育扶贫，改造“宏志班”所在宜阳县城关镇一中水泥运动场、校舍门窗，创建 2 个爱心留守儿童家园，建设 1 个多媒体电脑教室；先后举办三期宏志班夏令营，组织 100 余名优秀学生分别到北京、杭州、天津进行参观学习，为孩子们打造一个走出大山了解世界、树立远大理想的平台；成立青年志愿者服务队，对“宏志班”学生进行一对一爱心帮扶，先后累计通信 600 余封，80 余人次开展志愿支教活动。

中国诚通连续四年召开扶贫现场工作会

中国诚通教育扶贫的做法，受到教育部的高度肯定，诚通“宏志班”也成了央企教育扶贫和宜阳县脱贫攻坚的标杆示范项目。

读万卷书　阳光照进校园生活

在河南省洛阳市宜阳县，这个豫西丘陵山区，这个国家级贫困县，有一群少年。他们，村庄不同，家境不同，但却都有着灰色的童年：

蒲秀芳，父亲脑溢血，完全丧失劳动能力，每月要花费大量的医药费来维持生命，弟弟是个智障儿，需要专人照顾，其母亲也不能外出打工和正常田间劳作。

仝宜宜，不到 1 岁母亲就去世了，父亲智障，跟奶奶生活，现在年迈的奶奶又患上了脑梗塞，长年吃药，逐渐难以生活自立。

陈芳芳，先天右臂缺失，八岁失去了父亲，务农的单亲妈妈需要照顾她，还有一个弟弟，一个妹妹。

金永昶，父亲做了开颅手术，生活陷入困境，正上高中的哥哥辍学外出打工。

周凤英、王校鸽、郭海琳，都来自单亲家庭。

……

上面这些少年，在艰苦的环境中，在亲友的帮扶下，艰难上完了小学，成绩优秀。但他们所在的村庄，大都没有初中，外出上学的开支比在村里上小学要大得多，他们该怎么办？

怎么办？

2016 年结对帮扶宜阳县的中国诚通了解到这种情况，看到这些贫困家庭优秀的孩子可能面临辍学，提出了“培养一个优秀学生，改变一个贫困家庭”的口号，和宜阳县政府合作，出资在宜阳县城关镇第一中学开办了宏志班，专门招收宜阳县“建档立卡户”中品学兼优的孩子。

2016 年 9 月 1 日，河南省宜阳县城关镇一中“宏志班”顺利开学，39 名幸运的孩子成为了宜阳县第一届诚通宏志班的学生。为了能让孩子们在安全的学习环境中成长，中国诚通出资改建了宿舍操场，还建立了“宏志班”帮扶长效机制，对宏志班的孩子的资助从义务教育阶段七年级开始，直至高中毕业，并设置优秀学生奖学金。

中国诚通扶贫扶智工作迈出了坚实的一步。

第一届宏志班班主任陆阿丽的日记中有这样一段话：记忆里那双渴望读书的“大眼睛”，想起总是心疼。如今诚通人带上温暖和爱去擦亮许多双“大眼睛”，这是多么珍贵的喜悦心情。长路奉献给远方，白鸽奉献给蓝天，“我”奉献给你——可爱的小孩，愿你一生努力、一生被爱、一生喜乐、一生坦途。我们愿用双手托起你们的明天，相信你们的明天一定别样灿烂。

“2016 年 9 月，在中国诚通的鼎力相助和各级领导的大力支持下，宜阳县第一届宏志班顺利开班，我很荣幸担任班主任。”陆阿丽回忆到，这是特殊的一年，是我工作二十年以来最令人难忘的一年，带了这个带有“国”字号光环的班级，高兴激动之余我也深感责任重大。

陆阿丽回忆说，第一次班会，我让学生们做一下自我介绍，第一个孩子上来便一直低着头，半天才小心翼翼地说了一句："我叫某某某"，再也没有其他的词了，接下来也都大抵如此，没有什么新意，无非是"叫什么""几岁了"来自"什么村"，还有一个男生紧张地介绍了自己的性别是男，38 个学生不到半个小时就介绍完了。我很诧异，后来想想觉得也正常，或许农村来的孩子们都这样——胆小害羞，不敢高声说话。或许他们第一次来到县城，第一次见到新老师，第一次面对这么多学生，我假设了好多第一次 …… 但是一看到他们一张张稚嫩羞涩的面孔，一双双渴求知识的眼睛，我便想——多么质朴纯真的农村孩子啊！老师一定会让你们发现自己、找到自信，一定会让你们抬起头来大声说话的！

问及做班主任最难忘的事情是什么？陆阿丽说："记得县东街小学有一位三年级小学生身患白血病，需巨额医疗费，学校决定组织一次捐款活动，但考虑到宏志班的特殊情况，没有安排我们班参加，我也没做任何工作。可谁知，中午放学时班长来找我，说班里学生们听说别的班都在捐款，也自发捐了 271 元。"

中国诚通援建宜阳县城关一中新操场

我当时大吃一惊，“你们有钱吗？”

271 元，在现在的社会，在常人眼中，可能真的不算什么，但出自宏志班，一群本来就需要帮助的孩子，不能不令人感动，可孩子们的回答让我泪目了。他们说，“这是我们应该做的。您想，我们在接受着诚通志愿者哥哥姐姐的资助，他们无私奉献的精神特别值得我们学习，我们也一定要把这份爱心传递下去，做一些力所能及的事情……”

是呀，是呀，爱心传递，真好！

“宏志班的孩子就是这样懂事、善良、淳朴、刻苦、感恩，有着许多闪闪发光优秀的品质。这段日子里，我也感动着每一个感动，快乐着每一个快乐。”陆阿丽满含热泪地说。

2019 年，第一届宏志班 39 名学生通过参加中考，有 35 名以优异成绩考入市县重点高中，其中 1 位考入市重点高中。

行万里路 阳光洒满大大世界

在脱贫攻坚的关键时期，需要妥善处理好教育扶贫工作的长期性与脱贫攻坚任务的紧迫性之间的关系。既要着眼当下，确保脱贫攻坚任务如期完成；还要放眼长远，确保教育帮扶工作可持续。

“精准扶贫过程中离不开扶贫干部，也要发挥我们自身优势，让团委里参与扶贫的志愿者，走进宜阳，走到宏志班，给孩子们带去新的思维方式，丰富了孩子们的实践经历。”单忠立表示。

从 2016 年开始，在集团党委的号召下，诚通青年志愿者组成的青年讲师团赴定点扶贫宜阳县为“宏志班”的孩子们带去他们精心准备的课程，与这里的一群可爱孩子以爱相约，用爱心书写真情，用行动传递正能量，脚踏实地躬行新时代雷锋精神，使教育扶贫工作更有温度、更有亲和力。

三年来一批批的支教志愿者，一封封往来的书信，让志愿者和孩子们之间有了温暖的牵挂。

冯子悦告诉记者，我刚来到这个学校，所有的烦恼和心事无以倾诉。在与志愿姐姐的书信中，我可以不用害羞，也不用害怕，尽情向她吐露自己的心事，学习、成长的体验。姐姐总是很温柔地给我回信，提醒我注意身体，对我的体验给予意见，对我的心事进行疏导，有时还和我聊一些琐事，讲一些学习方法。这个远在北京的朋友，像阳光一样感染了我，让我逐渐变得开朗乐观。

“有位志愿者姐姐在我们班上过一堂课，她让我们想想自己的优点、特长、未来的理想，并以个人为单位请几位同学分享，在同学们逐个分享的同时，她引导我们去分析，教我们根据自己的特长选择合适的职业，在聆听讲解的时候，许许多多梦想的种子正在慢慢发芽，长大……”赵鹏丽这样说。

“‘正能量’化身的钱曦大哥哥为我们付出了很多很多。”仝宜宜说，曾经，他带着自己的半程马拉松奖牌作为礼物，与我们分享他的心得，告诉我们突破自己，完成挑战，启迪我们坚持不懈，努力学习；曾经，他带着疲倦的身躯，陪伴我们一周晨跑，一起跑过 3 公里，与我们共享实现目标的快感；曾经，他送给我们由董卿编辑的《朗读者》，和我们一起畅游书的海洋。

“昨天已经成为遥远的回忆，今天太阳已经升起。在暖暖的阳光下，我们不畏家境贫困，不惧生活压力，不怕金融危机，我们会依然顽强坚毅，仍旧拼搏努力，继续好好努力学习。有你们与我们同行，明天我们一定会让爱绽放更加灿烂多彩的光辉。”仝宜宜在给志愿者哥哥姐姐的信中这样写道。

收获了一众小迷弟、迷妹们的哥哥姐姐则在城关镇一中留言簿上郑重写下与宏志班孩子们的约定：与你相伴，与你同行，你带我们看内心深处，我带你们看天涯海角。

这或许就是中国诚通组织志愿者服务队，进行一对一爱心帮扶的初心。

2017 年的暑假，对于宜阳的 30 个孩子来说，有了一个不一样的“打开方式”。首届“走出大山看北京”宏志班主题夏令营开营仪式在京举行，让他们在北京，开启了一场红色、科技、感恩、欢乐的特色之旅。

2018 年他们来到了杭州。

2019 年他们来到了天津。

……

每年暑假，“宏志班”的孩子们，都会带着优异的成绩和满满的期待，与

“走出大山看天津”第三届宏志班主题夏令营开营仪式

我们相约!

“还记得去北京的夏令营，我第一次去鸟巢，第一次去清华，第一次有当众发言的机会……真是一辈子也忘不了。”宏志班的石扬媚说。

单忠立表示，通过每年组织宏志班夏令营，为孩子们打造一个走出大山、了解世界，树立远大理想的平台。我们不仅要把夏令营作为不忘初心、矢志不渝的奋斗之旅、作为继往开来、勇于创造佳绩之旅，让孩子从小铭记肩负的历史重托和时代责任，勇担使命、有所作为，加强体育锻炼、意志锤炼，争做德智体美全面发展的好学生，也要让孩子们通过参加夏令营，更加勤奋努力学习，用知识改变命运，走向精彩的人生舞台，在实现中国梦的历史进程中放飞青春梦想，贡献自身价值。

师生共扶　阳光照亮美好未来

伴随着动听的音乐，校园广播里传来了播音员的朗诵声：风儿吹过，树叶沙沙，悄无声息地落下，正像它悄无声息地长出来。我伸了个懒腰，离开书

中国诚通青年志愿者前往宏志班支教

桌，嗅着阳光那温馨的味道，来到窗前……这期文章的作者来自宜阳县城关镇一中宏志班。

许晓晴是宏志班的班长，作为班长的她，乐观开朗、积极上进，喜欢沉溺于考古书籍中不可自拔，她的理想是未来做一名考古学家。这位未来的“考古学家”在宜阳县举办的“中国梦”演讲比赛中摘得了“一等奖”的桂冠，随后又在洛阳市英语演讲比赛中杀出重围，勇得第一。

“孩子们能够取得这样的成绩，我们是十分骄傲的。作为中国诚通立体扶贫的品牌项目，教育扶贫正在让许多个像许晓晴一样的孩子绽放光芒。扶贫，不仅仅是一张纸、一支笔、一堂课，更是扶起一颗上进之心、希望之心、尚美之心。”中国诚通党群工作部副主任王延胜说。

值得一提的是，为解决“教师引不来、学生留不住”的问题，中国诚通创新推行乡村教师激励机制，设立“最美教师奖励基金”，每年评选一次。2017年12月，首届“乡村最美教师”评选出炉，34名扎根农村、默默奉献的乡村

中国诚通青年志愿者前往宏志班支教活动

教师不仅赢得了荣誉，也得到经济上的实惠。

此外，《开展宜阳县教师培训提升工程》是中国诚通助力宜阳县打赢脱贫攻坚战，推动落实乡村振兴战略的新方式、新举措，也是落实《中国诚通2019—2020年宜阳县定点扶贫工作方案》的生动实践。旨在通过借助北京师范大学等高等学府的教育培训平台，牵引推动县域教育水平和教师人才队伍再上一个新的台阶，为宜阳全面脱贫、打造教育强县奠定坚实的基础。

据了解，该项目进展顺利，已于2019年8月至11月连续举办四期教师培训，培训中小学教师、校长606余人。培训内容精准丰富，涵盖中小学骨干教师高级研修、中小学班主任培训、教学管理干部研修、中小学校长领导力提升等。培训期间，除了专家学者的专题讲座外，还组织学员亲临名校学习，先后走进北京市润丰学校、北京市实验学校、宜阳思源实验学校、县青少年中心等相关学校，一边听一线校长、教师经验介绍，一边亲身体验，校长们无不被优秀学校先进的办学理念、现代化的教学设施深深震撼。

学员纷纷表示，感谢中国诚通助力宜阳打赢脱贫攻坚战，推动教育扶贫，落实乡村振兴战略的新方式、新举措，他们一定会以此次培训为契机，将专家所讲的教育教学理念运用到自己的实际工作中，让专家的理论在本地本校生根发芽、开花结果，并在宜阳基础教育这片沃土中发出自己的光和热，不断提升人生价值，实现人生理想，为宜阳教育再立新功。

诚通宏志班连续开办四年，187 名建档立卡贫困生的精神面貌和学习成绩都发生了巨大变化。从当年入学时的羞涩到今天在各项赛事的获奖，从入学时考试成绩年级倒数第二名到今天超过 90% 的学生可以考入市县重点高中。可以说，中国诚通给予他们的不仅仅是物质和知识财富，更教会他们如何扣好人生第一粒扣子，做敢于有梦，勇于追梦，勤于追梦的新时代青少年。教育部副部长朱之文在视察该项目时，给予了高度赞扬和认可。

教育，阻断贫困代际传递的利器，也是走向美好未来的唯一路径。中国诚通紧紧抓住“智志双扶”这一教育扶贫的关键之关键、“师生共扶”这一教育扶贫的重点之重点、“内外兼修”这一教育扶贫的核心之核心，深深地将教育之光洒向宜阳的每一个角落，一扫贫困阴霾，照进每个孩子的心里，照亮他们的未来。

更多扶贫内容请扫描 

寄语 2020

党的十九大以来，党中央把脱贫攻坚作为全面建成小康社会的三大攻坚战之一，力度之大、规模之广、影响之深前所未有。中央企业作为国有经济的重要骨干和中坚力量，全面参与脱贫攻坚是政治任务、应尽之责、分内之事，体现政治责任和社会责任担当。

中国诚通在定点扶贫工作中，围绕贫困人口脱贫、贫困县摘帽，形成“下沉一级扶贫，现场结对进村，走村入户调研”的立体帮扶模式，助力河南省宜阳县提前两年整体脱贫摘帽。

在打赢脱贫攻坚战“收官之年”，中国诚通将持续巩固定点扶贫成果，聚焦产业扶贫推动可持续发展，聚焦扶贫扶智阻断代际贫困传递，增强致富内生动力，全面助力乡村振兴，努力交出让党中央和人民满意的答卷。

——中国诚通集团党委书记、董事长 朱碧新

企业名片

中国诚通控股集团有限公司简介

中国诚通控股集团有限公司是国务院国资委首批建设规范董事会试点企业、首家国有资产经营公司试点企业、两家国有资本运营公司试点企业之一。主营业务为股权运作、金融服务、资产管理，以及综合物流服务、生产资料贸易、林浆纸生产开发及利用等。公司控股7家上市公司，参股多家境内外上市公司。

1992年，中国诚通由原国家物资部直属物资流通企业合并组建而成。2005年，国资委确定中国诚通为国有资产经营公司试点，探索中央企业非主业及不良资产市场化、专业化运作和处置的路径。十年间，公司以托管和国有产权划转等方式，重组整合了6家中央企业和多家中央企业子企业。

2016年，公司被确定为国有资本运营公司试点，服务新时期国家战略。受国资委委托，公司托管中国铁路物资总公司，参与中石化国勘公司多元化改造，参股国源煤炭资产管理有限公司，牵头发起设立中国国有企业结构调整基金股份有限公司（总规模3500亿元），成立诚通基金管理有限公司，受托执行基金管理事务。2018年，公司牵头编制央企结构调整指数，授权金融机构成功发行ETF基金。

“十三五”时期，中国诚通将以提高国有资本运营效率为导向，服务国家战略，遵循市场规律，打造市场化运营、专业化管理的国有资本运营平台。

扶贫手记

作者系中国诚通集团驻河南宜阳县挂职副县长宋大鹏

自从21号下午抵达宜阳，已经6天了。这几天学习很多，了解很多、感受很多，总体感觉农村扶贫成效显著，面貌发生了翻天覆地的变化，不仅实现了村村通路，还全部实现了网络通、信号通，有很多村里老百姓在自家做起了店商，不出家门就走上致富路。

2018年，宜阳县农民人均可支配收入大幅增长，实现人均可支配收入11288元，增长9.7%的可喜成绩，让我这个新来的扶贫干部真心感受到能投身于这个伟大的时代，真是应该深感荣幸，倍加珍惜，更应该踏踏实实为当地老百姓做点实事、办点好事！

昨天走访樊村镇沙坡村虽地处浅山丘陵地带，但总体感觉是村

不忘初心　牢记使命

不忘初心　牢记使命

里民风好、百姓富裕程度高。这个村作为集团定点帮扶贫困村，这几年在上几任扶贫干部的接续努力下，不仅扶持了肉鸽养殖企业、还引进了扶贫加工车间，还因地制宜给村里引进300亩大红袍花椒种植产业，今年又捐助资金70多万援建了石磨面粉加工厂，预估计仅这一个面粉加工厂一年能为村集体经济增收十几万元，真正让昔日的贫困村变成了如今的富裕村。

昨天下午在村里见到了75岁的李双福老人，他年轻时曾是村里的老支书，一位在当地德高望重的老人。给他拉家常时，看着他幸福洋溢的笑容，还说了那么多感谢党、感谢诚通集团帮他们走上致富路的话语，让我心里很温暖，也更坚定了我作为第三任挂职宜阳扶贫干部在未来两年脚踏实地干好工作的决心！

做好扶贫工作，对我来讲是一个全新的课题，但注定是一段厚重的人生历程，一次激情燃烧的岁月，一回提升素养的锤炼。

这段时间以来，在对全县16个帮扶村实地调研过程中，看到了帮扶巨大成效，但也看到了存在的一些问题和不足。比如，有的村产业基础比较薄弱，有的产业项目同质化严重，有的就业还不够稳定，有的还存在政策性收入占比高的问题。比如，白杨镇刘岭村扶贫加工厂产出效益不好的问题，上观乡三岔沟村高山蔬菜大棚立项不实等问题等。我坚信，只要有直面问题的信心和勇气，只要能沉下来调研到真实情况，只要是带着爱心和满怀为民的情怀，没有解决不了的问题。

由诚通香港公司参与投资的民营企业三乡镇下庄村养鸭屠宰场（由镇政府、诚通香港、帮扶单位三方共投资近千万元建设，但建

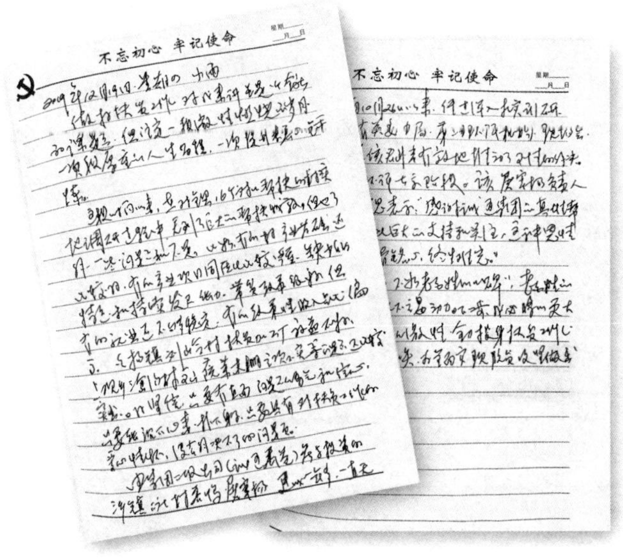
不忘初心 牢记使命

不忘初心 牢记使命

成后一年多时间至今无法开业运营)，自10月26日以来，多次组织县环保局、第三方环境评价机构等召开现场会、碰头会，还是非常有效地推动了事情解决和进展，目前已经进入环评公示阶段。

养鸭屠宰场负责人陈小健在来信中表示“感谢诚通集团的领导和挂职干部真情帮扶，给我如此巨大的支持和关注，这种恩情使我终生刻骨铭心、终生难忘。”

“金杯银杯不如老百姓的口碑”，老百姓的肯定是我未来工作永远不竭的动力。下一步，我将一定以更大的爱心，更多的专心，更好的安心做好扶贫工作，为全面实现脱贫攻坚做出应的贡献！

不忘初心 牢记使命

2019年12月30日 星期一 晴

不忘初心 牢记使命

时间过得真快啊！一转眼2019年马上就成为过去时了。这个时候既是总结的时候，更是对来年工作谋划的时候，只有谋划好才能事半功倍。

明年的工作思路，主要坚持以下几个原则：一是要把统筹协调好定点帮扶决战脱贫攻坚与美丽乡村振兴结合起来。二是要坚持把重点项目的谋划放到全县脱贫攻坚的大局整体考虑。三是要提升政治站位，既然是攻坚战，就要把扶贫工作责任书按照军令状要求抓好落实。四是要加大创新，把原有的项目和新建项目统筹布局，协调推进。五是加强对项目过程和进度管理，确保扶贫项目取得实实在在的效果。

另外，具体地讲，还要坚持把巩固脱贫攻坚成效和乡村振兴相结合，立足长远和持久发展进行系统谋划。坚持把教育扶贫作为管长远的根本性和战略性工程抓好抓实。加大探索教育扶贫新路径，谋划好“一村一名大学生”培养工程。统筹抓好产业扶贫、教育扶贫、消费扶贫等，稳步推进和壮大扶贫成果，助力宜阳县坚决如期打赢脱贫攻坚战，实现乡村振兴！

第三章 央企智慧“解”地区发展之难

发挥大集团优势，航空工业集团为脱贫攻坚贡献航空智慧

作为国有重要骨干央企，中国航空工业集团有限公司（以下简称“航空工业集团”）深入学习贯彻习近平总书记关于扶贫工作的重要论述，坚决贯彻落实党中央国务院决策部署，积极履行社会责任，将脱贫攻坚作为重大政治任务，党组顶层谋划、扶贫现场指挥部一线作战、全集团各单位合力攻坚，瞄准打赢脱贫攻坚战目标，探索国有企业精准扶贫新路径，在推进定点扶贫县脱贫攻坚工作中发挥重要作用。

在定点帮扶贵州省镇宁县、关岭县、普定县、紫云县和陕西省西乡县（以下简称“两省五县”）脱贫攻坚的过程中，航空工业集团以党建扶贫为牵引，以产业扶贫为重点，创新开展“七项扶贫举措”，创建了脱贫攻坚“航空央企模式”：加强组织领导，打造“集团总部＋扶贫现场指挥部＋党建协作区”全集团联动的扶贫工作机制；发挥资源优势，建设“一＋二＋三”相结合的全方位产业扶贫体系；发挥大集团优势，构建“实体店＋电商平台＋单位集采“销售渠道网和“集团公司＋扶贫指挥部＋帮扶协作区”消费帮扶协作网；发挥制造业劳动用工相对密集优势，打造“订单式培训＋就业”扶贫模式，为脱贫攻坚贡献了航空智慧和力量。

航空工业集团党组书记、董事长谭瑞松赴贵州省安顺市镇宁县调研考察扶贫工作

加强组织领导，打造全集团联动的扶贫工作机制

航空工业集团定点扶贫“两省五县”，为了确保扶贫任务部署快速推进落实，靠前指挥，在原有集团公司扶贫开发工作领导小组的基础上坚决向一线延伸，成立贵州和陕西两个扶贫现场指挥部，设立包县包村工作组，建立八个党建协作区，形成了“集团抓总、扶贫现场指挥部组织、包县包村工作组实施，党建协作区协同”，职责明晰、上下贯通的指挥工作体系。

层层充实扶贫力量，在集团层面，董事长、总经理、专职副书记任扶贫领导小组组长、副组长，多个总部部门和二级单位主要负责人任成员，加强对扶贫工作的指导领导。在定点扶贫地区层面，将贵州和陕西的航空工业单位全部纳入指挥部参与定点帮扶，在贵州地区搭建了“414”工作组织架构，即“4个定点扶贫县工作组（组长单位牵头）+1 个定点扶贫办公室（中枢协同）+4个定点扶贫职能组（产业项目组、综合协调组、宣传报道组、党建作风监察组）”，切实增强一线工作力量。在党建协作区层面，将全集团140余家三级以上单位分为8个党建协作区，对口帮扶贫困县。全集团扶贫工作实行总部抓总、现场指挥部落实、党建协作区协同，形成纵向到底、横向到边的全覆盖工作机制，确保了扶贫任务部署上下快速落实、全集团迅速响应。

发挥央企品牌优势，建设全方位产业扶贫体系

航空工业集团发挥资源优势，结合贫困县实际，通过农业、工业、服务业等第一、二、三产业相结合方式，规模化打造产业品牌，努力建立扶贫“造血”机制。

农业产业方面，注重因地制宜，以专业化、规模化为导向，择选覆盖广、带动效应好、群众支持高、辐射面宽、贡献度大及可持续发展的项目进行帮扶。2018、2019年在“两省五县”共择选立项43个优质产业项目，直接投入资金3009.17万元，覆盖贫困户5328户，贫困人口21835人。共建成花椒、火龙果等7个精品蔬果基地，成为地区主导产业。西乡茶叶、普定莲藕、关岭蜂蜜 等已形成工业化生产，增加了农产品的附加值。

由航空工业集团援建的陕西省汉中市西乡县回龙村飞龙茶厂

在项目择选时坚持遵循"四公有一持续"原则，即接受主体公有、经营主体公有、分配主体公有、资产公有、可持续发展。在利益联结机制方面建议采取"532"分配比例方式，即产业项目收益的50%用于产业项目持续发展或拓展集体产业基金，30%用于村（镇）公益事业基金，20%用于帮扶建档立卡贫困户等关爱基金。"四公有一持续"原则和"532"分配比例方式在扶贫项目择选和实施中得到了复制和推广。关岭县花江镇白泥村帮扶的"精品水果园区机耕道硬化"项目，解决了精品水果园在生产、运输上的交通难题，直接覆盖贫困户194户，811人，间接带动了白泥村甚至花江镇的火龙果等精品水果生产。普定县补郎乡翁卡村"种鹅产业基地加种植"项目，该项目首次实现"龙头企业+合作社+农户"模式，直接覆盖贫困户289户，1036人，种鹅产业已成为补郎乡乃至普定县的主导产业，辐射到关岭县、紫云县及整个安顺市和周边200公里范围以内县区。这些项目已如星星之火，在贫困山区发挥着示范效应、杠杆作用，带动越来越多的群众脱贫致富。

航空工业集团援建的陕西省西乡县回龙村木耳生产大棚

工业产业方面，挖掘军民融合资源，大力引进社会资本到定点扶贫县建立扶贫企业或车间，通过集团公司所属单位与民营企业军民融合、或借助央企品牌影响力争取社会订单等方式帮助企业发展，解决当地就业并实现经济产出。为定点扶贫县引进一批既能完成脱贫摘帽指标任务，又能长期"造血"的工业项目。2018年12月，援建陕西省西乡县回龙村飞龙茶厂，吸纳11个贫困户进厂务工，带动回龙村182户497人，同时带动附近8个村的鲜叶收购。2019年4月，引进劳动密集型企业安东尼公司在关岭共建扶贫车间，成立贵州荣瑷服饰有限公司，当年实现产值突破 100 万元。2019 年 3 月，为镇宁县引进的贵州厚诚发科技有限公司镇宁分公司正式挂牌，9 月份试生产，年底实现 100 万产值。2020 年 4 月，安东尼公司再次投资贫困县，在深度贫困紫云县建立口罩生产线。这些项目的引进，拓宽了当地经济发展路径，为当地劳动力就业开创了新路。

服务产业方面，持续打造的陕西西乡红色旅游景区已通过省级 4A 景区审核，成为当地主题党日、爱国主义教育基地。贵州普定荷花节已连续举办三届，2019 年，荷花节期间实现销售收入 150 万元，提升了普定县水井村“荷”文化文旅产业影响力，有力助推围绕“荷”产业形成的产品促销。荷花节已成为当地著名的农旅项目，壮大了村集体经济，提高了村级管理能力和脱贫保障能力。

发展产业是实现脱贫的根本之策。如今通过产业扶贫增强贫困地区的造血功能，激活发展的内生动力已然成为航空工业开展定点扶贫的重要手段。

发挥大集团优势，
构建贫困县产品销售渠道网和消费帮扶协作网

为解决定点县农产品滞销难题，确保贫困人口稳定增收，航空工业集团发挥大集团优势，努力构建两张销售渠道网，着力探索和培育商业化消费扶贫路子。建立“天虹商场实体店 + 爱心航空电商平台 + 单位集采”销售渠道网，线下天虹商场实体店与定点扶贫县开展“双定”合作，即天虹商场对具备销售条件的贫困县开展订单式采购，对不具备条件的贫困县开展种植培训，以销定产，着力提升贫困地区农业技术水平和市场化能力。线上建立“爱心航空”电商平台，已签约 43 家定点贫困县 企业、村集体经济 396 款产品，2019 年共完成 31061 笔订 单，直接惠及贫困人口 21691 人。建立“集团公司 + 扶贫现场指挥部 + 帮扶协作区”消费帮扶协作网，将全集团各单位分为 8 个党建协作区，每月由指挥部提供消费帮扶清单，由八个协作区对口帮扶 5 个贫困县，2019 年共完成 31061 笔订单，直接惠及贫困人口 21691 人。通过建立两张销

航空工业安大组织职工采购定点扶贫县农产品

售渠道网，配合各单位集采，打通了脱贫攻坚的“最后一公里”，畅通了产销渠道。

“第一书记来，水井莲花开”，被乡亲们交口赞誉的贵州省普定县化处镇水井村驻村第一书记王泽勇正是带领群众种莲藕、办电商、闯市场、跑销售、脱贫致富的典范。自担任驻村第一书记以来，王泽勇始终把带动贫困群众增收创收放在首位。他着力选准产业，发动群众，带领乡亲奔小康，提出“果树上山、香葱进地、莲藕下田、养殖循环”的产业发展之路，经过他挨家挨户宣传动员，村“两委”流转 200 余

航空工业集团派驻贵州省普定县水井村驻村第一书记王泽勇入户走访

亩土地种植莲藕。当长势茂盛的莲藕迎来了大丰收，喜人的同时，上千吨莲藕的销售成了燃眉之急。王泽勇立即带领村支“两委”上北京、下深圳跑市场、促销售，在航空工业集团的统筹安排下，经中航国际的大力支持，最终与天虹商场签订了长期供货合同。如今，在他的带领下，水井村的莲藕进商超、进市场，莲藕种植已达 1000 亩，水井村人均收入也从 2014 年的 3821 元，增长到 2019 年底的 10051 元，实现了 361 户 1543 人脱贫。

发挥劳动用工相对密集优势，打造“订单式培训 + 就业”扶贫模式

航空工业集团所属部分单位属于制造业劳动用工密集型企业，定点扶贫县所在的贵州安顺和陕西汉中也是航空单位较集中的地区，可以吸纳部分贫困地区劳动力就业。航空工业采用订单式培训 + 就业方式，即瞄准航空企业人才需求，定点航空相关技能学校进行培养，帮助贫困家庭就业。这种培养方式着眼人才培养而不是简单的劳动力雇佣，虽然见效周期较长，但是解决了“一人就业全家脱贫”的根本问题。

贵州扶贫现场指挥部与长沙航空职业学院、张家界航空职业技术学院、成都职业技术学院签署人才培养战略合作协议，2019 年组织 23 名贫困劳动力到长沙航空职业学院开展为期 3 个月的技能培训。陕西航空技术学院开展“入校即入企”“免学杂费、保证就业”等帮扶，2019 年，通过开展订单式培训项目共招收 56 名贫困地区学生。航空工业集团所属部分单位还积极参加紫云县、镇宁县专场招聘会，累计招收安顺四县劳动力就业 350 人，其中 8 人为建档立卡贫困户。在安顺和汉中地区成员单位制定政策，在招录人员时优先招录贫困家庭人员。同时，协调工业项目合作单位和扶贫车间解决部分贫困劳动力就业，2019 年，共协调录用 100 余名贫困劳动力。

此外，大力推进教育医疗扶贫。开展青年讲师团支教，在贵州和陕西航空单位选派抽调优秀青年员工共 39 人次组成扶贫讲师团，到“两省五县”贫困山区学校开展教育扶贫支教工作，帮助缓解支教学校师资匮乏、教育基础薄弱

航空工业集团贵州地区青年讲师团乡村支教活动启动

的困难。讲师团的工作在 5 县教育系统和师生中反应良好，赢得了当 地党委、政府和学校的充分肯定和高度评价。同时，开展“蓝粉笔”乡村教师培训公益行动，为教育相对落后地区的乡村中小学教师提供公益性的教学技能培训，帮助当地更新教育理念、适应国家教改方针，提升教师教学水平，解决贫困地区“志智双扶”问题。持续开展北京高端医疗扶贫精准对接贫困县活动，连续两年组织来自北京协和医院等 4 家三甲医院专家下乡义诊，通过北京医疗博士团、一对一导师制等具体举措，提升贫困县医疗卫生水平。

习近平总书记在决战决胜脱贫攻坚座谈会上发表重要讲话时指出，“到 2020 年现行标准下的农村贫困人口全部脱贫，是党中央向全国人民作出的郑重承诺，必须如期实现。这是一场硬仗，越到最后越要紧绷这根弦，不能停顿、不能大意、不能放松。各级党委和政府要不忘初心、牢记使命，坚定信心、顽强奋斗，以更大决心、更强力度推进脱贫攻坚，坚决克服新冠肺炎疫情影响，坚决夺取脱贫攻坚战全面胜利，坚决完成这项对中华民族、对人类都具

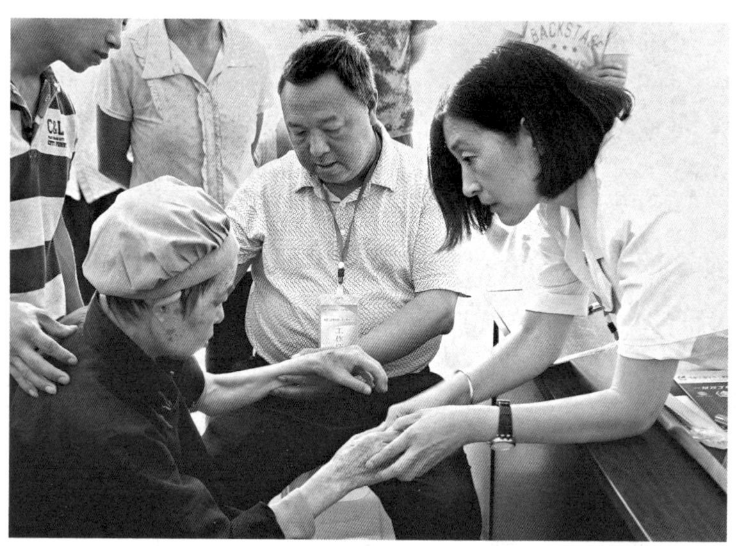

航空工业集团组织北京医疗博士团赴贵州省紫云县开展医疗扶贫工作

有重大意义的伟业。”当前脱贫攻坚已到了决战决胜、全面收官的关键阶段，千百年来困扰中华民族的绝对贫困问题即将在 2020 年历史性地画上句号，航空工业集团将切实采取有效措施，以更加饱满的精神状态，更加扎实的工作作风，更加务实的工作态度，咬定目标不放松，坚决打 赢脱贫攻坚战，用实干和实效向党和人民交上一份满意的答卷！

更多扶贫内容请扫描 

寄语 2020

打赢脱贫攻坚战是全面建成小康社会的底线任务和标志性指标。中国航空工业集团有限公司坚决落实党中央、国务院决策部署，自20世纪90年代承担国家和地方扶贫任务以来，以高度的政治责任感，把扶贫作为“硬任务”，当成“生产经营”工作，倾心倾情，制定定点扶贫工作三年规划，开展产业扶贫、文化扶贫、劳动力扶贫、教育扶贫、医疗扶贫、消费扶贫、党建扶贫等七大扶贫举措，调集全集团优势资源合力帮扶，集聚全体航空人力量助推地方政府脱贫攻坚。近30年来，航空工业累计派出140余名扶贫干部，投入1.5亿元资金，帮助地方政府极大地改变了贫困地区面貌，展现了央企的政治担当。习近平总书记在新年贺词中指出：2020年是脱贫攻坚决战决胜之年。接力奔跑，仍需加劲冲刺，航空工业将始终把扶贫责任扛在肩上，尽锐出战，扎实工作，以不获全胜决不收兵的意志，以一往无前的奋斗姿态，跑好脱贫攻坚的最后一棒，为建成全面小康社会贡献航空力量。

——全国政协委员、中国航空工业集团有限公司党组书记、董事长　谭瑞松

企业名片

中国航空工业集团有限公司简介

中国航空工业集团有限公司（简称“航空工业集团”）是由中央管理的国有特大型企业。集团公司主要业务包括航空武器装备、涡桨支线飞机、直升机、通用飞机、无人机、机载系统设备的研发、制造和维修保障，以及航空产业相关先进制造业和生产服务业，下辖 100 余家成员单位、25 家上市公司，员工逾 45 万人。2019 年集团公司营业总收入 4580 亿元，利润总额 198 亿元，经济增加值（EVA）57.5 亿元，资产总额 10027 亿元，净资产 3422 亿元。连续 11 年入榜《财富》“世界 500 强”，2019 年排名第 151 位，位列航空航天与防务板块第 5 位。

扶贫手记

作者系中国航空工业集团选派的贵州省安顺市普定县水井村驻村第一书记王泽勇

精准施策摘掉贫困帽

2016年4月，我受航空工业选派，到贵州省普定县水井村担任驻村第一书记，落实国家精准扶贫 战略。刚到村里，就遇到了很多难题，村里污水横流，垃圾乱倒，危房遍布，村民的生活环境不堪入目，对我即将开展的扶贫工作，老百姓不理解、不配合，大 家对扶贫工作的理解还停留在等靠要的认识状态，关心的是“你带来了多少钱，能给我们分多少？”“他这么年轻懂啥农业，也不是什么领导咋扶贫？”“他就是下来‘镀金’的，会真心帮助我们？”

村民的质疑，给我扶贫攻坚想法泼了一盆冷水。精准扶贫工作要从哪里入手？我陷入了沉重的思考之中。百思不解的情况下，我拿出跟我一起“下乡”的习近平总书记《摆脱贫困》一书仔细研读，总书记书中说道“贫困地区的发展靠什么？千条万条，最根本的只有两条：一是党的领导；二是人民群众的力量。”“无论是从发挥党的领导作用，还是调动群众的积极性这两方面说，都要求我们的各级干部始终同广大人民群众保持密切的血肉联系。这是干部一项十分重要的基本功。”总书记的话让我深受启发，我深深地意识到当好村第一书记，就是要讲农家话、进农家屋、喝农家水、坐农家板凳、办好农家事，实实在在为老百姓办实事，才能与群众打成一片，才能取得群众信任，群众信任了才能发动群众，才能让大家心往一处想，劲往一处使。

我再次背起书包，拿着笔记本，挨家挨户与农户拉家常、问情况，了解清楚村里方方面面的真实情况，掌握致贫的原因，及时处理村民合理诉求，用真情换真心。我从建强党组织入手，把航空工业“1122”党建工作体系与村支部党建工作实现了无缝对接。建立健全村级组织各项制度，规范党员活动。让党组织和党员的先进性在脱贫攻坚工作中得到充分发挥，解开村民思想包袱，变“让我脱贫”为“我要脱贫”。

我从村民最急需的事情做起。多方奔走，帮助王顺云的小孩申请了“微笑贵州．唇腭裂行动”免费手术的救助，从安顺找来心理辅导老师帮助小贤贤做心理疏导，为他联系职业学校就读，免除全部学杂费，联系社会人士帮扶困难子女入学。真心真情的工作，温暖了群众，脚踏实地的工作得到了村民的认可。

实现脱贫致富必须要有自我“造血功能”，我和村支两委决心带领群众‘杀’出一条产业转型脱贫之路。我带领村民到云南、山东等地考察莲藕市场和藕粉深加工，让他们见识新产业带来的巨大效益。回来后，制定莲藕产业发展计划。

发展思路确定后，在航空工业和普定县政府的大力支持下水井村成立村集体公司，农户按股分成，以“公司＋基地＋农户”的模式，村集体公司将莲藕种植规模扩大到1000余亩。为打好“莲藕经济”牌，实现莲藕产业延伸拓展，我总结出了“五步法”确保莲藕产业增收：第一步，利用普定县朵贝茶的品牌优势及成熟的加工工艺，将荷叶加工成荷叶茶；第二步，荷花盛开时节发展乡村旅游，村民收入将多渠道得到增长；第三步，将新鲜莲子作为水果销售，将莲蓬加工成工艺品；第四步，在藕田里套养鲤鱼、鲫鱼、泥鳅、黄鳝，最大限度地增加藕田的附加值；第五步，通过筛选分级，将品相好的莲藕销售到商超，品相差的送到村里的生猪养殖场喂猪，养殖场的猪粪就用于肥田，从而形成“立体、生态、循环”的产业格局。

“五步法”得到了村民的认可，同时也得到了航空工业的大力支持，航空工业率先无偿资助水井村100万元用于修建水井村“荷叶茶、绿茶综合生产车间”，航空工业还发动所属单位集中采购水井村的莲藕和茶叶，两年下来，水井村的荷叶茶、绿茶销售额就突破了190万余元。水井村旅游收入也从无到有，累计已实现旅游收入310万余元。莲子及莲蓬工艺品销售额突破了3万元，莲藕销售额也实现了400万余元，两年多来带动村民茶青销售收入突破100万元，务工费用 也达到了120万余元，土地增收80万余元，168户贫困户两年来累计分红达42万余元。最开始的成功，更坚定了村“两委”带领群众走“农文旅”一体化发展 之路的信心。

三年多来，水井村累计脱贫361户1543人，在航空工业和各种公益事业团体的帮助支持下，通过村支两委带领村民的顽强奋斗，水井村摆脱了贫困，走出了一条产业持续发展、农民持续增收的脱贫致富路，2019年4月，水井村彻底摘了“贫困帽”。

主动作为　勇于担当 助力打赢精准脱贫攻坚战

“这里之前是荒地，啥也没有！在中国石油扶贫干部的帮助下，我签了有机小麦生产订单，现在这里已经是一片金灿灿的麦田。”正在忙着收麦子的木拉汗·帕哈提大叔一边擦着头上的汗水一边说。这一幕仅仅是中国石油扶贫工作的一个缩影。

多年来，中国石油始终坚持从解决贫困地区和贫困群众最急

2019 年中国石油在新疆召开消费扶贫对接会，为 58 个贫困县展销产品 1000 多样，累计实现购买和代销贫困地区农产品 1.68 亿元

需、最迫切的问题入手，探索实践具有石油特色的扶贫路径和帮扶模式，通过打好消费扶贫、产业扶贫、智力扶贫、健康扶贫和人才扶贫组合拳，促进贫困群众脱贫致富和受援地经济社会发展。2020 年 3 月，中国石油 10 个定点扶贫县全部实现脱贫摘帽；所属企业主动帮扶的 1175 个村，实施了 2798 个扶贫项目，惠及群众 270 多万人。

消费扶贫——打造石油扶贫网

消费扶贫是帮助贫困地区增收脱贫最为有效的方式，也是石油人参与脱贫攻坚最直接的手段。中国石油致力于解决制约农产品销售的痛点、难点和堵点问题，在货源组织、货品包装、物流运输等方面提供“一站式”服务，推动贫困地区农产品进入员工家庭、单位食堂、矿区超市和加油站，为贫困地区农民创收提供便利条件。近两年，中国石油贵州销售先后两次开展消费帮扶行动，销售大米、岩蜂蜜、土鸡、土鸭、黔北麻羊、土牛肉、赤松茸等农副产品 30 多种，金额达 55 万元。袁学清是一位 70 多岁的老人，儿子身患疾病后，儿媳留下 7 岁大的孩子离家出走。袁学清老人只能依靠当地政府发放的补贴维持生活。得知这一消息后，中国石油主动伸出援助之手，帮助老人销售牛肉、鸭子、鸡、老腐茶、干辣椒等产品，使老人增收 1.5 万元。这不仅解决了生活的燃眉之急，更坚定了老人面对生活的勇气和信心。

同时，中国石油于 2019 年先后在乌鲁木齐、北京召开消费扶贫对接会与产品展销会，参展 58 个国家级贫困县 1100 多种特色扶贫产品，助力提升扶贫产品知名度和影响力。在中石油总部举办的一次展销会上，四川销售展台负责人表示，“近年来，我们一直与贫困地区龙头企业合作，致力于开发高端扶贫产品。比如大凉山的特级初榨橄榄油，大凉山农民以我们培训的种植技术入股，探索产业扶贫新模式，农民不仅获得产品销售收入，还能获得分红，收入大幅增加，同时也改变了大家对扶贫产品低端劣质的不良印象。”

另外，中国石油还依托中国社会扶贫网，打造中国石油扶贫馆，形成线上线下、内部外部相结合的多元化销售模式。借助中国石油的平台，湖南炎陵黄

在江西横峰县投入近1200万元援建旅游公路，解决制约脱贫瓶颈问题，带动帮扶地全域美丽乡村旅游产业发展

桃，新疆的优斯麦尔干果、坚果、蜂蜜、牛肉干，甘肃通渭县的苦荞茶、胡麻油，贵州的白酒、豆腐干，西藏的格桑泉等，众多贫困县特色产品走出深山，走向全国人民的餐桌，走向更广阔的市场。2019年，中国石油总部机关及72家所属单位参与了消费扶贫，销售贫困地区农产品总计1.68亿元。

产业扶贫——提高脱贫“含金量”

俗话说："授人以鱼不如授人以渔。"中国石油树立“育产业、强主体、拓市场、创品牌、建机制”扶贫理念，扎实推进产业扶贫，助力贫困县、村增强“造血”功能。

为带动外出务工人员返乡就业，解决留守儿童和空巢老人等社会问题，中国石油启动“妈妈返乡就业计划”，重点扶持劳动密集型合作社，通过土地流转、稳定分红和劳务用工，为贫困户增收，助力稳定脱贫。风景如画的江西上饶市横峰县，种植着樱花、茶花、杨梅、水蜜桃、桂花、青枫红枫等苗木品种，这些优质苗木可以用于绿化、美化，很有市场。当地居民建立了苗木合作社，但苦于缺少资金支持，合作社经营艰难。中国石油先后在横峰县投入57.5万元，帮助50名贫困群众入股合作社，扩大生产规模。目前，平均每人每年分红1000多元，也带动80多名贫困群众实现了家门口就业。当地村支书张细明介绍说：“目前，苗木园产值已由过去的100万元提高到400万元，如今贫困户拿到了分红款，30多名妇女返乡在家门口就业，再也不用上演‘妈妈去哪儿了’。这一切都要感谢中国石油解决了我们当地苗木生产的资金难题，让我们村外出务工的妇女能够在家门口就业，村里基本上没有空巢老人和留守儿童了。”

新疆察布查尔县是以锡伯族为主的国家扶贫开发重点县，也是新疆西域最大的红花产区。2016—2018年，中国石油累计投入近1000万元，在当地建设红花产业园，两座954平方米的标准厂房、一个1000平方米的仓库，以及实验室、展厅、厂区基础设施等相继投用。通过筑巢引凤，伊犁雅其娜农业发展有限公司等与察布查尔县签订合作意向书，配套建设了整套现代化红花深加工生产线，创造大量就业岗位，为当地居民增收创造有利条件。2018年全乡种植户平均增收800多元，120名贫困村民在家门口实现了稳定就业。当地村民帕力旦•米吉提说：“我以前一直在家带孩子，没有收入。现在来厂里上班，

中国石油在新疆察布查尔县带动当地红花种植业发展，援建红花产业园，引进致富龙头企业，实现贫困群众稳定增收

中国石油在定点扶贫县援建乡村旅游扶贫示范项目，通过组建村民合作社、聘请专业公司运营、引入文创产业，推动项目可持续发展，实现了精准脱贫与乡村振兴同步推进。仅试运营5个多月，河南两项目实现收益近30万元

不但学会了汉语，而且每个月都有固定收入，可以给孩子们买漂亮衣服，还给家里修建了洗澡间。”

另外，在2017—2019年间，中国石油还累计投入资金5000万元在河南台前县、范县和贵州习水县开展了乡村旅游扶贫示范项目。在台前县的扶贫项目中，中国石油携手中国扶贫基金会，通过搭建连接乡村和外部的平台，以村民合作社为依托，积极引进社会资金、人才和信息等要素，带动本地特色农产品外销，发展特色文创产业，实现农村自然资源保护与产业结构优化调整的有机结合，推动乡村可持续发展。目前台前县乡村旅游扶贫示范项目已实现营业收入30余万元，解决了10余名建档立卡贫困户的就业问题。

智力扶贫——断掉贫困之根

在解决贫困代际传递难题方面，自2015年开始，中国石油与北师大教育基金会、北京史家教育集团等合作，开展了“益师计划”教师培训。邀请名校名师深入扶贫一线，开展学术交流，累计培训教师6000多人次。

在解决贫困地区学生上学难问题方面，2015年以来，中国石油相继在川、豫、黔、赣4省10个国家级贫困县的10所学校实施了“旭航”助学公益项目。按照“每人每年2000元学习生活资助，考入一本高校另给予5000元一次性奖励”的资助标准，4年来6600人次贫困高中生获得助学金支持，609名高三毕业生获得升学奖励。2017年10月，进入大学校园的李春丽，在给中国石油的感谢信中写道，“中国石油给了我第二次生命。是你们的帮助，让一个小女孩儿在卑微的青春里见到了希望的光。”

中国石油开展“我送妈妈去上班”农村合作社扶持计划，在贵州习水扶持辣椒合作社，实现贫困地区妇女本地就业，缓解空巢老人和留守儿童问题

在特色产业培训方面，中国石油与阿里巴巴、苏宁、京东、携程等电商平台合作，开办了10期电子商务扶贫和乡村旅游扶贫培训班，带动各地特色农

中国石油开展电子商务扶贫项目，在新疆巴里坤县扶持甜瓜合作社，利用电子商务实现全国销售，2018—2019年实现增收50多万元

中国石油自 2015 年起，连续 4 年开办电子商务扶贫培训班 10 期，培训基层干部和致富带头人 600 多人次，为贫困地区开展电子商务扶贫提供了人才保障

副产品上线和乡村旅游经济发展。中国石油 10 个定点扶贫县已全部成为商务部电子商务示范县，其中，贵州习水县获得阿里巴巴 2.37 亿元投资，开办了 58 个淘宝村级服务站，2016 年淘宝“年货节”交易额达到 613 万元。

在技能培训方面，中国石油与职业培训机构合作，免费为贫困群众开办汽车维修、电焊、烹调、畜牧养殖、家电维修等专业培训班，培训农牧民 2000 多人次。其中，2019 年 8 月，中国石油在河南许昌举办了为期一个月的汽车维修职业技能就业扶贫培训班，培训学员 100 人，主要是新疆尼勒克县、察布查尔县、托里县、巴里坤县、吉木乃县和青河县等建档立卡贫困户子女。希望通过这些技能培训，实现一人就业、全家脱贫的目标。

健康扶贫——扫除脱贫“拦路虎”

减轻因疾病给贫困家庭带来的负担，解决好贫困居民看病难、看病贵等问题，是打赢脱贫攻坚战的关键战役。2016 年 10 月 20 日，中国石油联合中国扶贫基金会共同启动“同舟工程”健康扶贫项目，重点救助 18 岁至 50 岁重大疾病贫困患者，帮助包括习水县 246 户在内的贫困家庭成功解决了就医难题。

同时，2009 年至 2019 年，中国石油连续开展定点扶贫医疗队义诊服务。中国石油医疗队专家背着便携式 B 超等医疗器械，跋山涉水，给贫困村民送去了健康和关怀，足迹遍布西藏、江西、贵州、河南等 6 个省 12 个县，义诊数量超过 1 万人。他们在每个贫困地区短暂的停留，带走的是病痛，带不走的是责任和使命。在各族贫困群众的心里，他们是用实际行动守护健康的白衣天使。在新疆阿勒泰地区吉木乃县，很多人受益于中国石油的健康帮扶。52 岁的维吾尔族老汉沙尔合提汗就是其中的一位，在接受了专家义诊后，充满感激地说道：“感谢中国石油医疗队的到来，我们几乎没有机会去北京，可是我们享受到了北京般的医疗服务。”

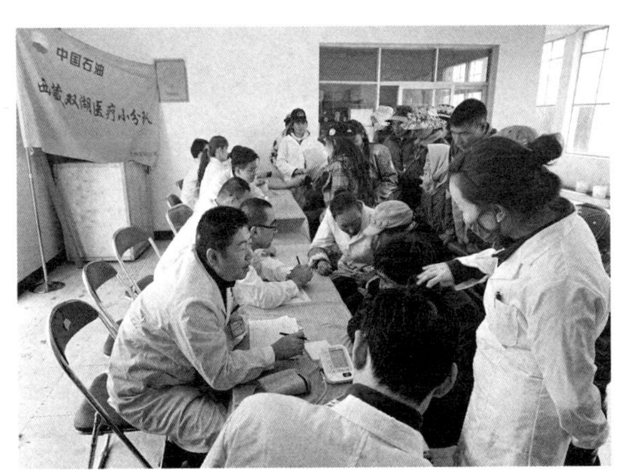

西藏巡诊

人才扶贫——点亮致富希望

“十三五”期间，中国石油共选派挂职干部 618 人次（其中驻村第一书记 393 人次），派出驻村工作队 540 支、人员 4350 人次。他们奋战在边疆、高原等艰苦地区扶贫一线，发挥专业和管理经验，主动为经济发展和困难群众脱贫

中国石油开展“益师计划”贫困地区教师培训项目，邀请北京名师送教下乡，累计培训各地教师4000多人次，为斩断贫困代际传递贡献力量

致富出谋划策，支持配合地方政府开展扶贫工作，与受援地群众和谐共融，赢得了地方政府和群众的普遍赞誉。

赵健是中国石油派驻在习水县南天门村的第一书记。南天门村自然条件差、产业结构单一、集体经济不发达，全村1/4以上的家庭属于贫困户或特困户。赵健走马上任后，把石油人“三老四严”“苦干实干”的精神带到扶贫一线，逐户走访、挨家调研，在摸清村情、户情的基础上，把扶贫工作重点放在了“防返贫”上，制定脱贫攻坚巩固提升方案，建立村集体+致富能手合作社的脱贫模式，打造“精品、绿色”特色农产品品牌。南天门村村民陈永贵给出了这样的评价，“南天门村在半山腰，土地本就不多，我又不能干体力活，别说给儿子娶媳妇了，就连生活都十分困难。赵书记来我们村后，啥子都管、啥子都问，自己掏腰包给我们贫困户买了6头猪仔，怕我们养不好，全放在合作社里，我们只要拿干股就可以，还能在合作社打工，帮助我们走上了脱贫致富的道路！”

同时，各派驻单位按照“一人挂职、全员上阵”的原则，为确保驻村干部正常开展工作，从车辆配备、启动资金、办公经费和办公设备等方面给予大力支持，为贫困地区如期脱贫摘帽、边疆少数民族地区的和谐稳定和长治久安做出积极贡献。中国石油集团公司也将干部挂职作为培养和锻炼青年干部的重要举措，不少青年干部带着乡土气息回到本单位都提拔到更重要的岗位开展工作，将在地方所学所感所悟带回单位，为公司发展添砖加瓦。

2020 年是全面建成小康社会的决胜之年。中国石油将以习近平新时代中国特色社会主义思想为指导，紧盯目标、精准发力，以更高的标准、更大的力度、更实的举措持续做好扶贫工作，全面完成全年各项任务目标，为打赢精准脱贫攻坚战贡献石油智慧和石油力量。

寄语 2020

助力打赢脱贫攻坚战是央企义不容辞的政治责任。中国石油坚决贯彻落实习近平总书记关于扶贫工作的重要论述和党中央国务院决策部署，积极探索实践具有石油特色的扶贫路径和模式，以帮扶项目为抓手，促进贫困群众脱贫致富和受援地经济社会发展。“十三五”以来，中国石油累计投入扶贫资金 18 亿元，覆盖集团公司帮扶的 10 个定点扶贫县，以及所属企业帮扶的 1175 个村，受益人口超过 350 万人，用实际行动诠释石油人“听党话、跟党走”的初心使命。

2020 年是脱贫攻坚决胜之年。中国石油将切实提高政治站位，大力弘扬石油精神和大庆精神铁人精神，充分发挥公司优势，重点突出产业扶贫、消费扶贫、智力扶贫，全面完成全年各项任务目标，不断提升精准扶贫、精准脱贫工作质量，为打赢脱贫攻坚战、如期全面建成小康社会、实现第一个百年奋斗目标贡献石油力量。

——中国石油天然气集团有限公司党组书记、董事长 戴厚良

企业名片

中国石油天然气集团有限公司简介

中国石油天然气集团有限公司（简称中国石油），是1998年7月在原中国石油天然气总公司基础上组建的特大型石油石化企业集团，2017年12月完成公司制改制。

中国石油是国有独资公司，是实行上下游、内外贸、产销一体化，跨地区、跨行业、跨国经营的综合性石油公司，主要业务包括国内外石油天然气勘探开发、炼油化工、油气销售、管道运输、国际贸易、工程技术服务、工程建设、装备制造、金融服务、新能源开发等。2019年，在《财富》杂志全球500强排名中位居第四，在世界50大石油公司综合排名中位居第三，在“全球品牌价值500强”中居油气公司第2位。

中国石油坚持以习近平新时代中国特色社会主义思想为指导，紧扣世界一流综合性国际能源公司建设迈上新台阶目标，坚持稳中求进工作总基调、坚持新发展理念，着力实施“资源、市场、国际化、创新”四大战略，着力发展油气主营业务，着力推动高质量发展，着力增强企业的竞争力、创新力、控制力、影响力和抗风险能力，为保障国家能源安全、实现中华民族伟大复兴的中国梦作出新的更大贡献。

扶贫手记

作者系中国石油定点扶贫河南省台前县姜庄村驻村第一书记季俊田

不获全胜，决不收兵！

2018年五四青年节前夕，我被公司党委选派到河南省濮阳市台前县夹河乡姜庄村任驻村党支部第一书记。我深知肩上的责任重大、使命光荣。

作为姜庄村第一书记，我的首要任务就是与乡亲们共同建设好、运营好姜庄村乡村旅游扶贫示范项目，带领大家争取早日走上共同富裕之路。

为了加快推进项目，我在村民中大力宣传，引导他们认识项目意义，增强脱贫致富的信心。同时，我还不断加强沟通协调和学习专业知识，一方面通过与基金会和村民间的横向沟通、纵向延伸加快项目实施进度，另一方面深入了解项目施工与操作流程，以及民宿的架构、发展方向和运营模式，夯实根基、练好“内功”。

该项目计划建设10套民宿，我到姜庄村时，已有2套进入建设阶段，另外8套还没有开始土地流转。2018年6月，集团公司党组副书记、副总经理徐文荣在调研时强调，要从讲政治的高度落实扶贫责任，确保质量，加快推进。我连夜与基金会代表商议，敲定了8套可供流转的闲置老旧房屋，带领大家挨家挨户去谈。

老百姓都是支持项目建设的，但在涉及个人房屋流转时难免会有顾虑。为了打消群众顾虑，我一家家地说，一句句地唠，一天不行两天，两天不行三天。在这期间，我碰过壁也挨过骂，但一想到项目能够为群众带来实实在在的好处，就打起精神再出发，不厌其烦地给他们讲解政策。

台前县夹河乡姜庄村委会

台前县夹河乡姜庄村委会

台前县夹河乡姜庄村委会

台前县夹河乡姜庄村委会

台前县夹河乡姜庄村委会

台前县夹河乡姜庄村委会

1套，2套，3套……终于，7套房子的土地流转手续全部完成，就剩最后一套。这最后一套房子的主人是贫困户董老太，她的丈夫去世早，儿子在几年前也不幸离世，儿媳妇离开了姜庄村，就剩下她跟孙子孙女相依为命。“俺的房子是留着给俺孙子盖新房用的，别打主意了，你走吧。”我第一次去她家时，就吃了个闭门羹。

第二天，我又出现在她家门口。老太太正在干家务，我就上去帮把手。看她心情还不错，就慢慢跟她说：“姨，您的情况我都了解。我是这么想的，给孩儿盖房子不是一天两天的事儿，您现在把房子租给我们，就能一次性获得1万多元租金。咱们项目投运以后，村里有分红，您还能多分、先分，旱涝保收，到时候吃喝不愁，就真能脱贫了……”

董老太听了，排斥房屋流转的情绪有所缓解。我决定趁热打铁，联系老太太的女婿和侄子，让他们一起做思想工作。一次又一次，一天又一天，董老太终于决定在流转协议上签字。她对我说：

“俺本来不是很同意这个事儿的，但一看你就是个实诚人，你别骗俺就中。”

村民们都是淳朴可爱的，也都是通情达理的，在他们对陌生事物产生顾虑时，需要我们驻村书记冲到第一线，耐心地做思想工作，建立信任、解开心结。

如今，姜庄村乡村旅游扶贫示范项目已经进入全面运营阶段，累计实现营业收入30余万元。通过对村里10余名建档立卡的贫困户进行培训，并安排在民宿客房管家、库管、万能工、保洁员等接待服务岗位上，解决了他们的就业问题。下一步，我们还将以乡村旅游和农产品电子商务作为发展引擎，带动周边农产品销售，促进更多贫困户脱贫，真正发挥项目的示范引领作用。

作为一名共产党员，我将“不忘初心、牢记使命”，全力以赴、只争朝夕，与姜庄村的乡亲们一起，共同打赢这场脱贫攻坚战。不获全胜，决不收兵！

风光无限好　国家电投
绿色能源扶贫为贫困县“造血”

从西北的苍茫大地到豫皖中原的采煤沉陷区再到云贵高原的山水人家，国家电投负责的扶贫区域跨度大，地域特色鲜明。作为能源央企，国家电力投资集团有限公司（以下简称“国家电投”），勇于承担起 3 个对口县和 77 个对口村的帮扶工作，覆盖全国 17 个省区。

国家电投东北公司生姜基地

根据习近平总书记2018年在成都扶贫工作座谈会上提出，要“打好”精准脱贫攻坚战的要求，国家电投确定了既要在2020年完成全部贫困人口的脱贫目标，又要保证建立脱贫规划的长效机制，确保扶贫效果，保证扶贫路上不让任何一个人掉队，确保共同富裕奔小康的过程中一个都不能少。在扶贫的实践中，国家电投将自然资源优势转为绿色能源优势，开启能源扶贫新纪元，全力打赢脱贫攻坚战。

光伏扶贫　循环经济打造扶贫路上好风光

阳光洒身上，让人们的身心都感觉到了温暖。这就是阳光的力量，这也是国家电投找寻到的让对口帮扶对象迅速脱贫、长效脱贫的最佳方法——光伏扶贫。

在青海省共和县塔拉滩的光伏发电园区，工人们用清洗光伏板的方式来迎接2020年的第一天。这样做是因为洗净光伏板上的灰尘，可以有效地提升光伏发电效率。过去这里飞沙走石，是有名的不毛之地。如今，得益于光伏板的覆盖，减少了地表蒸发量，留住了水分，植被也得到了逐步恢复。为了不影响发电效率，电站还动员周边的牧民，在这里养起了几千只“光伏羊”，避免草长得太高遮挡光伏板。

一座电站，能发电，有肉吃，治风沙，济贫困，解难题……就这样，在扶贫路上，国家电投创造西部新物种“光伏羊”，同时也创造全清洁能源供电世界纪录——2019年6月，青海省实现连续15日360小时全清洁能源供电，再次刷新了全清洁能源供电的世界纪录。

据统计，国家电投已累计向陕西延川、四川凉山、青海藏区等17个省区37个县投入扶贫资金百亿元，建设全国约十分之一的扶贫光伏电站，给当地贫困百姓带来了希望。

甘孜州石渠县，是四川省最偏远的县之一，也是全省平均海拔最高的县，境内平均海拔4526.9米。石渠县经济社会发展滞后，劳动力素质偏低，自然灾害频发、返贫率高，扶贫开发工作任务异常艰巨。这样的贫困县在国家电投负责对口扶贫的区域中并不少见。

国家电投作为太阳能发电总装机规模世界第一的综合性能源企业，拥有科技研发、规划设计、多晶硅、光伏电池、组件制造、工程施工、培训等完整的光伏产业链，完全具备科学开发、高效利用藏区太阳能资源的能力。尤其是像甘孜州石渠县这种高海拔地区，光照资源丰富，更适合开展光伏扶贫的工作。

石渠县光伏扶贫领导小组将扶贫建档立卡系统中无劳动能力贫困人口(包括残疾人)共计11432人纳入光伏扶贫范围。国家电投按照《四川省光伏发电扶贫实施意见》的指导原则，将一期电站建成发电后的销售所得优先保证3601名扶贫对象每年的收入增加，在电站运行20年内每位名册上的贫困户都可获得每年1000元的扶贫款。这种扶贫模式还推广到甘孜藏族自治州新龙、色达和阿坝藏族羌族自治州红原等县，也实施了“集中开发、收益共享”为特色的光伏扶贫工程。

国家电投黄河公司精准扶贫走访入户

国家电投黄河公司环保大规模光伏电站生态系统研究

据悉，像甘孜、阿坝地区这些属于国家深度贫困地区，目前已建成光伏扶贫项目 10 万千瓦，每年产生扶贫红利 1300 万元，稳定惠及 1.3 万贫困人口长达 20 年的时间；国家电投发现当地适合发展畜牧业，在光伏发电场所内种植耐寒草本植物，不仅帮助了贫困户牦牛安全度冬，而且让当地荒漠化的生态环境逐步得到显著改善。

对于光伏电站建成后，给贫困村民生活带来的变化，四川格勒村村民扎西多吉感叹道："光伏电站建成后，天上的太阳变成了电，以前上山都自己找路，现在不仅有了路，还有地方赚钱养家，我们以后的生活会越来越好！"

应对不同自然环境，光伏扶贫在个案上也各有不同。在安徽淮南市潘集区田集乡，就开展了水面光伏 + 渔业的新型产业扶贫模式，解决当地因采煤沉陷导致当地农民无地可种，无活可干的难题。

当地曾经水土丰茂的土地因采煤、采矿业的疯狂发展变成了沉陷区，农民们赖以生存的土地变成了一片汪洋，对于此类的贫困村，国家电投采取建设水面漂浮式光伏电站的方式，建设了总占地达 1393 亩的全球首个漂浮式光伏电站。

涉及农户按每亩 4000—5000 元拿到征地款，漂浮式光伏电站还能减少水量蒸发、抑制藻类生长，对水产养殖和日常渔获有益无害；再加上电站建设、运维给老乡们新增的就业机会，让有劳动能力的当地百姓找到了稳定的工作。

产业扶贫　拓宽绿色能源扶贫新路径

除了采用光伏等绿色能源扶贫之外，针对贫困地区出产的特色农产品，组织起进行有秩序、规模化的生产和销售工作也是国家电投找寻到的一条扶贫新路径。云南是我国少数民族大省，也是药材、水果种植、禽畜养殖较为适宜的

国家电投福建公司岩武平县岩前镇 10MW 普集农光互补光伏电站

地区，发展特色农业符合当地实际情况。

凉山彝族自治州美姑县采红乡就是这样的地方，尽管风景秀美，人杰地灵，但因海拔高、劳动力文化素质不高、交通不便等原因，导致这里的贫困问题非常棘手。这里有深度贫困村 6 个，一些村民因为伤病原因丧失劳动能力，与扶贫工作人员沟通都非常艰难，甚至很多贫困户不会说汉语。

国家电投旗下中水能源有限公司机要秘书，现挂职凉山州美姑县采红乡党委副书记侯丰革介绍说：“我在中水公司任机要档案专责，每天处理好手中的收发文等材料是我的主要工作。来到这里，一切从零开始。”

黄花菜产业算是当地扶贫的一个重点项目，前期农民信心不足、种苗损坏等问题常常困扰着大家，侯丰革通过采取挨家挨户做工作、种植模范户巡讲等方式，黄花菜产业也取得了实质性进展，2019 年黄花菜种植达到 1200 亩，给当地贫困户的脱贫带来了希望。

在云南省怒江傈僳族自治州洛本卓乡金满村，人均耕地面积不足 0.6 亩，且 90% 的耕地坡度在 25 度以上，村民陡坡垦殖、广种薄收，至今仍在沿用着最原始的“刀耕火种”生产方式。

针对贫困村的实际情况，国家电投旗下的云南国际电力投资有限公司（简称“云南国际”）在 2016 年初就启动“一户一策”贫情分析工作，按照“生产要素、劳动力标准、生活条件”等，查找致贫原因，制定《定点帮扶金满村五年规划》，编制《精准脱贫帮扶方案》153 份，从农户增收、技能培训、产业扶持、生活救助、基础设施等方面，户均制订 6 项个性化帮扶措施，推动扶贫工作深入开展扶贫工作。

截至目前，云南国际组织村民套种生姜、山药、草果及樱桃等经济林果木 450 亩，养殖高黎贡山猪 79 头、土鸡 200 多只、中蜂 300 箱，壮大了集体经济。以草果为例，这是一种生长在高海拔地区的经济作物，既能做食品香料，又能做药材、饲料添加剂和化工原料，具有较高的食用价值和药用价值，市场前景非常广阔。经过几年的努力，金满村家家户户都种了 1 亩以上的草果，仅此一项，每户每年就可增加收入 7000 元。

针对云南对口扶贫的金满村，云南国际投入扶贫专项资金 779 万元，选派驻村干部8名，推动了定点帮扶工作取得良好成效。金满村已于2019年11月实现脱贫摘帽。村民收入从2015年人均不足2000元，增加到现在的4100元，实现了翻番。

此外，在四川美姑县的黑山羊特色养殖，帮助1400户贫困户年均增收8000元；陕西延川的920座蔬菜大棚扶贫，实现为每户贫困户年均增收2万多元，帮助延川县559户1800名贫困人口实现脱贫……依托当地特色，扶持当地产业发展，国家电投在产业扶贫路上的路子越走越宽，产业扶贫逐渐在各地取得成效。

教育扶贫　能源智慧助力开启自我脱贫幸福路

习近平总书记指出，让贫困地区的孩子们接受良好教育，是扶贫开发的重要任务，也是阻断贫困代际传递的重要途径。要让贫困地区每一个孩子都能接受良好教育，实现德智体美全面发展，成为社会有用之才。

国家电投在推动教育扶贫工作方面也费了不少心思。公司全力扶心扶智、

国家电投新疆能源化工住策勒县策勒乡巴什玉吉买村工作组为患病的村民献爱心捐款2400元，帮助他前往乌鲁木齐市接受心脏瓣膜置换手术

国家电投铝电公司，依托宁夏六盘山独具的蜜源植物茂密自然优势，着重培养中蜂养殖示范户，养殖规模达到750箱，户均增收超过3万元

扶能扶志，力求改善贫困地区教育现状，扭转贫困群众“等、靠、要”思想，提升内生脱贫动力，让贫困户为自身实现脱贫做出努力，让他们通过加强学习、接受培训，有能力实现脱贫。

据统计，国家电投集团公司及所属各单位累计捐款607万元，建立爱心助学工作站34个，“映山红”希望小学10所，“映山红”爱心书屋34个，多媒体教室8所，爱心画室1所，覆盖全国28个省、市、区，为贫困学生累计捐书87000余册、捐款174万元，累计资助8782人，开展各项志愿者活动累计参与人次达到19300人次。

通过实施“国家电投远方助学计划”，目前国家电投已完成一对一帮扶贫困学生250名，培训中学生280名，培训中小学校长和骨干教师389名。2017年首期帮扶的青海贵南100名优秀贫困生，其中，50名初三学生以超过录取线100分的优异成绩考入高中，50名高三学生本科上线率达86%。陕西延川、青海贵南、云南泸水等设置专项奖学金，资助贫困生完成学业，阻断贫困代际传递。

截至目前，国家电投集团公司利用人才学院及其他师资平台资源，成功举办了扶贫培训班16期，为贫困县培训技术骨干、农村致富带头人1247人次，另有其他农艺技能培训，合计培训各类骨干人员2023人次，整体提升了贫困地区人员的自我脱贫能力，得到当地政府高度评价。

强民生改环境　打通能源脱贫攻坚“最后一公里”

从医疗卫生到饮水灌溉再到危房改造、修路筑桥，针对深度贫困地区生存环境恶劣，基础设施和公共服务严重滞后等情况，国家电投以加强民生设施建设、改善发展环境为抓手，打通脱贫攻坚政策落实“最后一公里”。

国家电投负责的贫困县、贫困村大多都在缺医少药的地区，部分少数民族地区生活卫生条件差、人畜混居、清洁饮水难等问题严重危害了当地贫困百姓的健康生活。国家电投根据不同地区的实地情况，着力建设民生和医疗设施，从根源上解决因病致贫的问题。

在云南泸水的“千脚楼”就地轻钢房改造，让当地百姓过上了人畜两安的生活，避免了当地百姓因卫生条件差而频繁生病的问题。

在尼普莫村实施基础设施配套建设，修建通组硬化路3公里，村内道路6公里，入户道路5公里，安全饮水工程6公里，在拍也祖村帮助10户深度贫困户援建彝家新寨，改善居住条件。

在四川美姑县，国家电投通过加强当地的基础设施建设，保证了当地2500人的饮水安全。针对当地缺医少药、就医难的问题，国家电投实施了“救急难”医疗帮扶措施，至今已向基金注入120万元，解决了160余人看病难、看病贵的问题。

贫困户在基本医疗保险、居民大病保险以及补充医疗保险报销后，由国家电投救助资金兜底支付，为贫困群众提供全额医疗保障。此外，国家电投还在青海、贵南等地新建和维修村卫生室22个，根本上解决了近万人的就医难问题。

在国家电投的积极帮扶下，这些贫困村、贫困县的老百姓的健康水平有所提高，为摆脱贫困生活奠定了坚实的基础。

幸福路上不让一个人掉队是国家电投作出的庄严承诺。截至2019年底，国家电投累计投入扶贫资金88.30亿元，惠及贫困人口51万余人。其中，光伏扶贫81.8亿元，惠及贫困人口11万余人；无电区建设投入1.11亿元，解决了21.5万余人生活用电问题；定点扶贫2.39亿元，累计惠及贫困人数近31万人。

在打赢脱贫攻坚战的道路上，致力于建设具有全球竞争力的世界一流清洁能源企业的国家电投通过新能源规模化开发，有效地将贫困地区的自然资源优势转化成国家能源优势和经济优势，促进我国各地区协同发展、高质量转型发展，并逐渐探索出一条“天上发电、地上绿草、集约养殖，互为依托、螺旋递进的新时代循环经济发展”的产业扶贫新路子。扶贫的工作实践也逐渐证明，基于国家电投探索的这条新路子可以让更多人脱贫致富，拥有更加美好的新生活。

更多扶贫内容请扫描

寄语 2020

让贫困人口和贫困地区同全国一道进入全面小康社会，是党中央向国内外做出的庄严承诺，也是社会主义本质特征的体现，具有重大的政治意义和深远的历史意义。

国家电投积极践行“能源产业扶贫、带动地方经济、改善生态环境、造福一方百姓”理念，累计向陕西延川、四川凉山、青海藏区等17个省区37个县投入扶贫资金百亿元，建设全国约十分之一的扶贫光伏电站，将发展能源生态产业集群作为实现“三区三州”可持续扶贫的关键着力点，打造了青海“光伏羊”、内蒙“光伏草”等产业扶贫响亮品牌。

实践证明，通过新能源规模化开发，可有效将西部自然资源优势转化成国家能源优势和经济优势，促进我国东西协同、高质量转型发展，可以走出一条“天上发电、地上绿草、集约养殖，互为依托、螺旋递进的新时代循环经济发展”的产业扶贫新路子。我们希望这条新路子能够引领更多人脱贫致富，拥有更加美好的新生活！

——国家电力投资集团公司党组书记、董事长 钱智民

企业名片

国家电力投资集团有限公司简介

国家电力投资集团有限公司（简称国家电投）成立于2015年5月，由原中国电力投资集团公司与国家核电技术有限公司重组组建，是中央直接管理的特大型国有重要骨干企业，肩负保障国家能源安全的重大责任，业务涵盖电力、热力、煤炭、铝业、物流、金融、环保、光伏、电站服务等领域，拥有核电、火电、水电、风电、光伏发电等全部发电类型，是国务院国资委确定的中央企业董事会、中央企业兼并重组、国有企业信息公开、国有资本投资公司试点企业，注册资本金350亿元。

国家电投是世界500强企业，全球最大光伏发电企业，我国三大核电开发建设运营商之一，拥有全球最先进的非能动三代核电技术，牵头组织实施具有自主知识产权的大型先进压水堆核电站、重型燃气轮机两个国家科技重大专项，是国务院国资委确定的智慧能源建设示范企业，牵头发起中国智慧能源产业联盟。

国家电投秉承“创新、协调、绿色、开放、共享”五大发展理念，具有鲜明的清洁发展、创新发展、国际化发展特征，以“2035一流战略”为指引，定位先进能源技术开发商、清洁低碳能源供应商、能源生态系统集成商，致力于建设具有全球竞争力的世界一流清洁能源企业。

截至2019年底，国家电投资产规模1.08万亿元，资产负债率78.61%。电力装机1.51亿千瓦，其中清洁能源占比50.14%；光伏发电装机1929万千瓦，居世界第一。煤炭产能8460万吨，电解铝产能254万吨。境外资产789亿元，境外业务范围覆盖45个国家，三大国际评级机构维持A类信用评级。从业人员13万人，所属二级单位68个。

扶贫手记

作者系中水能源有限公司机要秘书，挂职凉山州美姑县采红乡党委副书记侯丰革

追梦人在彝乡

2019年，脱贫攻坚进入攻坚期关键时刻，加派人员参与扶贫工作，表明了国家电投帮助深度贫困地区脱贫的决心。7月，我来到凉山彝族自治州美姑县采红乡，踏上扶贫之路，深感责任重大。我必须在短时间胜任扶贫干部身份，干中学、学中干，学习精准扶贫工作指导思想，学习集团公司、四川公司扶贫工作的部署，学习美姑县委、县政府印发的有关产业发展的文件。半年时间，我遇到不少困难，也收获成长，更坚定打赢脱贫攻坚战的决心和信心。

我所在的采红乡位于美姑县莲渣洛河流域，是典型的高山乡镇，距离美姑县城38公里，乡域面积29.7平方公里，平均海拔在1800米左右，深度贫困村6个，农业为主要产业。农户种植有玉米、土豆、荞子、核桃、梨、花椒，散养猪、牛、羊、鸡等牲畜，传统农耕方式，加之海拔高、交通条件极差，农产品没有外销优势，农户收入自然也很低。

初到彝乡，语言沟通障碍是我遇到的第一个难题。要将扶贫政策用老百姓最能接受的方式去传播，把每一项扶贫款精准地用在最需要的环节上，必须先克服语言障碍。和村民唠家常，是融入乡土人情、打开工作局面的最快途径。村民们大多只会讲彝语，怕我听不懂，他们边比画边说，淳朴的眼神，急切的比画，每一个细节都

诉说着对美好生活的向往。我了解到的一户人家，父亲因病去世，家里主要劳动力是母亲和十六七岁的大哥，但大哥受伤暂时没法劳动，弟弟妹妹都很小，本应坐在教室里学习知识的他们，却不得不放牛割草……后来经过进一步了解，才知道乡里像这样因伤病致贫的家庭还有很多，心痛之余，更决心要在这里为脱贫攻坚干点实事。

来采红乡之前，我在中水公司任机要档案专责，每天处理好手中的收发文等材料是我的主要工作。来到这里，一切从零开始。第一场小胜仗，源自“卖土豆”，帮助乡民售出土豆十万余斤，每斤一块，高出市场收购价五毛左右，挣的虽不多，但这事儿给我不小信心。黄花菜产业算是一个重点项目，前期农民信心不足、种苗损坏等问题常常困扰着大家，通过采取挨家挨户做工作、种植模范户巡讲等方式，黄花菜产业也取得了实质性进展，2019 年黄花菜种植达到1200亩。同时，协调对口支援单位按每亩另外补贴500元。配套建设的烘干厂也已完成招投标、基础设施建设和钢架结构搭建，各项工作进入正轨。只有建起像样的厂子了，有经济效益了，村民的积极性才能更好地被调动起来，一想到这些，我更有干劲了！

通过实地走访我了解到，农民对集体经济的积极性都很高，于是我用不到三个月时间，组织全乡六个村分别办理了种养旅专业合作社的所有手续。并积极与上级主管部门沟通，争取到资金220万，农民自筹资金10万。准备为全乡筹建两个养鸡场（散养面积1200亩），两座养羊场（放养面积1000亩），养殖场的场地已全部选定，正在完善手续和对设施设备比价，部分场地已完成测绘。

前段时间，四川公司扶贫干部吉克左格获评2018年省内对口帮扶彝区贫困县先进个人，这也是对四川公司扶贫工作的认可。同在扶贫一线的我，还有很多地方要向他学习。

“2020年也是脱贫攻坚决战决胜之年。冲锋号已经吹响，我们要万众一心加油干，越是艰险越向前，把短板补得再扎实一些，把基础打得再牢靠一些，坚决打赢脱贫攻坚战，如期实现现行标准下农村贫困人口全部脱贫、贫困县全部摘帽。”习近平主席新年贺词温暖人心，催人奋进。我深受鼓舞，深感脱贫攻坚之路还任重道远。热情和干劲远远不够，搞农业产业，不是拉来投资建起厂房，或者划片区域养鸡养羊就算完事的。当地基础设施条件改善、养殖种植规模化、产品后续外销、持续提升就业率等等，都需要统筹规划实施，我们还要加倍努力。

在彝乡，还有很多同我一样的追梦人，助力脱贫攻坚是我们共同的使命，我们愿以美好青春诠释初心与使命，只争朝夕加油干，不负人民期待！

多头并进 国投助力贫困县走出一条"持续脱贫路"

近年来，中央企业坚决贯彻落实党中央、国务院决策部署，积极履责，主动作为，投入大量人力物力财力，探索创新精准扶贫模式，抓实抓好产业扶贫，大力推进贫困地区基础设施和公共服务体系建设，大力培育贫困地区内生发展动力，在助力贫困地区脱贫工作上取得了实实在在的成效。

国家开发投资集团有限公司（以下简称国投），就是众多央企扶贫路上的努力践行者之一。据了解，目前国投的4个定点扶

合水县太莪乡北掌村的窑洞还是一片荒芜

贫县（甘肃宁县、合水县，贵州罗甸县、平塘县）已经全部脱贫出列。国投在多年扶贫实践中探索出来的，符合国投实际、满足地方需要的精准扶贫模式，取得良好成效。

合水县就是国投创新扶贫模式的受益者之一。合水县位于甘肃省最东端，属国家扶贫开发重点县、六盘山片区集中连片特困县、陕甘边革命老区县。2013 年合水县有 34 个贫困村、11942 个贫困户、贫困人口 4.96 万人，贫困发生率 32.4%。而到了 2019 年末，合水县累计脱贫 13500 户 55279 人（含 2013 年后新识别贫困户），贫困发生率下降到 0.25%，并于今年历史性地摘掉了贫困县的“帽子”。

据了解，从 2003 年起，中国国投高新产业投资有限公司就开始了帮扶合水县的历史，与合水结下了深厚的情缘。多年来，国投通过定点帮扶资金、党费支持、员工捐款等方式，在合水县直接投入资金 3486 万元，派出挂职副县长、驻村第一书记 4 人次。

龙头企业 + 合作社　产业带动集体经济

国投在长期的扶贫实践中逐渐认识到只“输血”不能彻底解决贫困地区长期积累下来的贫困问题，如何结合合水县的自身特点，因地制宜、因势利导地逐渐培育出合水县的经济“自我造富”能力才是彻底解决贫困问题的关键所在。为此，国投对合水县的经济情况作了深入的调查研究。

经过深入地调研，国投对合水县的实际情况逐渐有了更加深刻的认识：总体而言合水县土地资源紧张、青壮年人口流失严重，制造业、现代服务业发展十分落后；尤其是合水曾经是远近闻名的畜牧业大县，但因为水土流失和封山禁牧，牛羊散养逐渐绝迹，全县牲畜存栏从高峰期的 50 万头，下降到 10 万头左右。

根据甘肃省扶贫产业规划，确定有牛、羊、蔬菜、果品、中药材、马铃薯六大特色扶贫产业。从合水县自身条件来看，羊业养殖是产业扶贫中最有希望的领域。要想实现稳定脱贫，能不能从优先发展特色农业项目着手，探索出一

2018 年 9 月，合水县店子乡吕家岘子村在建设光伏扶贫电站前这里还是一片空地

条“羊”路？

国投在合水县挂职的副县长齐浩程，在下乡调研扶贫产业和与贫困户交流过程中也发现，很多居住在山区的贫困户，基于贫瘠的耕地条件、传统情感和自身技术能力等原因，也对养羊有较高的积极性。但本地传统羊种陇东黑山羊，不适合圈养，对饲料挑剔，繁殖率也较低，很难适应规模化养殖。

如何选择适合本地养殖环境和销售市场的羊种，长期以来困扰着当地政府和农户。在了解到合水县发展养殖产业的意愿和困难后，国投通过央企扶贫基金，引荐了基金投资的甘肃省农业产业化龙头企业——中天羊业公司。中天羊业技术团队经过详细现场考察，认为合水县川、塬、梁、峁纵横交错的黄土高原的地貌特征，形成一个个千沟万壑的黄土塬，天然具有防疫隔离优势，特别适合建设中小规模养殖场。该公司具有优势的湖羊品种，也完全能够适应这里的气候条件。

前进的路上困难总是不会少的。但让人没想到的是，养殖产业遇到的第一个困难，竟然是当地干部群众对养殖品种的疑虑。

为此，国投安排合水县领导干部亲自带队，去甘肃河西地区的中天羊业种羊繁育基地详细考察，用亲眼所见逐渐打消了顾虑。湖羊耐寒、耐促饲，完全能够适应合水当地的自然条件。其性情温顺，适应规模化圈养的特点，避免了放牧散养对生态的负面影响。更加可贵的是，湖羊产羔多、出肉率高，容易快速提高养殖规模，市场效益也很好。

“我以前就不相信养湖羊能致富。一听就是南方引来的品种，人家那里水草丰美，我们这地方到处都是黄土坡，只长些苜蓿草，根本没有湖嘛”，合水县蒿咀铺乡的贫困户梁向阳回忆道，“后来，中天羊业和县里农业局的专家给我们上课，介绍湖羊是早期北方移民携带蒙古羊南下，在太湖平原缺乏天然牧场的条件下，改放牧为圈养，这才逐渐形成了湖羊这个好品种。这么一说，我慢慢就明白了，湖羊结合有南、北方的优点。而且，湖羊二年就能产三胎，一胎至少下二只小羊羔，比养本地黑山羊划算多了。”

2018 年 7 月，龙头企业下定投资决心，注册资金 1000 万元的合水陇原中天羊业有限公司正式成立。国投也承诺出资，帮助合水县建设养殖基础设施，培训一批养殖技术人员。看到希望之后，合水县政府出台了《合水县肉羊产业发展规划》和配套扶持政策，计划用三年时间将湖羊养殖产业培养为本地农业产业的支柱行业。

从 2018 年冬季开始一批批的中天湖羊开始陆续进入合水县的贫困村养殖场，一车车，一只只白如雪的中天湖羊带着贫困县脱贫的希望在合水县“安家落户”。

负责合水县湖羊脱贫产业的领队人，中天羊业副总经理、陇东片区总经理刘丽茹说：“我们中天羊业不是‘羊贩子’，把种羊带到合水只是第一步。想养

2019 年 6 月，在国投带动下，合水县肉羊养殖走上了专业化道路，废弃窑洞有了新用途

好我们的湖羊可不简单，养殖户不会干的，防疫、拌料、下崽，我们要手把手地教会。养殖场怎么建、怎么管，我们也有一整套规范制度。按我们的要求养出来的羊，中天公司保证高价回收。”

实践证明，由养殖大户牵头，贫困户参与，共同筹资成立合作社发展规模化养殖业，已经被证明是一条可行的路子。但合作社在替贫困户承担了分散养殖风险的同时，如何使自身能够保持健康稳定发展，就成为产业成败的关键。

产业连体 + 股权连心　解除养殖户后顾之忧

合水县太莪乡湖羊养殖合作社负责人高钦有曾有一位同乡拿出了全部身家，投资 600 多万元成立合作社，发展黑毛驴养殖产业，最高峰时毛驴存栏量达到 1000 多头。但后来由于缺少龙头企业指导，在品种选择、养殖技术、市场销售上遇到了很多意想不到的困难。到 2018 年，合作社的毛驴存栏量下降到不足 100 头。所以当县农业农村局的工作人员动员高钦有利用村里贫困户实施易地扶贫搬迁后留下的几孔废弃窑洞，改造成圈舍来养殖湖羊时，他并不太感兴趣。

这时由国投资金帮扶建立的“贷母还羔”模式，开始发挥出巨大的吸引力。“贷母还羔”模式分为三步：第一步是“存本”，龙头企业与合作社签订为期三年的合作协议，由合作社归集政府发放给贫困户的产业扶贫发展资金，并以存款保证金形式缴存至龙头企业，龙头企业每年按照本金 10% 的固定标准支付红利。

第二步是“贷母”，龙头企业给合作社投放保证金等值的基础母羊和种公羊，由合作社代贫困户饲养。饲养期间龙头企业为合作社和贫困户提供技术培训，政府主管部门提供防疫等基础服务，并用财政补贴资金购买养殖保险。

最后一步是“还羔”，合作社在基础母羊进场饲养两年内，按照每只母羊支付两只羔羊的标准充当“利息”返还给龙头企业，剩余繁殖羊只由龙头企业按照“就高不就低”原则设置保底价回收，合作社根据收益每年向贫困户分红。协议到期龙头企业全额返还押金，按约定“还羔”完毕的羊只继续留在合作社繁育，形成可以持续滚动发展的产业。

对这样的安排，高钦有感到十分满意，他说，“合作社的优势就是能专心养好羊，选品种、闯市场都不是我们的强项。有了龙头企业来托底，不再是孤军奋战，感觉心里踏实多了。”与中天羊业公司签订协议后，国投出资 35 万元，帮助他在十余孔废弃窑洞的基础上建设养殖场。高钦有的合作社，托管了太莪乡 126 户贫困户的产业扶贫资金，在 2018 年先引入 1000 只湖羊种羊。

截至 2019 年底，合作社已经出栏湖羊 500 只，存栏规模 2400 只。看着这些活蹦乱跳的小生命健康生长，小高下定决心，准备再将湖羊养殖规模扩大一倍。

据统计，2018 年以来国投专门投入了 571 万元帮扶资金，帮助合水全县 11 家养殖合作社添置设备，升级改造圈舍。同时连续组织了“国投 • 合水新型职业农民（村级动物防疫员）培训班”，以及“国投 • 中天羊业合水湖羊养殖培训班”，直接培训养殖技术骨干 144 名。通过在“硬件”和“软件”两手抓，为定点扶贫县的产业发展“扶上马，送一程”。

在养殖扶贫的过程中，国投一步步实践着行之有效的“三变”模式。所谓“三变”模式是指，资源变资产、资金变股金、农民变股东的改革模式发展湖

2019 年国投协助合水县引入服务外包基地，已解决 200 余名待业青年就业

羊产业。合作社的“户托社养”的托管养殖模式为主，在“三变”模式下，贫困户不再“一托了之”，坐享分红受益，而是成为脱贫致富的主角，在实干中付出汗水，增强自己的脱贫致富的能力和志向。

合作社优先雇佣贫困户务工，按照多劳多得、少劳少得、不劳不得的原则，从合作社利润分配中优先对参加劳动的贫困户发放薪酬。对有劳动意愿，但没有技术能力的贫困户，让能人大户带头干做示范，让技术员面对面、手把手地教，慢慢地贫困群众心里有了底，干着干着就干出了门道，逐步能独当一面。对于无法在养殖场劳动的贫困户，还可以通过将自己的土地入股合作社，种植玉米、苜蓿、构树等，为合作社的湖羊提供优质饲料。合作社养殖产生的羊粪，又可以制作成有机肥，用于贫困户发展绿色果蔬等高经济附加值作物。

“村上号召我们通过产业扶贫资金入股的方式加入养殖合作社，让合作社帮助我们养殖湖羊，并由知名龙头企业中天羊业为我们投放种羊、全程技术指导、保底回收，帮助我们实现脱贫致富奔小康。”家住合水县老城镇寺塬村的贫困户张建军老汉是养殖专业合作社的带动社员，由于家中缺少劳动力，2018年他把产业扶贫资金1.74万元入股合作社建立托管代养分红关系。年底通过固定分红、销售玉米、务工获得收益5000元左右。“合作社托管养羊对我没有任何风险，不但分红稳拿，只要肯出工出力，还能有额外收入，好事都让我们农民赶上啦。”质朴的老张反复叨念着这句话，在心里盘算着2019年再托管1万元资金到合作社去。

国投探索出的“产业连体”“股权连心”的扶贫模式，将政府扶贫资源、社会帮扶力量、企业经营能力、贫困户劳动价值高效整合，帮助合水县告别了小而散、单打独斗的养殖业发展历史，让贫困户真正实现了养羊脱贫致富的愿望。

截至2019年底，合水县12家合作社引进优质种羊8833只，其中种公羊377只，种母羊8456只，通过务工、分红带动贫困户688户。经过一年多的繁育，湖羊出栏及存栏养殖规模已达2.4万只，并通过消费扶贫方式，摆上了国投集团员工的餐桌，成为了黄土高原上贫困县脱贫致富的“领头羊”。

国投计划在 2020 年将服务外包基地用工规模扩大至 500 人

外出务工变当地就业　贫困县也有大发展

在帮扶合水县的过程中，国投在合水县挂职的副县长齐浩程发现，合水县有很多"小镇青年"，持续多年一边打着零工，拿着微薄的工作，一边去努力考试，试图挤入有限的"体制内"岗位。这既造成了人才资源的一种浪费，又加重了很多贫困家庭的生活负担。

习近平总书记关于贫困地区发展劳动密集型产业的重要论述，为国投协助合水做好扶贫绿色产业培育指明了方向。发展服务外包产业，通过提供大量就业岗位，为年轻人提供更多发展机会，成了合水县脱贫攻坚路上一个合理的选择。在贫困地区发展劳动密集型的现代服务外包业务，企业能够有效降低运营成本，保持较强的市场竞争力，又有利于贫困地区增加"造血"功能，推动扶贫与发展的换挡升级，达到经济效益和社会效益的统一。

面对不理解和反对声，国投在合水县挂职的副县长齐浩程拿出了在集团公司工作多年培养出的务实创新干劲儿。经过广泛征求各方面意见，与合水领导干部深入交流，大家的认识逐渐改变。在 2018 年 7 月份合水县主要领导亲自去河南考察示范基地后，再面对着一份论证充分、切实可行的项目方案，县政府与龙头企业终于顺利签署合作协议。

2019年1月，大唐融合（合水）科技服务有限公司正式注册成立，注册资金1000万元。2019年4月首期员工招聘培训启动。2019年7月合水县服务外包项目正式启动运营。

截至2019年底，服务外包基地已解决本地青年就业213人，其中贫困户36人。受疫情影响，2020年合水县就业形势不容乐观，公司正在积极进行招聘、培训，争取尽快把用工数量提高到500人左右。

光伏发电　持续脱贫尽享阳光红利

光伏发电项目是国投集团重点发展新能源产业之一，根据国家发展改革委、国务院扶贫办等五部委《关于实施光伏发电扶贫工作的意见》，合水县被列为实施国家光伏扶贫工程471个重点县范围。2017年底，在《国家能源局国务院扶贫办关于下达“十三五”第一批光伏扶贫项目计划的通知》中，下达了236个光伏扶贫重点县项目计划，其中合水县建设规模共计10.166兆瓦的

2019年6月，国投帮扶建设的合水县村级光伏扶贫电站正式并网发电，每个贫困村集体经济可将获得的20万元分红

村级光伏扶贫电站。

然而发展之初，合水县的干部对光伏发电却较为陌生，也感觉对这个总投资金额高达7000余万元的大项目建设、运营管理比较吃力。为此，国投不仅拿出了400万元专项帮扶资金，还通过国投新能源公司，去了解项目合理造价、承包方资质信誉、工程管理要点等行业信息。在国投的全力帮扶下，合水县政府终于决定在两年内将全县的光伏扶贫电站尽快建成，并在项目工程总价、付款周期上获得了满意的条件。

现在合水县店子乡吕家岘子村的黄土地上的一大片蓝色的太阳能光伏板经常让人眼前一亮，吕家岘子村现在正是合水县村级光伏扶贫电站一期工程所在地。

截至2019年6月，合水县“十三五”第一批光伏扶贫电站，已经全部实现并网发电。通过光伏扶贫项目，预计全县34个贫困村每年可稳定获得集体经济分红20余万元。

不仅如此，在国投的参与下，合水县还制订了村级光伏扶贫电站收益分配管理办法。根据贫困户的就业能力、就业意愿和就业需求，村里设置了卫生保洁员、护林员、草管员等公益性岗位，月工资800—1000元，由本村光伏扶贫电站收入支付。既为贫困群众提供了获得劳动收入实现脱贫的机会，又确保了乡村人居环境卫生和乡村和谐稳定。光伏发电项目因此发挥出长期的扶贫效果，让贫困户持续享受太阳的红利。

“雄关漫道真如铁，而今迈步从头越。”成绩只能代表过去，下一步，国投将进一步提高政治站位，增强扶贫工作责任感使命感。深入学习贯彻习近平总书记关于脱贫攻坚重要讲话精神，充分认识打好脱贫攻坚战的重大意义，增强责任感使命感，进一步把握好脱贫攻坚新形势新要求，贯彻落实精准脱贫战略，扎实推进扶贫工作，为打赢脱贫攻坚战作出新的贡献。

更多扶贫内容请扫描 

寄语 2020

回首 2019，作为国有重要骨干企业，国投积极响应中央号召，深入贯彻落实“六个精准”“五个一批”等扶贫政策，始终将脱贫攻坚作为当前最大的政治责任和社会责任，秉承“扶志、扶智、扶弱”的理念，按照“精准扶贫、精准脱贫”基本方略，全面深入开展扶贫开发，关怀贫困人口，惠及四方百姓。

2020，国投将继续按照党中央国务院的决策部署，携手各利益相关方，继续做好产业扶贫、教育扶贫、专项扶贫、干部扶贫、工程扶贫、基金扶贫工作，不仅使“输血”精准，还要使“造血”完善，让脱贫成效更加稳固。决战决胜脱贫攻坚战艰苦卓绝，收官之年遭遇疫情影响，国投将不忘初心、牢记使命、坚定信心、顽强奋斗，坚决为全面建成小康社会，实现党的第一个百年奋斗目标做出更大贡献。

——国家开发投资集团有限公司党组书记、董事长　白　涛

企业名片

国家开发投资集团有限公司简介

国家开发投资集团有限公司（简称“国投”）是中央直接管理的国有重要骨干企业，是中央企业中唯一的投资控股公司，是首批国有资本投资公司改革试点单位。国投注册资本338亿元，截至2019年末，资产总额约6300亿元，员工约5万人。2019年集团实现合并收入近1600亿元，利润总额200亿元。

国投成立以来，不断完善发展战略，优化资产结构，逐步构建基础产业，前瞻性战略性产业，金融及服务业和国际业务四大战略业务单元。基础产业重点发展以电力为主的能源产业，以港口、铁路、油气管道为主的交通产业，以及战略性稀缺性矿产资源开发业务。前瞻性战略性产业推动基金投资与控股投资融合联动，重点发展健康养老、先进制造业、生物能源、大数据和互联网+、生物医药、城市环保等产业。金融及服务业发展证券、银行、证券基金、信托、保险、担保、期货、财务公司、融资租赁等金融业务，稳妥开展工程设计、资产管理、咨询、物业等其他业务。

国投实行母子公司管理体制。国投总部设有10个职能部门、1个中心、国投直属党委、中国投资协会国有投资委员会办公室；全资及控股子公司18家；拥有三级以上全资和控股投资企业151家，其中9家控股上市公司，形成了在资本市场有一定影响力的“国投”品牌。

扶贫手记

作者系国投派驻合水县挂职副县长齐浩程

庙庄村下乡

合水县下辖7乡5镇，庙庄村位于老城镇，曾经是全县最贫困的村。经过这几年国家财政资金和国投集团的大力帮扶，全村面貌大为改善，贫困发生率从2013年的49%下降到11%，目前尚有108人未实现脱贫。去年国投对庙庄村的帮扶项目，主要是投入90万元，用于“告别窑洞”工程，以及90.16万元，用于建设有机苹果专业合作社。在解决贫困户“两不愁三保障”中有安全住房的同时，也希望能够通过提高有机苹果售价为农民增收。

我跟在村里偶遇的村主任边走边聊，重点看了苹果生产情况，现实情景让人心情沉重。今年3月份，北方地区遭遇罕见的“倒春寒”，苹果花苞大面积受冻，预计庙庄村的苹果将减少产量70%以上。对这场“倒春寒”，我也有些印象，当时还身处北京感叹今年冬天的第一场雪来得真迟。没想到的是，对城市人群只是简单加一件外套的一场降温，会对农业生产造成这么大的影响。

庙庄村村民大都以苹果种植为主要收入来源，果树的受灾打乱了村里的脱贫计划。所以目前村干部、驻村工作队正在积极动员村民外出打工，在果园套种黄花菜中药材来提高收入。

我也在考虑是否能在庙庄村建设一家养殖场，进一步增加村民收入来源，抵御风险。困难再大，也不会动摇我们如期实现脱贫的目标。

节前慰问贫困户

隆冬时节虽已寒意逼人，但阳光依然普照在陇原大地上，国投集团也赶在春节到来前给合水县的贫困户送来了温暖的祝福。

今年，国投为全县200个贫困家庭准备的慰问物资，是每家500元现金、两条冬裤、一袋米面。这些慰问品不多不少，刚好够一家人添置些年货，又不至于造成贫困户与非贫困户之间产生邻里嫌隙。

这次慰问的10个贫困户中，有两户是由我作为帮扶责任人，在之前的半年里已经去过三次，所以也算熟门熟路。

寺塬村的梁大爷的女儿去年出嫁了，家里收到一笔彩礼，正在读高中的儿子成绩不错，开销也不大。所以这次过年他家里新买了一些家具、家电，大爷脸上的笑容也越来越多。

2018年政府用扶贫资金给新盖了一个蔬菜大棚，由于种菜技术不过关，目前瓜菜长得有点儿“孬”，对此，梁大爷显得很不好意思，答应我今年要去参加新型职业农民培训，等下次我再来时，一定能把菜种出个模样。

同在寺塬村的文大爷家里要更困难一些，他和正在读初中的儿子都略微有一些智力低下，但生活可以自理，也能进行简单劳动。去年通过扶贫项目给他家投放了10只羊，防疫工作由村里的防疫员定期来做，政府也给统一上了保险。据观察，目前羊养得很不错，有的已经下了小羊羔，可以卖掉增加一笔收入。

合水县脱贫摘帽公示

今天，合水县政府网站上，发出一则《关于合水县退出贫困县的公示》。公示内容表明："2019年，全县下剩贫困人口108户392人，综合贫困发生率为0.25%；退出贫困村34个，贫困村退出比例100%；经测评，各级组织和干部群众认可度为99.4%。"

这则公示内容不长，但其意义却不同寻常，标志着合水县2019年达到了"脱贫摘帽"的标准，也是即将迎来的上级一系列考核验收工作的开端。当前，脱贫攻坚已到了决战决胜、全面收官的关键阶段，从中央政策到国家考核重点，也从减少贫困人口数量，向"高质量打赢脱贫攻坚战"聚焦。

最近我也一直在思考，何为"高质量"脱贫。从"两不愁、三保障"的指标看，解决义务教育、基本医疗、住房安全，以及贫困村基础设施建设，是近年来政府扶贫工作投入的重点，这些任务虽然也很繁重，但客观来讲只要肯多出钱出力，就基本确定能收到成效。如何通过产业发展，提高农民收入水平和稳定性，这才是"高质量"脱贫的应有之义。

国投集团作为一家中央企业，如何做到对合水的产业帮扶持续加力不放松，农民稳定增收不返贫，地方经济可持续发展，仍然需要不断地探索和调整，以真正实现从"输血"到"造血"的转变。

未来，我们要按照习总书记强调的"摘帽不摘帮扶"，以"不破楼兰誓不还"的信念决心，继续为高质量打赢脱贫攻坚战努力奋斗。

结合资源禀赋
中国旅游集团探索旅游扶贫新路径

作为中央直接管理的国有重要骨干企业，中国旅游集团有限公司（以下简称"中国旅游集团"），按着国家的统一部署，深度参与这场全党全国上下同心、顽强奋战的脱贫攻坚战。目前，集团定点帮扶贵州省黎平县，云南省西盟县、孟连县、香格里拉市、德钦县 5 个接受国务院扶贫开发领导小组年度考核的贫困地

集团党委书记、董事长万敏调研贵州黎平黄岗美丽乡村项目

区，协助帮扶四川省雷波县、马边县。

脱贫攻坚是一场大考，脱贫脱困是一项系统工程，为了深度参与、打赢这场中共中央、国务院部署的脱贫攻坚战，中国旅游集团公司（以下简称“中国旅游集团”或“集团”）深入谋划、精准对接，把中央决策部署、地方政府发展需求与集团旅游产业优势紧密结合起来，不断推动扶贫工作的开展，积极发挥旅游央企产业优势并激活贫困地区特有的资源优势，探索“教育+产业”一体两翼精准扶贫的新路径，为旅游战线高质量打赢脱贫攻坚战提供可复制推广的解决方案和经验成果。

时光之礼，初探旅游线路扶贫模式

“一个旅行杂志社的出来扶贫，到底能起到什么作用？”这是香格里拉市挂职副市长——中国旅游集团有限公司旗下《旅行家》杂志社副社长姜莉丽还没抵达香格里拉，就开始思考的问题。

作为云南省迪庆藏族自治州州府所在地的香格里拉，平均海拔 3300 米，是名副其实的高原地区，全市国土面积 11613 平方公里，山地面积占 93.5%，

四川马边福来美丽乡村项目

集团党委副书记、董事、总经理杜江赴云南西盟调研非遗项目

森林覆盖率 76%。25 个少数民族中，有藏传佛教、东巴教、基督教、伊斯兰教、道教等宗教，是一个多民族共居、多宗教并存、多文化共荣的县级市。由于受整体地形地貌和平均海拔的影响，香格里拉发展第一产业和第二产业的局限性非常明显，实现整体脱贫的任务异常艰巨。

凭借着职业敏感，姜莉丽认为旅游扶贫将会成为香格里拉精准脱贫一种非常有效的方式。海拔高、交通成本高、旅行信息不畅，让香格里拉区别于丽江、大理，成为云南省门槛最高的旅游目的地。与此同时，这种门槛和闭塞也让大香格里拉地区保留了最原始精彩的多民族文明，而这正是香格里拉最吸引人的所在。

认识到这一点后，姜莉丽决定在自己擅长的领域“授人以渔”。2018 年 5 月，姜莉丽带领《旅行家》采编团队深入香格里拉搜集素材，历经 1 个月的采写制作，于 2018 年 6 月推出长篇扶贫专刊《香格里拉返乡人》，从历史、文化、景观、人文角度图文并茂刻画当地全域旅游和乡村振兴给当地群众生活带来的重要变化，全面推介旅游目的地。

中国旅游集团在推出扶贫专刊进行目的地推介基础上，进一步提出旅游线路扶贫的思路。特刊推出后，中国旅游集团扶贫办和集团下属旅行社共同策划打造大香格里拉“时光之礼”旅游扶贫主题线路，并在集团全球 2200 多家旅行分社及官网、APP、微信客户端同步上市销售。自“时光之礼”全球上线后，该线路产品截至 2019 年 12 月底实现销售 8416 万元，向大香格里拉地区输送游客 23946 人次，“时光之礼”旅游扶贫线路入选社科院《中国企业社会责任年鉴 2018》“十大公益项目”，线上推文 3 在全网更创下 137.8 万次阅读量。时光之礼，成为中国旅游集团拓展旅游扶贫模式的全新尝试。

旅游线路扶贫能够从第三产业辐射到第一产业，对当地老百姓的致富带动面广，是一种有效可持续的精准扶贫方式。目前，香格里拉生态观光采摘、尼西土鸡、尼西土陶等特色体验性项目被逐渐融入“时光之礼”旅行线路之中，这也从实际工作中验证了旅游线路扶贫的可行性。从一本旅游杂志到整合全产业链要素资源，“时光之礼”旅游线路扶贫迅速落地实施成为中国旅游集团合力扶贫攻坚的有力注脚。

发挥央企优势资源，发力旅游主业扶贫

旅游产业具备综合性强、关联度高、带动系数大、产业链长等特点，近年来旅游扶贫已成为扶贫攻坚的新亮点，日益受到中央的关注和贫困地区的欢迎。

作为目前中国最大的旅游央企，中国旅游集团构建了以旅行服务、旅游投资和运营、旅游零售为三大核心业务，以旅游金融、酒店运营为特色业务，以邮轮为代表的战略创新孵化业务的旅游产业布局，业务网络遍布国内、港澳和海外 28 个国家和地区，汇聚了中国港中旅、中国国旅、中国中旅、中国免税等众多国内知名旅游央企和文化旅游品牌，集旅游全产业链要素于一身。在打赢这场脱贫攻坚战中，中国旅游积极发挥自身产业优势为脱贫攻坚注入新定能，努力打造旅游脱贫攻坚新样板。

在“美丽乡村”精品民宿项目开展方面成果显著。中国旅游集团出资人民币 1000 万元与中国扶贫基金会战略合作，在贵州黎平县打造黄岗村“美丽乡村”整村旅游村改造项目。该项目开发过程中，重点关注扶贫点民族传统文化的保护性发掘与培育，致力于创作出既脍炙人口又能被市场接受的文化旅游输出产品，盘活扶贫点特色资源，打造旅游扶贫精品工程。项目建成后，将全面

贵州黎平黄岗美丽乡村项目

提升黄岗村容村貌，提升本地旅游市场吸引力和游客二次消费水平，带动提高当地居民收入。此外，集团与黎平县高屯乡现代高效农业园联合打造“中国旅游集团公司桂花台茶旅体验园”，通过传统茶园采摘体验和当地传统茶文化有机结合，推出“农文旅”乡村休闲体验项目。

在扶贫工作中积极拓展民族旅游文化扶贫。2017年集团协助西盟县制作云南省十九大献礼节目——《阿佤人民再唱新歌》，作为出品单位参与节目编排和市场推广工作。集团以保护、提升西盟当地传统文化为契机，加强对直过民族人员重点帮扶，提高西盟作为区域旅游目的地知名度，助力当地特色民族文化和旅游产业同步发展，也为集团探索文化旅游扶贫提供了经验。

“中国旅游集团有限公司在扶贫过程中，充分发挥自身产业优势，聚焦推动当地旅游发展，串联旅行服务产业链要素资源，打造扶贫地民族文化和精品旅游线路产品，不断提高扶贫地的旅游知名度，盘活传统文化资源，并结合电商服务平台推广扶贫地特色产品，既增加了旅游服务收入水平，又推动了产业发展，实现了全面带动扶贫地脱贫致富。”民政部社会组织管理局社工处处长王铮键对中国旅游集团的脱贫工作给予高度评价。

挖掘扶贫点优势，巩固旅游脱贫成果

在发挥旅游主业进行扶贫的同时，中国旅游集团还积极挖掘扶贫点的优势产业，结合当地资源优势进行产业扶贫，加速扶贫工作的开展，巩固脱贫成果。

在产业基地建设方面，2015 至 2017 年，集团捐资 108 万元与黎平当地企业合作建立“中国旅游集团茶叶种植示范基地”，以生产优质白茶为切入点，通过帮扶优秀企业树立标杆，调动当地农户种植茶叶积极性，帮助当地茶叶种植产业规模化发展。截至 2017 年底，集团茶叶项目基地当年名优茶增加鲜叶 2.3 万斤，带动相关农户增收 32.6 万元；大宗茶鲜叶增加 12 万斤，加工吞吐量增加 702 斤干茶。覆盖就业乡、村从 2016 年 12 个村扩展至 2017 年 14 个村，就业人员由 2350 人次扩大到 3120 人次。项目基地出产的白茶和雀舌茶产品已获得国家质检总局的有机产品认证，其中白茶类产品获得欧盟有机食品 128 项认证，符合欧盟有机食品标准。

此外，集团积极开展电商产业扶贫，探索互联网 + 创新扶贫工作模式。集团在云南西盟试点推进电商产业项目，3 年拟投入 300 万元建立西盟普洱茶电商产业合作社，帮助贫困户从原料种植和采集、生产包装、市场推广等方面建立流程化生产体系，打造扶贫电商品牌，探索建档立卡贫困户自我发展、自我脱贫的循环发展模式。合作社仅用 4 个月的时间，生产普洱茶 16550 饼，实现互联网销售额 193.5 万元，200 余位茶农实现人均收入 2500 元，2019 年 3 月举行首次分红大会，让茶农和贫困户实实在在获得好处。

2019 年 3 月中国旅游集团帮扶项目——云南西盟商烟街茶叶农民专业合作社社员分红大会

为了阻断贫困代际传

2019 年贵州黎平希望之星成长营

递、巩固脱贫成果防止返贫，在扶贫攻坚过程中，中国旅游集团紧抓教育扶智，通过均衡教育资源及人才培训的方式阻断贫困代际传递并通过保障措施防止返贫。

在均衡教育资源方面，集团于 2014 年推出“希望之星”教育帮扶品牌，并设立启动了“希望之星自强班”捐资助学计划。十八大以来，集团共投入资金 1401.7 万元，在扶贫点开办了 3 届 7 个共 210 人规模的“希望之星自强班”、捐建 45 间共 2153 台规模的“希望之星电脑室”。2018 年，集团率先在扶贫点孟连全县 30 所中小学校完成“希望之星电脑室”项目建设，使孟连成为首个点亮“希望之星”的试点县。“十三五”末期，集团计划在定点扶贫地区实现“希望之星”系列项目全面覆盖。

此外中国旅游集团通过人才培训的方式持续推进完善“教育 + 产业”一体两翼精准扶贫开发工作模式。2018 年起集团连续开办了十八期扶贫点干部旅游行业专题培训班，充分利用集团在旅游行业多年的知识沉淀和经验积累，帮助 800 多名扶贫点干部提高旅游产业的认识，拓宽视野、创新理念。集团还举办定点扶贫县致富带头人电商培训，帮助农产品上线，拓宽营销渠道，为贫困户架起致富桥梁。

旅游扶贫，为高质量脱贫攻坚提供新思路

能把扶贫的理想照进现实，得益于中国旅游集团的帮扶和强有力的保证。为严格落实以习近平同志为核心的党中央关于坚持大扶贫格局，确保到2020年我国现行标准下农村贫困人口实现脱贫，贫困县全部摘帽的工作要求，中国旅游集团于2016年12月正式成立了由集团董事长担任组长、集团总经理担任副组长，集团其他领导任小组成员的中国旅游集团脱贫攻坚工作领导小组，并于2017年正式发布《中国旅游集团有限公司“十三五”脱贫攻坚工作规划》。《规划》明确了推进“教育＋产业”一体两翼精准扶贫开发模式在两省五县（市）的全面实施是集团打赢脱贫攻坚战的核心。

为确保高质量打赢脱贫攻坚战，中国旅游集团坚定不移走产业帮扶道路，主要在旅游扶贫、农业、教育、电商、人才培训、医疗、救灾等方面开展相关工作。数据显示，2012年至今，中国旅游集团已累计投入帮扶资金13888.52万元，其中扶贫资金、物资折款、引入项目、爱心捐赠等合计人民币8888.52万元，出资人民币5000万元参与国务院国资委“中央企业贫困地区产业投资基金”的组建工作。

经过中国旅游集团与扶贫点各级党委、政府、群众勠力同心开展脱贫攻坚工作，扶贫点减贫成效显著，集团定点帮扶的云南西盟、孟连、香格里拉、德钦，贵州黎平已全部顺利实现脱贫摘帽，西盟获得2019年云南省唯一一个全国脱贫攻坚组织创新奖。

在第六个国家扶贫日，中共中央总书记、国家主席、中央军委主席习近平对脱贫攻坚工作作出重要指示强调，要采取有效措施，巩固拓展脱贫攻坚成果，确保高质量打赢脱贫攻坚战。当前脱贫攻坚已到了决战决胜、全面收官的关键阶段，中国旅游集团将切实履行央企政治责任、经济责任和社会责任，采取有效措施坚决攻克深度贫困堡垒，为高质量打赢脱贫攻坚战提供旅游战线的智慧与力量。

更多扶贫内容请扫描

寄语 2020

“国有企业是共和国的长子”，中国旅游集团作为长子，就要责无旁贷地承担起践行党的主张、落实中央精神排头兵和主力军的责任。旅游产业扶贫由于具备综合性强、关联度高、带动系数大、产业链长等特点，近年来已成为扶贫攻坚的新亮点，日益受到中央的关注和贫困地区的欢迎。中国旅游集团是最大的旅游央企，坚决响应中央号召，全面深入贯彻落实习近平总书记关于脱贫攻坚和全域旅游、“红色旅游”、美丽乡村发展等重要指示精神，充分发掘自身优势，精准发力、持之以恒，为脱贫攻坚注入新动能，立志树立旅游脱贫攻坚新标杆、打造旅游脱贫攻坚新样板。

——全国政协委员、中国旅游集团有限公司党委书记、董事长　万　敏

企业名片

中国旅游集团有限公司简介

中国旅游集团有限公司是中央直接管理的国有重要骨干企业。目前，集团资产总额逾1000亿元，员工逾4万人。集团旗下控股两家上市公司：香港中旅（股票代码：HK308）、中国国旅（股票代码：SH601888），逾600户企业，每年接待游客6000多万人次，资产总量、营业规模、游客接待量、聚客能力和品牌影响等综合实力在旅游企业中名列前茅，是我国旅游业里的国家队、主力军。

中国旅游集团构建了以旅行服务、旅游投资和运营、旅游零售为三大核心业务，以旅游金融、酒店运营为特色业务，以邮轮为代表的战略创新孵化业务的旅游产业布局，业务网络遍布国内、港澳和海外28个国家和地区，汇聚了中国港中旅、中国国旅、中国中旅、中国免税、中国旅贸、中国招商旅游等众多国内知名旅游央企和文化旅游品牌，是中国最大的旅游央企。2019年，集团再度荣耀入选"2019年中国旅游集团20强名单"，凭借领先的规模和品牌优势，引领旅游行业发展。

中国旅游集团有限公司坚持以市场为导向，以消费者为中心，以融合发展为主要手段，以持续增加旅游的有效供给、全力推动旅游的高质量发展为己任，坚持纵向产业一体化、横向融合平台化，加快优化完善旅游"产业群＋新元素"的发展新格局，努力成为旅游业供给侧结构性改革的引领者、推动实现旅游强国战略的主力军、游客全球旅行的系统服务商、满足人民美好生活需要的创造者。

扶贫手记

作者：王文魁，男，生于1969年8月9日，河北邯郸人，2017年1月由中国旅游集团旅行服务事业群推荐，挂职云南省孟连县任副县长。

让“教育＋产业”一体两翼精准扶贫开发工作模式落地开花

2017年3月，我被中国旅游集团党委选派至滇西边境山区孟连县扶贫挂职。孟连傣族拉祜族佤族自治县地处祖国西南边陲，世居有傣族、拉祜族、佤族等21个少数民族。孟连系傣语谐音，意为“寻找到的一个好地方”。中国旅游集团是中央直接管理的国有重点骨干企业，是目前中国最大、历史最悠久、产业链条完整、旅游要素齐全、经营规模大、品牌价值高的旅游央企。因旅游扶贫具备综合性强、关联度高、带动系数大、产业链长等特点，备受扶贫县欢迎。我时常琢磨如何发挥集团强大的旅游产业资源优势，在孟连这个多民族文化璀璨的边境小城能做点什么？如何让绿水青山变成金山银山？

孟连自元至元二十六年（1289）设立“木连路军民府”到公元1949年新中国成立，28代土司世袭一脉相承，孟连宣抚司为祖国守边660年，7个世纪风云变幻，一个家族延续统治时间这么长，总该遗留下许多难以磨灭的痕迹吧？带着这样的疑问，我开始了项目前期调研。随着中央和国家机关改革工作落下帷幕，文化和旅游结合的改革成果为我打开了一扇心灵之窗，自古文化旅游不分家，集团所确定的“教育＋产业”一体两翼精准扶贫开发工作模式与孟连民族文化和旅游产业发展所需不正是不谋而合吗？旅游产业扶贫项目通常投入较大，我格外认真，担心大宗资金投入不能达到预期帮扶成效。经深入到县委宣传部、县博物馆、

文化馆多轮摸底调查，历史上全县通过各种渠道收藏和征集到各类文物已有2492件，但仍有大量的非物质文化遗产留存在民间无法有效传承与保护，这该怎么办呢？既看到了问题、认准了帮扶方向说干就干！经我与县文化旅游局多轮磋商，制定了《孟连县非物质文化遗产展示中心馆内布展项目实施方案》《孟连县非物质文化遗产项目保护传承实施方案》，并将其纳入2019年集团帮扶孟连扶贫工作计划。

孟连县非物质文化遗产展示中心主体坐落于孟连县城滨河路东侧新大桥下段

湿地公园入口处，周边环境优美，建筑风格极具民族特色，来自中国旅游集团的公益捐赠雪中送炭般解决了馆内展陈建设资金短缺的问题，此举在孟连县也成为一段佳话。今年76岁高龄的“宣扶礼仪乐舞”省级传承人岩温罕（傣族）老人，他亲自来到办公室，紧紧握住我的双手激动地说：“王副县长，您真是我们孟连非遗人的知音啊！中国旅游集团能帮我们建设非遗展示馆真是太好了哦！这是为传承保护孟连民族文化和非物质文化遗产的至善之举呀！扎哩呢、扎哩呢（傣语：谢谢、谢谢），现在共产党的政策好啊，让我们边境地区各少数民族同胞都有了幸福感、获得感，通过你们中国旅游集团帮扶我们孟连，让我们都能体验到党的关怀无处不在。”喃温相世代为傣族剪纸省级传承人，不仅人长得端庄，说话也悠柔如水，她多年坚持每周一次到县城小学义务教授学生剪纸技艺，如果有了展示中心就不用到处跑了，学生们都非常喜欢和她一起学习用剪纸表现各类题材的孟连故事，喃温相还动情地对我说。她说她一定会发挥所长，交给学生更多技能，让他们学习掌握我们本民族的非物质文化。县文旅局也已着手在全县范围内普查登记征集了县级以上非物质文化遗产代表性项目名录共有76项，其中：省级非遗项目7项；市级非遗项目62项；县级非遗项目7项。项目类别分为民族民间传统文化保护区5个，民间文学31项，传统音乐4项，传统舞蹈5项，曲艺1项，传统美术7项，传统技艺11项，传统体育与游艺1项，民俗6项，民间建筑5项。孟连县非物质文化遗产展示中心馆内布展项目规划设计、建设招投标工作即将完成，受突如其来的新冠肺炎疫情影响，原计划2020年春节前后开工建设的项目待全面复工复产后全面展开。

回想起在孟连挂职3年的时间里，我始终以习近平总书记脱贫攻坚工作系列重要论述和《中国旅游集团有限公司“十三五”脱贫攻坚工作规划》明确的“教育+产业”一体两翼精准扶贫开发工作模式为指引，以集团帮扶所愿与孟连县脱贫所需为底线思维，围绕产业、教育、人才、保障、旅游等五大方面开展脱贫攻坚帮扶工作，先后累计协调各类帮扶资金1500余万元，实施了30多个扶贫项目，在服务中心工作中起到了补短板、强弱项、求实效、显真情的帮扶效果，集团的扶贫工作模式在孟连实现全面开花结果了，不仅得到了上下各级领导的鼎力支持，也得到了孟连县各族群众的一致肯定。

新时代人民日益增长的美好生活需要，将随着全面打赢脱贫攻坚战，全面建成小康社会而逐步实现着，我相信非遗展示中心的建成及集团未来仍将在孟连落地开花的旅游扶贫项目必将为美丽的孟连县城添加一道道亮丽的风采。为保护、传承、宣传本地民族文化非物质文化遗产起重要作用，有利于公众了解本土历史文化，有利于青少年爱家乡爱国家，有利于孟连旅游高质量发展。

第四章 央企担当

“举”决战决胜之旗

中化集团:“五位一体”助力 7 个贫困县脱贫摘帽

海拔 4000 多米的青藏高原上，岗巴县的村民们做梦也想不到自己有一天可以骑着动力十足的摩托车牧牛、放羊、戍边；在草原深处的阿鲁科尔沁旗的小伙子郭亚强也没预料到自己有一天可以像在城里打工一样，在自家的土地劳作每月就可以拿到 4000 元的工资；在福建泉州的安溪县，人们想不到加油站可以变成加

2018 年中化集团党组书记、董事长宁高宁一行在西藏岗巴县吉汝村与当地干部群众合影留念

西藏岗巴县吉汝村村民驾驶中化集团捐赠的高原摩托车戍边巡逻

油、停车、超市、救援等多位一体的“万能服务点”……

这一切的看似不可能却最终得以实现的场景，都源自中国中化集团有限公司（以下简称中化集团）在18年的扶贫路上进行的有益探索和不懈努力。自2002年起，中化集团作为首批16家央企之一，先后承接了对口支援西藏、青海和定点帮扶内蒙古的任务。十八年来，中化集团牢记党和国家的重托，以强烈的责任担当、深厚的民族情感和务实的工作作风，向三省（区）的七个地、市、旗、县派出援助干部40人次，投入帮扶资金6.16亿元，实施援助项目186个，累计投入3.02亿元参股中央企业贫困地区产业投资基金，充分发挥业务优势，大力开展产业扶贫、消费扶贫、就业扶贫、智志双扶等，有力支援受援地经济社会发展，促进民生改善。目前，中化帮扶援助的和林格尔县、清水河县、林西县、大柴旦地区、德令哈市、岗巴县、阿旗等7地目前已全部退出贫困县序列，受援地人民生活得到极大改善。2019年，中化集团获评“央企年度扶贫责任企业”和“内蒙古自治区脱贫攻坚先进集体奖”，“MAP产业扶贫模式”入围国务院扶贫办《2019年中国企业精准扶贫案例50佳》。中组部、国扶办、国资委及《人民日报》《中国扶贫》等上级机关和主流媒体先后20余次报道中化集团扶贫经验做法。

“农业 + 金融” 双轮驱动助力产业扶贫

中化集团是集农业、能源、化工、地产和金融五大事业为一体的国务院国资委主管的大型央企集团。扶贫过程中，坚持“农业 + 金融”双轮驱动，大力实施产业扶贫。创新性提出将 MAP 战略应用于产业扶贫，将农业上下游产业链进行整合；通过成立慈善信托和基金会双平台，为贫困户提供资金支持。

中化集团于 2017 年提出了 MAP（Modern Agriculture Platform 现代农业技术服务平台）战略。该战略聚焦品质农产品核心优势产区，通过建在田间地头的 MAP 技术服务中心和配套示范农场，为农民合作社提供线上线下相结合从种到销全程解决方案和一体化定制服务。并从农业全产业链出发，挖掘农产品加工企业、渠道商以及消费者群体的优质订单及对农产品的品质需求，将他们的需求通过中化农业技术研发转化为可以操作的种植技术，通过 MAP 平台聚合资源，进而选择优势区域结合优良品种通过现代农业技术服务中心推广给农户，实施精准高效的管理服务帮助农户种出好品质、卖出好价钱，提高贫困地区农民在农产品销售方面的议价能力，为增加农民销售收入提供有力支撑。

中化集团将 MAP 战略与脱贫攻坚有机结合，在定点扶贫县建设“MAP 技术服务中心”“MAP 示范农场”，流转贫困户闲置土地，壮大农村合作社，

中化集团在阿旗天山镇房身村 MAP 扶贫示范农场甜菜长势良好

新平村原村内道路

现新平村村内道路

让农民既是股东又是合作社职工，分享产业分红和劳动报酬双收益，实现了为贫困户增产增收。以阿旗新平村为例，中化集团建设了 MAP 产业扶贫甜菜种植基地，截至目前，流转土地 2100 亩，覆盖农户 115 户 321 人，未来将拓展至 5000 亩，每亩增收 500 元。

据了解，2017 年以来，中化集团分别在内蒙古正蓝旗、阿鲁科尔沁旗、达拉特旗、兴和县等贫困地区投资 2201 万元、2187 万元、2274 万元和 2285 万，建设 MAP 技术服务中心，服务种植面积 13 万亩、16 万亩、28 万亩和 4 万亩；

为当地带来的项目增加值分别达到1210万元、424.5万元、3900万元和154万元。

2019年3月，农业农村部和中化联合印发《农业农村部办公厅中国中化集团有限公司共同促进农民合作社质量提升实施方案》的通知推广中化MAP模式，目前已在全国建成180个MAP技术服务中心，为395万亩土地提供农业生产服务，智慧农业系统注册农户4.3万，上线农场5.6万。中化构建了现代农业MAP产业扶贫模式，已在阿旗、林西等全国9个省份29个国贫县应用，直接服务种植面积51.5万亩。

在金融扶贫方面，中化集团发挥金融业务优势，2019年下属单位中国外贸信托捐赠200万元成立北京信诺公益基金会，积极整合扶贫资金、社会捐赠资金，聚焦中化集团对口扶贫及援建地区开展公益扶贫活动。

中化集团援建村部旧址改造杂粮加工厂

“互联网 +”　产销对接助力消费扶贫

移动互联网深刻改变了人们生活，中化集团又是最早实现互联网办公的央企之一，“互联网 + 扶贫”的创新举措，成为联通贫困户和消费者，构建产销对接桥梁的大手笔。

2015 年，以“互联网 + 扶贫”战略为抓手，中化集团与林西县的麻溜易购电商平台合作，帮助平台建立电商孵化培训基地一座，进行创业和农村合作社的电子商务培训。中化集团通过建立乡、镇、村电商示范店 35 个，基本解决了农户的买难卖难问题。曾经“藏在深山无人知”的贫困村精致的土特产品通过电商平台走出了深山，走向了全国。

正如林西县大井镇金鸡岭小笨鸡养殖专业合作社理事长姜富贵所说：“原来销售小笨鸡都是以实体店为主，不但销量低，费用也高，如果往北京销售 1000 只鸡，光费用就要 2 万多元，而且太远的地方根本送不到。现在不一样了，自从去年通过麻溜易购电商平台从网上销售，销路拓宽了，销量也上去了，小笨鸡远销到全国各地，从每年销售 5 万只到现在的 10 万只，销量翻了一番，年收入由原来的几十万元达到了现在的近百万元。”

中化集团还颇具引领性地推出了特色优质农产品的公益榜单“熊猫指南”，助力农业品质升级和品牌建设。

“熊猫指南”旨在创建具有公信力的中国高端农产品风向标，倡导健康生活方式，助力农业品质升级和品牌建设。在有精准地块信息；有退出机制，持续评价；有独立第三方，无直接商业利益原则和客观中立价值观的基础上，中化集团开展了“熊猫指南”榜单公益调查活动，帮助符合条件的农民合作社及其农产品上榜“熊猫指南”年度榜单，帮助贫困农民合作社建立可信赖的农产品品牌。

目前已发布 3 期榜单，36 款国贫县农产品上榜，销量显著提升。未来三年，榜单将覆盖 300 余个国贫县，帮助扩大销路，架起产销对接金桥。

“智志双扶” 圆梦行动助力教育扶贫

“治贫先治愚，扶贫先扶智。”自党的十九大以来，脱贫攻坚成为备受关注的社会问题。中化集团积极响应号召扎根贫困地区，解决贫困问题，通过开展圆梦助学、设立奖学金、开展融情实践营，向对口支援及定点扶贫地区的孩子们开展智志双扶，阻断“穷根”在祖祖辈辈间传递。

“圆梦行动”公益项目实施6年来，中化集团组织员工与内蒙古、西藏、青海等受援地贫困学生结对帮扶，广大中化员工慷慨解囊，倾情相助，累计帮扶贫困学生3600余名，捐款总额超过480万元，帮助受援地区贫困学生完成“求学梦”。

“融情实践营”是中化集团为贫困地区的孩子们打开的另一扇崭新的学习之门。中化集团每年定期组织贫困地区品学兼优的孩子赴北京参观，通过开展参观故宫博物院、国家博物馆，走进北京大学、清华大学等活动，让山区孩子开阔视野，增长见识，提高学习动力。

同时，中化集团每年还拿出一定比例校园招聘岗位……2019年还提供100个岗位机会解决西藏日喀则就业问题。

只有激活贫困地区群众脱贫致富内生动力，才能真正形成脱贫致富的可持续发展能力。中化集团注重通过加强农牧民培训，通过定期举办培训班、交流会，提供运营管理咨询服务，为农民合作社系统化赋能，成为农民合作社能力提升、创新发展的孵化器，帮助农民合作社管理者成为既懂生产又善管理的乡村振兴带头人。

在定点扶贫县，中化集团实施“头雁计划”，送课到点，组织致富带头人、种植大户150人赴MAP农场对标学习，有效解决了当地农民在致富过程中缺思路、少技术问题。累计培训县乡村三级基层干部……等专业技术人员4000余人次。集团下属中国金茂向阿旗捐赠3座价值约20万元的“新型农牧民流动培训站”和“农牧民流动图书馆”，帮助农牧民增强“造血”能力。

中化集团融情实践营项目

党建引领　尽锐出战，融合共建

习近平总书记指出：“越是进行脱贫攻坚战，越是要加强和改善党的领导。”中化集团始终坚持党组高位推动，并注重发挥基层党组织作用，选派党员干部深入贫困一线地区，助力打赢脱贫攻坚战。

中化集团党组坚持以习近平新时代中国特色社会主义思想为指导，深入学习贯彻习近平总书记关于脱贫攻坚重要指示精神，按照中央决胜全面建成小康社会的目标要求和全力打赢脱贫攻坚战三年行动的总体部署，提高政治站位，强化使命担当，扎实开展扶贫援助工作。每年召开党组会专题研究，贯彻落实中央最新精神，审定扶贫援助工作计划，部署推动工作，全集团多级联动、合力帮扶的格局持续巩固。建立完善的扶贫工作管理体系，成立由党组领导挂帅的扶贫工作领导小组。设置扶贫办，配强骨干力量，有效加强组织保障。集团主要负责人及扶贫办先后多次赴林西县、阿旗开展督促指导，根据发现的问题及扶贫干部调研，形成调研报告 7 份，提出 20 余项工作建议并反馈地方党委政府。

中化集团坚决落实习近平总书记尽锐出战要求，优化干部选用机制，抓实选拔任用、考核激励和关心关爱三大关键。严管厚爱，提高薪酬补贴标准，明确表现优异的干部回任后可突破职数限制提拔使用，提供坚强的组织保障，激发扶贫援派干部动力和激情。累计选派挂职干部 9 批 40 人次，其中胡燕祥、吕海涛两名同志因工作突出分别被评为“感动内蒙古人物”和“赤峰市脱贫攻坚先进个人”“赤峰市优秀第一书记”。

“帮钱帮物不如帮建个好支部，要把夯实农村基层党组织同脱贫攻坚有机结合起来”。中化集团党组及各级党组织与当地党委政府密切配合，通力协作，坚持从党建工作着手，在融合发展上用力，真扶实帮、智志双扶，以党建引领助力脱贫攻坚，取得积极成效。坚持“扶贫项目在哪里，联合党组织就建在哪里，作用就发挥在哪里”，积极探索党建融合扶贫工作新模式，引导中化集团下属各级党组织会同阿旗党委及组织部门，采取村企机关、村企社、村企校等多种模式，打破党组织隶属关系，推动不同领域党组织联建共建。中化下属农业事业部、中国金茂、外贸信托、沈阳化工研究院、中化河北、中化辽宁石油、金茂绿建等多家单位党组织先后与对口扶贫点联合建立阿旗新平村“镇村企社”联合党支部、笤帚苗产业示范基地联合党委、民族手工艺品产业联合党委等联合党组织 11 个，围绕产业发展、项目落实、人才培养等发挥各自优势，凝聚攻坚合力，激发基层党组织引领作用和党员先锋模范作用，以“党建链”引领“产业链”，助力扶贫地区坚决打赢脱贫攻坚战和实现乡村振兴。

社会扶贫　汇聚合力共谱新篇

“大家一条心，黄土变成金。”这句俗语道出了扶贫工作的真谛。中化集团在参与扶贫的过程中坚持动员社会，凝聚全社会力量参与扶贫。

中化集团一方面动员社会关注脱贫攻坚，在《人民日报》、国务院扶贫办简报、《中国扶贫》等媒介宣传中化扶贫经验。《人民日报》刊发中化产业扶贫经验“贫瘠土地这样长出现代产业”，国务院扶贫办《东西部扶贫协作与定点扶贫专刊》推广中化帮扶林西县脱贫做法，《中国扶贫》以“雪域高原上的深情牵手”为题，宣传中化精准助力岗巴县脱贫攻坚事迹，人民网、新华网等媒体报道中化扶贫近 20 篇，起到良好宣传动员效果。

另一方面，中化也在积极动员各界企业参与扶贫工作中去，帮助阿旗引入内蒙古草都牧业公司投资 1532.3 万元建设草业扶贫产业园区博物馆，促进牧草业发展；帮助阿旗引入“友联爱心”“向阳花公益会”无偿资金 9.62 万元；帮助林西县招商引资，扶贫干部带队先后赴北京、山东等地拜访企业 16 家、对接项目 20 多个。2019 年通过各种渠道为定点扶贫县引进无偿帮扶资金 450.79 万元，用于支持县域经济教育发展。

2020 年作为全国扶贫工作的收官之年，中化集团将继续坚持以习近平新时代中国特色社会主义思想为指导，深入贯彻落实习近平总书记关于援助扶贫工作的重要论述，按照中央决胜全面建成小康社会的目标要求和全力打赢脱贫攻坚战三年行动的总体部署，积极履行央企政治责任，以更大的决心、更大的力度推进脱贫攻坚各项工作。根据受援地社会经济发展和脱贫攻坚工作实际需求，2020 年，拟投入扶贫援助资金 5400 万元，实施扶贫援建项目 27 个，涉及产业发展、医疗教育、民生改善等多个方面，助力受援地与全国人民一道如期全面建成小康社会，让边区贫困的人民群众过上更加幸福的生活，也为全国如期完成脱贫攻坚目标任务、确保全面建成小康社会作出更大贡献。

更多扶贫内容请扫描

寄语2020

中化集团将深入学习贯彻习近平总书记关于扶贫工作的重要论述，全面落实有关工作部署，按照中央要求进一步加大扶贫工作投入力度，与当地政府共同努力，发挥中化现代农业等产业优势，按照精准扶贫思路实施一批可持续、可推广、可复制并能够对当地产业发展有提升的好项目，助力受援地实现稳定脱贫。

——全国政协常委，中化集团党组书记、董事长 宁高宁

企业名片

中国中化集团有限公司简介

中国中化集团有限公司（简称中化集团，英文简称 Sinochem Group）成立于 1950 年，前身为中国化工进出口总公司，现为国务院国资委监管的国有重要骨干企业，总部设在北京。

中化集团是领先的石油和化工产业综合运营商、农业投入品（种子、农药、化肥）和现代农业服务一体化运营企业，并在城市开发运营和非银行金融领域具有较强的影响力。作为一家立足市场竞争的综合性跨国企业，中化集团提供的产品和服务广泛应用于社会生产和人们衣食住行各方面，“中化”和“SINOCHEM”品牌在国内外享有良好声誉。

中化集团设立能源、化工、农业、地产和金融五大事业部，对境内外 300 多家经营机构进行专业化运营，并控股“中化国际”（SH，600500）、“中化化肥”（HK，00297）、“中国金茂”（HK，00817）等多家上市公司，拥有全球员工近六万人。

中化集团也是最早入围《财富》全球 500 强榜单的中国企业之一，迄今已 29 次上榜，2019 年名列第 88 位，并连续两年被《财富》评为“全球最受赞赏公司”。多年来，中化集团坚持不懈推进战略转型和管理变革，实现了企业持续、健康、快速发展。在国务院国资委业绩考核中，中化集团十四次被评为 A 级。

面向未来，中化集团将遵循“科学至上”核心价值理念，矢志打造科技驱动的创新型企业和世界一流的综合性化工企业，不断提升企业科技创新能力、核心竞争能力和可持续发展能力，为客户、股东、员工创造最大价值，为行业发展、社会进步贡献中化力量。

扶贫手记

作者系中化集团派驻定点扶贫县内蒙古阿鲁科尔沁旗新平村第一书记李明

驻村更要“助村”

暮春四月的内蒙古还是有一丝丝凉意，上午在村部梳理了一下手上的工作，来到村新建组的中化 MAP 扶贫示范农场，二三十个村民正热火朝天地插甜菜苗。墩土的墩土，拌肥的拌肥，整理纸筒的整理纸筒，一切都有条不紊。村部的杂粮加工厂设备也在不停地运转，工人们紧张地忙碌着。走在村内，道路干净整洁，一些老人正在村部文化广场旁的凉亭聊天唠嗑。完全展现出一个现代化新农村的景象，而在 2016 年前中化集团尚未定点帮扶前，这个村还是一个村党组织薄弱涣散，村上无一产业、村容村貌破烂不堪的全旗重点贫困村。

中午吃完饭坐在村部的办公室，互助院五保户刘大娘过来唠嗑，她还和我说：“孩子，再留下来在这待两年吧，大娘不想让你走。”这才感觉时间真快，不经意两年的扶贫生涯即将结束。往事不断浮现在自己的脑海。

2017 年我有幸被中国中化集团选派至新平村担任第一书记，深感使命光荣，责任重大。8 月 16 日带着中化集团的嘱托，我来到了内蒙古赤峰市阿旗天山镇新平村担任第一书记，开展了我的为期两年的驻村扶贫工作。

派驻后，为了让自己尽快转变角色，融入新的工作，我一头扎进村里，深入田间地头，深入群众中，听真话，摸实情，主动找村上的老党员、老干部学习、了解情况，用真心换真心。虚心向前任第一书记、镇包片干部请教。用了近三个月时间将村内各户走了一遍。入户走访第一次来到村民汪树春家中，在和其老伴交谈中得知其儿子患尿毒症多年，还有两个孙女都在就读。老两口身体也不大好，说着就泣不成声，我听着心里也是酸酸的。回到村部就和村两委商议如何

帮他们尽快摆脱目前困境。首先通过水滴筹在朋友圈广泛宣传帮助募集一部分资金。同时村上需要一些零工都介绍让汪树春去做，尽可能给其家里补贴一点。扶贫产业项目建成后又将其儿媳安排到村上杂粮加工厂工作。这既能增加家庭收入，还不影响照顾患病的丈夫。2018 年，大孙女考上了大学，我上门去看望并送上慰问金。一家人的笑容至今让人难以忘怀，现在老人家一聊天就说：“现在党和国家的政策这么好，我们的好日子还在后面。”

我觉得对待每个贫困户的事，都必须用真心，把每一个贫困户的事当作自己的事来做。

一天贫困户李洪玉来村部说自己现在还干得动，和老伴想在家院子东边空地养殖小笨鸡，需要一些栅栏，看村上能不能帮助解决，我和村两委商议，把村上的闲置栅栏借给其使用。每隔一段时间，我和工作队员都会上门看看有什么困难。在老两口的精心饲养下，小笨鸡长得十分好，年底小笨鸡出栏时，我又和驻村工作队商议，积极帮助销售。今年春节前到他家串门时，老两口说：“今年算了一下，养的小笨鸡刨去各项支出收入达到5000余元”“现在帮扶政策这么好，我明年准备再多养一点”，他在说这话时，我从他的眼神中看出了勤劳农户的那份坚毅和纯朴。

贫困户李彩军今年还不到60岁，2018年初做了心脏搭桥手术，不能干一些重的体力活，无法继续种地，鉴于他的情况我和村两委商议，推荐他担任村上的保洁员。在这个岗位上李彩军非常认真负责，我有时见到他都说没必要打扫这么勤，他总是说：“政府和村上这么帮我照顾我，而且这活也不累，干点也是有利于恢复，等明年恢复好了，我准备自己再养些羊，不能总给国家和政府添麻烦。”听着他的这一番话，我感觉自己作为一名扶贫人，自己的再多付出都值。

脱贫攻坚产业发展是关键，只有依靠产业才能创实绩，见实效。针对村上实际我们因地制宜谋划产业，带领贫困户脱贫。

2018年在集团挂职副旗长吕海涛的统筹指导下，新平村上成立合作社在村内流转土地1360亩，建立MAP扶贫示范农场集团投入资金170万元，依托中化农业国家队的优势发展高标准农经作物甜菜。贫困户通过以土地流转、产业分红增收，MAP农场务工增收。2018年MAP农场仅务工费用支出就60余万元。2019年新平村扩大中化MAP扶贫示范农场的规模至1750亩。

2018年结合阿旗盛产谷子、杂粮的优势，申请集团帮扶资金在村部旧址建设杂粮项目。2018年底顺利验收投产。一个多月就实现销售40余万元，项目直接、间接带动4户贫困户就业，为村集体增收3万余元。2018年进入中化石油便利店和加油站等渠道销售。2019年5产品入驻央企扶贫馆线上销售。通过多管齐下，多措并举，2018年新平村率先在全旗实现整体脱贫。

驻村关键要“助村”，这是我们驻村第一书记义不容辞的责任。怎么助村？就是通过全力以赴的工作、攻坚克难的精神，为村子带去资源，为村民带去实惠，为村庄带去希望。这也就意味着，唯有用真心、真干、真实的态度和精神投入驻村工作，才能赢得老百姓发自内心实实在在的认可，齐心协力创造明天更加美好的生活。

决胜脱贫攻坚战 中国节能书写担当与作为

“到 2020 年现行标准下的农村贫困人口全部脱贫，是党中央向全国人民作出的郑重承诺，必须如期实现。” 2020 年 3 月 6 日，习近平总书记在决战决胜脱贫攻坚座谈会上发表重要讲话。他指出，党的十八大以来，我国脱贫攻坚取得决定性成就。今年脱贫攻坚任务完成后，我国将提前 10 年实现联合国 2030 年可持续发

中国节能环保集团有限公司党委书记、董事长宋鑫调研疫情防控和复工复产

中国节能总经理、党委副书记余红辉到定点帮扶嵩县调研

展议程的减贫目标，世界上没有哪一个国家能在这么短的时间内帮助这么多人脱贫，这对中国和世界都具有重大意义。

就在此次座谈会召开的 10 天前，经河南省人民政府批准，嵩县等 14 县退出贫困县，正式脱贫摘帽。此前，富川瑶族自治县经广西壮族自治区人民政府批准，于 2019 年 4 月脱贫摘帽。

至此，中国节能环保集团有限公司（以下简称中国节能）帮扶的两个定点扶贫县全部实现脱贫摘帽，为助力打赢脱贫攻坚战贡献了责任央企的力量、责任和担当。

一口口甜水井，让村民千百年的吃水难题一去不复返；一盏盏节能路灯，将山区群众的脱贫信心悄然点亮；一批批农产品外销，让辛苦耕种的农民喜笑颜开；一个个产业项目落地，让贫困户的收入来源逐步拓展……

作为责任央企，自 2013 年定点帮扶河南嵩县、广西壮族自治区富川瑶族自治县以来，中国节能认真贯彻落实习近平总书记关于精准扶贫的一系列重要指示精神，认真执行精准扶贫、精准脱贫政策，强化组织领导，配强人员力量，精准投入资金，创新工作方法，协同地方脱贫，扎实做好河南省嵩县和广西壮族自治区富川瑶族自治县定点扶贫任务。

截至目前，中国节能累计向两县投入帮扶资金近5000万元，开展“乡村亮化”“山区甘露”“产业扶贫”等工程，着力解决当地民众生产生活中遇到的最根本、最直接、最现实、最严重的问题，不断助力当地经济发展，得到当地政府群众高度赞誉。

为山区送甘露，找准扶贫突破口

谈起中国节能的扶贫工作，首先要从“石头部落”一口井的故事开始讲起。

河南嵩县九皋镇石场村，因石房石屋比邻而建、石墙石院随形而就，被称为“石头部落”，是远近闻名的贫困村，许多村民为此投亲靠友远走他乡。

石场村有个“致命”的硬伤：缺水。村民们生活最大的问题就是水源，利用水坑、水窖接雨水是村民千百年来的生活大事，不安全的饮水引发各种疾病，因病致贫也是这里贫困的主要原因。

石场村不是没找过水。石场村地处浅山区石灰岩层上，土层薄加之地下石灰岩层保水性较差，地下水储量较少，使勘探和打井成本较高，且成功率低，致使石场村在历史上就是个极度缺水地区。

2017年8月，由中组部和中国节能环保集团有限公司联合选派的驻村第一书记郝家华来到石场村。到村的第一天，他就下了决心：无论付出多大代价，都必须解决石板沟自然村的吃水难题。

郝家华说，他曾找过多家具备打井资质的单位，然而调查一番之后，没有一家敢保证井的出水量。几经周折，郝家华联系到了技术实力雄厚的河南省地矿局第一地质矿产调查院。该院秉承发挥技术优势助力脱贫攻坚的理念，迅速成立了以教授级高工赵留升为核心队员的项目团队，来啃石窝窝里的这块“硬骨头”。

2018年8月，经过认真细致的野外调查和技术论证，赵留升和团队成员

中国节能在嵩县石场村修建的饮水泵房

确定目标为“寻找深层构造裂隙水”，进而以此确定了井位和施工工艺，敲定了井深：630 米。630 米，这个数字和中国第一高楼——上海中心大厦的“身高”632 米相比，只差了 2 米。

经过两个多月的充分准备和紧张施工，深井于当年 10 月 15 日出水。10 月 17 日是第五个国家扶贫日，当天的化验显示，井水水质高于饮用水卫生标准。10 月 18 日，伴随着哗哗哗的水声，一股清流喷涌而出，石板沟自然村的村民们顾不上水溅到身上，纷纷用瓶子接水咕咚咕咚喝了个饱……

出水的一刻，有村民激动地哭了。村民们表示，“俺在村里生活了一辈子，从来没见过这么大的水。石窝窝里淌出了甘甜的泉水，俺做梦也能笑出声来。”

有了水，就有了生机和活力。“这是一项实实在在的扶贫工作。能够解决地方老百姓现实问题，是破解当地经济发展落后难题的关键举措，也是解决‘两不愁、三保障’的重要工作内容。”中国节能党委副书记陈曙光说。

解决饮水难题是石场村扶贫工作的突破口，是群众心坎上的头等大事。一口甜水井，点燃了乡村振兴的热情之火，为发展旅游、养殖业和种植业奠定了基础，各项振兴经济计划正在逐步变成行动和现实。

同时，许多搬迁出去的农户回来了，外出务工的青年回来了。嵩县九皋镇镇长邢一波感慨道：“前些年，石场村年轻人都搬走了，只剩下老人和残疾人，我本以为几年后这里会变成‘空心村’。”

石场村委书记张战国说：“我们从前没有水，村里的女儿远嫁他乡，男子娶不上媳妇，甘愿跑出去做上门女婿。自从中国节能来了，水就来了，好设施、好东西就都来了。现在我们是嵩县的明星村，有20户村民自愿申请搬回村里，浙江的姑娘都甘愿嫁进来，大学生也愿意回村发展。这些人脑子灵活，带着大家开农家旅馆、卖深山特产，村里有钱了。”

这口井，就是中国节能扶贫工作的生动缩影。

送亮化抓旅游，富民增收显成效

发挥中国节能的主业优势，弘扬节能企业文化，助推山区脱贫，是中国节能一以贯之的扶贫思路。

五马寺村位于嵩县白河镇，村里景色宜人、风景如画，村外崇山峻岭、层峦叠嶂，偏僻的环境造成了村里用电的极大不便。位于嵩县内的石场村、于沟村、小木沟村、大青村、下寺村，同样因地处大山深处，路灯成为了村民的奢望。每到夜晚，除了零零星星的几家灯火，村里都是一片黑暗，更不用谈什么娱乐活动。

但现在这一切都改变了，中国节能带着上百盏LED太阳能路灯为这几个村装上了路灯。在几十盏路灯的照明下，村民们散步、聊天、唱歌、跳广场舞，开始了他们的“夜生活”。

其实，这是中国节能“亮化乡村工程”的成果。“亮化乡村工程”是中国节能实施的LED太阳能灯安装项目，项目结合了中国节能主业优势，以优惠价购置下属中节能晶和照明有限公司的太阳能光伏发电节能路灯设施，指导当地村民安装，保证售后服务。

为了确保安装的每一盏路灯都能顺利亮灯，中国节能干部建起了“节能路灯安装微信群”，通过协调各方力量，保证随时随地及时解决安装工作中出现的各种疑难问题，让好事真正发挥作用。

“一灯能摧万年暗”，光明驱走的是黑暗与不安，照亮的是信心与希望。如今，乡村和县城美起来了，夜游经济兴旺起来了，群众对美好生活的信心提升起来了。

如今，这些太阳能路灯将光明撒向了嵩县 115 个贫困山村，并引进 3600 万元资金助力全县的亮化工程。中国节能结合嵩县全域旅游创建，对县城的城市森林公园进行景观亮化，对嵩县的河岸、桥梁、街道进行亮化工程改造。

目前，中国节能下属风电公司已经在嵩县九皋镇完成测风，计划 2020 年投建风力发电项目，这将为贫困山区带来更多的光明和希望。

送亮化点明灯的同时，中国节能还积极探索“旅游 +”，激活石场村发展新引擎。

旅游资源是嵩县的最大优势。作为嵩县的定点扶贫单位，中国节能在吃透这一县情后，发挥主业优势，聚焦精准施策，提出了“坚决不让贫穷与美丽同行”的扶贫工作思路，探索出一套助推定点扶贫县高速发展的“嵩县模式”。

嵩县素有“九山半岭半分川”之称，境内虽然交通不便，但山清水秀，生态旅游资源品位高、种类全。发展乡村旅游，可以让吃、住、行、游、购、娱等要素转化成对贫困地区相关产业的整体拉动，带动一个片区经济社会的全面活跃发展。

在“留住乡愁”的旅游热潮下，石场村具有开发乡村旅游的前提条件。结合该村实际，中国节能决定助推该村发展乡村旅游，实施旅游扶贫计划：投资打通了 800 米“断头路”，修建了 2 公里的景区道路，建起了易地搬迁小区前的文化广场，丰富了群众和游客的文化生活。

之后，该村打出“石头部落”的招牌，生态步道、石头部落文化博物馆、CS 枪战基地等项目一一建成，石场村从一个贫穷落后的贫困村逐步发展成为现在的美丽乡村、国家 3A 级景区。

每年初夏来临时节，石场村的石头部落旅游就开始进入旺季，中国节能驻村第一书记郝家华和村两委成员一起，指导村民积极打造精品民宿，开发具有当地特色的地方菜，提高旅游产业的附加值。村民们纷纷表示，“郝书记为我们脱贫致富做了很多好事。”

中国节能开展“乡村亮化工程”，让更多的村庄摆脱“黑”历史，也点亮了贫困群众脱贫的信心和希望

与此同时，中国节能还将景区发展同精准扶贫有机结合起来，有些贫困户在景区内从事服务工作，有些群众经营起农家宾馆，还有些群众售卖起农副产品，让土鸡蛋、山野菜等土特产身价倍增、销量飙升。

中国节能总经理余红辉说：“让老百姓守得住金山银山，就要关心他们的农产品能否卖出好价钱。”

中国节能不断创新消费扶贫的模式，大力推广“以购代捐”的新扶贫思路。2018 年，郝家华以每个 2 元的价格收购村民家的土鸡蛋，协调中国节能采购石场村农产品金额近两万元。郝家华还将土鸡蛋通过快递销往上海等地，为村民增收。

这种以购代捐的模式，产销挂钩非常直接，能够提高贫困群众发展产业的积极性，切实提高群众收入。

消费扶贫的模式同样应用到了中国节能另一个定点扶贫县——广西富川。

为积极探索电商扶贫路径，挂职副县长李鸿昌来到富川县的第一个月，就开始琢磨如何让富川脐橙走向更广阔的市场。他发动中国节能后方员工购买

中国节能与粤桂扶贫协作组联合兴建的新石村委扶贫车间

“爱心橙”2万余斤，随后联系电商平台负责人，利用企业APP优选平台帮助销售脐橙，脐橙以及红米等农副产品实现网上销售额累计55万余元，为富川贫困群众“富”起来、农村“活”起来、产业“兴”起来架起了电商扶贫富农的“金色路”。

2019年，在中国节能的助力下，富川县积极探索“互联网+电商扶贫+消费扶贫”发展途径，通过搭建龙头企业带销、电子商务营销、旅游促销、帮扶单位助销“四大平台”，全面推进消费扶贫，助推全县脱贫攻坚。

截至去年10月底，富川县已建立县级电商扶贫服务中心1个，已建设12个镇级服务站、100个村级服务点，全县电商服务站点行政村覆盖率为72.99%，贫困村覆盖率为79.31%，全县58个贫困村中选择46个贫困村设立了村级电商服务站点，村级服务站点贫困村覆盖率超过80%，代购代销、代存代缴、金融服务、农资技术指导等便民服务开通，站点月均交易额达2000元。

帮当下助长远，产业造血焕生机

应该说，产业扶贫是最根本的扶贫，也是最长久的扶贫，是实现稳定脱贫的重要途径。在中国节能产业布局上，在项目投资上，都会优先考虑安排在贫困地区。

中国节能的主业当中，很多项目都是与“三农”密切相关的，为乡村发展、农业增效、农民增收作出了突出贡献。比如生物质发电项目，利用农村的农林废弃物直燃发电，不仅消化了大量的农林废弃物，改善了农村环境，助力地方政府秸秆禁烧工作，同时也给地方农民带来了实实在在的收入。

中国节能总经理余红辉在嵩县调研时指出：“我们给嵩县一定要用最好的产品、最一流的技术和最先进的理念。”

如今，一辆辆环卫车穿梭在嵩县的大街小巷，印有集团 Logo 的垃圾桶遍布县城乡村，中国环境保护集团有限公司承担起嵩县 30 多万人口的垃圾清扫工作，聘用了 1000 名建档立卡的贫困户为环卫工人，让他们参加规范的培训、掌握专业的技术，也拥有了稳定的收入。

与此同时，静脉产业园的先进模式正在逐步引进嵩县。其采取园林式设计，对公众开放，成为省级“环境教育基地”，并可对外供电、供热，吸引企业入驻，助力招商引资。从北欧引进的生态马桶也在助力乡村“厕所革命”，

修葺后的富川石家乡卫生院

中国节能对嵩扶贫暨“圆梦大学　放飞希望”助学捐赠仪式现场

“无废嵩县、美丽家园”的梦想将不再遥远。

为了让嵩县的农民收入多元化，中国节能通过产业造血，加大项目投资，以投资拉动消费，带动农民增收。

嵩县山地广布且海拔落差大，地形、气候、土壤等多重因素使此地生长的中草药种类丰富、规模庞大、品质优良。当地连翘、丹参、板蓝根等中草药的集中种植，带动了100户贫困户就业增收，闲置土地资源得到流转利用，高附加值产业得到大力发展。

陈曙光副书记曾表示：“在中国节能的主业中，健康产业非常适合与产业扶贫紧密结合。”如今，新时代集团的健康产业围绕嵩县中草药资源，积极整合资源，在原材料采购的基础之上进一步探索大宗采购、产品研发的全方位合作，助力绿水青山加快转换为金山银山。

通过多年探索，中国节能初步走出了一条“生态资源种植→采集和初加工→有效利用→价值实现→回馈社会”的生态健康产业发展路子。

脱贫攻坚是一场必须打赢打好的硬仗。摘帽只是脱贫攻坚战征程上的阶段性胜利。

习近平总书记在决战决胜脱贫攻坚座谈会中指出，脱贫摘帽不是终点，而是新生活、新奋斗的起点。要保持脱贫攻坚政策稳定，对退出的贫困县、贫困村、贫困人口，要保持现有帮扶政策总体稳定，扶上马送一程。过渡期内，要严格落实摘帽不摘责任、摘帽不摘政策、摘帽不摘帮扶、摘帽不摘监管的要求。

中国节能将牢记总书记的要求，坚决贯彻落实中央战略部署，发挥业务专长，多措并举，以钉钉子精神做好贫困户退出之后的继续帮扶、监管和巩固提升工作，确保现有项目持续发挥作用，保证摘帽后的经济稳步发展。

“贫困村实现脱贫摘帽，我认为只是万里长征走完的第一步，只是解决了基本的保障问题，还有大量的工作需要去做。按照党和国家决策部署，在脱贫摘帽之后，乡村振兴将被提上重要日程。”陈曙光表示。

未来，中国节能将在已有合作基础上，进一步开阔思路，加大合作力度，扩大合作范围，创新合作模式，不断提升造血功能，实现经济长远和可持续发展，切实助力乡村振兴，为经济社会发展再立新功！

更多扶贫内容请扫描 

寄语 2020

2019 年，中国节能深入学习贯彻习近平总书记关于脱贫攻坚系列重要论述和党中央、国务院关于脱贫攻坚部署要求，强化组织领导，配强人员力量，精准投入资金，扎实做好河南省嵩县和广西壮族自治区富川瑶族自治县两个国家级贫困县定点扶贫工作，嵩县完成 35 个贫困村退出、14335 人脱贫，贫困发生率降至 1.1%；富川在 2019 年 4 月份脱贫摘帽后，又有 7 个贫困村 1667 户 5957 名贫困人口脱贫摘帽，贫困发生率降至 0.26%。这些成绩凝结着中国节能新时代奋斗者的心血和汗水，彰显了中国节能的风采和力量。

2020 年是脱贫攻坚决战决胜之年，冲锋号已经吹响。中国节能将坚定不移地按照“四个不摘”要求，撸起袖子加油干，越是艰险越向前，坚决把党中央确定的定点扶贫政治任务完成好。让我们只争朝夕，不负韶华，为打赢打好脱贫攻坚战作出应有贡献。

——全国政协委员，中国节能环保集团有限公司党委书记、董事长 宋 鑫

企业名片

中国节能环保集团有限公司简介

中国节能环保集团有限公司（以下简称“中国节能”）是国务院国有资产监督管理委员会监管的中央企业。集团主体是1982年成立的原国家计划委员会节能计划局，1988年整体转制成立国家能源投资公司节能公司。1994年，划归国家计划委员会直接管理，更名为中国节能投资公司。2003年划归国务院国资委。2010年与中国新时代控股（集团）公司联合重组为中国节能环保集团公司。2017年，整体改制为中国节能环保集团有限公司。

经过近40年的发展，中国节能已形成以节能、环保、清洁能源、健康和节能环保综合服务为主业的“4+1”产业格局，成为中国节能环保领域规模大、专业全、业务覆盖面广、综合实力强的旗舰企业。在固废处理、水污染防治、大气污染防治、土壤修复、清洁能源开发利用、健康产业、工业节能、建筑节能、节能环保新材料等领域的规模与实力均居行业前列，可为客户提供涵盖设计咨询、工程建设、技术研发、装备制造、项目投资建设和运营管理全产业链一体化服务的节能环保综合解决方案。截至目前，中国节能拥有各级子公司500余家，其中上市公司5家，业务分布国内各省、市、自治区及境外110个国家和地区，员工近5万人。

进入新时代，中国节能坚决贯彻落实党中央决策部署，深度参与长江大保护、京津冀协同发展、雄安新区建设、长三角一体化发展、黄河流域生态保护和高质量发展、粤港澳大湾区建设、海南国家生态文明试验区建设等重大国家战略任务，积极践行“一带一路”倡议。2018年5月，中国节能被推动长江经济带发展领导小组办公室确定为长江经济带污染治理主体平台企业。

展望未来，作为以节能环保为主业的中央企业，中国节能将不忘资源节约、环境保护的初心，牢记满足人民群众日益增长的优美生态环境需要的使命，按照高质量发展要求，加快建设世界一流的节能环保健康产业集团，为保护生态环境、建设美丽中国和清洁美丽世界作出更大的贡献。

扶贫手记

作者系原中国节能派驻嵩县石场村驻村第一书记郝家华（挂职时间 2017 年 8 月至 2019 年 11 月）

今天，已经是石场村被大雪封山的第三天了。昨天晚上，镇里紧急召开脱贫攻坚会议，主要对危房改造、产业发展等脱贫攻坚重点工作做出再部署。接到通知后，有的村干部说：“郝书记，这么大的雪，下山太危险了，咱们不去了吧？”我想，越是困难的时候，共产党员越要把责任扛在肩上！我对他们说：“现在是脱贫攻坚战的关键时期，这次会议非常重要，关系到乡亲们的切身利益和生命安全，咱们必须要去！”我们开完会回到村里时，已经凌晨 1 点了，随后，我们又对危房清零等工作进行了详细分工和安排，确保下雪期间乡亲们的生命财产安全。

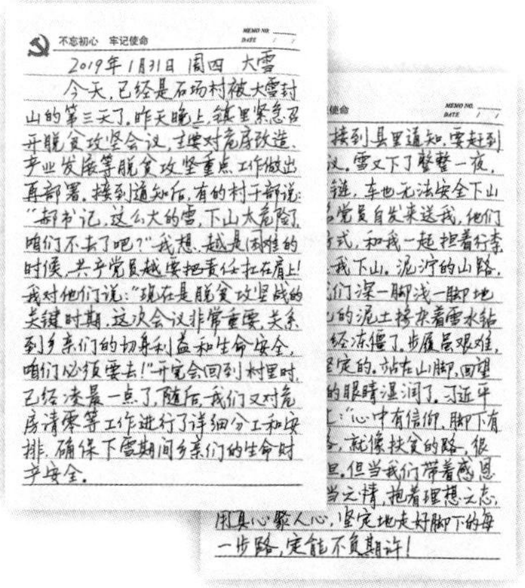
不忘初心　牢记使命
2019年1月31日　周四　大雪
今天，已经是石场村被大雪封山的第三天了。昨天晚上，镇里紧急召开脱贫攻坚会议，主要对危房改造、产业发展等脱贫攻坚重点工作做出再部署。接到通知后，有的村干部说：“郝书记，这么大的雪，下山太危险了，咱们不去了吧？”我想，越是困难的时候，共产党员越要把责任扛在肩上！我对他们说：“现在是脱贫攻坚战的关键时期，这次会议非常重要，关系到乡亲们的切身利益和生命安全，咱们必须要去！”开完会回到村里时，已经凌晨一点了，随后，我们又对危房清零等工作进行了详细分工和安排，确保下雪期间乡亲们的生命财产安全。

接到县里通知，要赶到
议。雪又下了整整一夜，
链，车也无法安全下山
党员自发来送我，他们
式，和我一起担着行李
我下山。泥泞的山路，
们深一脚浅一脚地
的泥土掺杂着雪水钻
经冻僵了。步履虽艰难，
坚定的。站在山脚，回望
的眼睛湿润了。习近平
“心中有信仰，脚下有
就像扶贫的路，很
但当我们带着感恩
当之情，抱着理想之志，
用真心聚人心，坚定地走好脚下的每一步路，定能不负期许！

早上，又接到县里通知，要赶到县里参加会议。雪又下了整整一夜，即使用防滑链，车也无法安全下山了。村里两名党员自发来送我，他们用最原始的方式，和我一起担着行李，步行十公里送我下山。泥泞的山路，坎坷湿滑，我们深一脚浅一脚地跋涉，深红色的泥土掺杂着雪水钻进鞋里，脚已经冻僵了。步履虽艰难，但内心却是坚定的。站在山脚，回望来时的路，我的眼睛湿润了。习近平总书记曾说过：“心中有信仰，脚下有力量。”这山路，就像扶贫的路，很长，也并不平坦。但当我们带着感恩之心，怀着担当之情，抱着理想之志，用真心聚人心，坚定地走好脚下的每一步路，定能不负期许！

作者系中国节能派驻富川瑶族自治县驻村第一书记杜进波

昨天晚上又是暴雨，县里通知提醒今后几天还会有较大的降雨，担心村里各个自然村的安全，乘着降雨的间隙，我去村里各处都转了转，查看下各处的情况。

岭磅村和老铺村离水库很近，地势也比较低，今天去看的时候水库水位受连续多日降水的影响已经涨了很多了，基本和去年最高水位齐平了，甚至还有上升，去年下了半年雨才达到这个水位，今年才一个多月就超过了。岭磅离水库稍微远一些，还没有受到影响，老铺这边稍微有点危险了，水线离村子最边上的房子只有七八

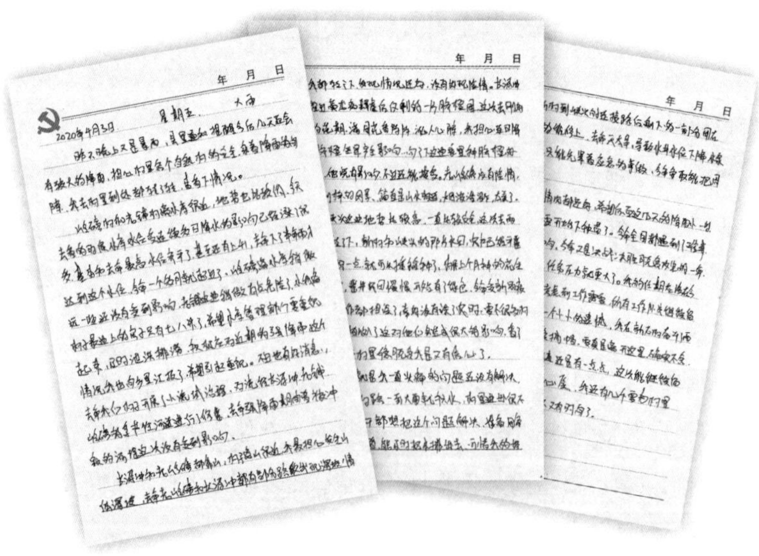

米了，希望水库管理部门要重视起来，及时泄洪排涝，积极应对近期的强降雨，这个情况我也向乡里汇报了，希望引起重视。不过也有好消息，去年我们在村子里开展了小流域治理，对流经长源冲、老铺、岭磅的季节性河道进行了修整，去年强降雨期间曾被冲毁的河堤这次没有受到影响。

长源冲和老岭磅都靠山，村子离山很近，我最担心发生山体滑坡，去年老岭磅和长源冲都有部分路段出现滑坡情况，这次我都转了下，发现情况还好，没有出现险情。长源冲有我们村经过黄龙病肆虐后仅剩的一片脐橙园了，这次去刚好是脐橙的花期，满园花香阵阵，沁人心脾，我担心连日降雨会对今年脐橙坐果产生影响，问了下这边家里种脐橙的一个乡政府同事，他说有影响，不过还能接受。老岭磅没有险情，但让我看到了别样的风景，因水库涨水，水库水面扩大，从老岭磅这欣赏水库，简直是山水相连，烟波浩渺，太美了。

新村和峡头这边地势比较高，一直比较安全，这次去这两个村子外面转了下，新村和峡头的那片水田农户已经平整好了，就等天气好一点就可以播稻种了，村民在上个月种的花生和玉米也都出芽了，整片农田慢慢开始有了绿色，今年受新冠疫情影响，很多工作都耽误了，幸好没有误了农时，要不人还多，村里的农户就没有种植收入了，这对他们会产生很大的影响，看了今天的情况，对今年村里稳脱贫我是又有了信心了。

周家也没事，就是我一直头痛的问题还没有解决，周家村口的这段入村路一到大雨就产生积水，村民进出很不方便，去年我组织村里干部想把这个问题解决，也准备用第一书记经费修一条下水道，能把水及时排出去，可惜我的经费有限，在修了新村到峡头的那段连接路后剩下的钱还有一部分用在老铺村取水井水泵的维修上了，去年天太旱，导致水井水位下降，水泵负荷太大烧了，我只能先紧着应急的事做，今年争取能把周家这个事解决了。

转了一圈，村里情况都还好，希望后面这几天的降雨小一些，气温早点回升，村里要开始下秧苗了。今年全国都遇到了难事，整个经济都受到了影响，今年又是决战决胜脱贫攻坚的一年，我的任期应该在今年 1 月结束了，不过国务院扶贫办考虑到工作需要，给所有工作队员都下了通知继续留任一年，这正好解了我的一个小小的遗憾，我还想我在这奋斗了两年，帮助新石村实现脱贫摘帽，最后一年我却需要离开我热爱的这片土地，虽然说“功成不必在我”，但多多少少有一点遗憾，这次能继续留下来，也算是了却了我的一个心愿，我还有几个村里要解决的困难还没做，这下又有时间了。

调动社会资源
中国建材为脱贫攻坚创造有利条件

党的十九大报告提出：“深入开展脱贫攻坚，保证全体人民在共建共享发展中有更多获得感，不断促进人的全面发展、全体人民共同富裕。”

中国建材集团有限公司（以下简称中国建材集团）作为国资委直接管理的中央企业，在致力于成为具有全球竞争力的世界一

2019 年 11 月 25 日，集团党委书记、董事长周育先在安徽石台县调研扶贫工作并出席捐赠仪式

流综合性建材和材料产业集团的同时，也在践行着央企应有的社会责任——扶贫攻坚。

已经过去的2019年，对打赢脱贫攻坚战非常关键。在这一年中，中国建材集团5个定点扶贫县中宁夏泾源县、云南绥江县已实现整县脱贫出列，泾源县贫困发生率下降到0.14%，绥江县贫困发生率下降到0.21%。安徽石台县、云南昭阳区、永善县也都顺利完成脱贫攻坚计划，3个县贫困发生率分别下降到0.49%、1.27%、1.42%。2019年5个定点扶贫县共脱贫112332人，成绩斐然。

然而，目前有相当部分贫困人口都是因病致贫、因病返贫，即使到2020年，全部的贫困村摘帽，全部的贫困家庭脱贫，仍然有可能会出现因为疾病而带来返贫压力。在一些贫困地区、贫困乡村，只要有一个人病了，就拖累了一家人。不仅他自己丧失了劳动能力，没办法使家庭增加收入、改善条件，反而这家人的财物都要给他治病。2016年全国建档立卡数据显示，因病致贫、返贫的贫困户占贫困户总数的42.6%，这充分说明健康扶贫工作任重道远。

所以，解决因病致贫、因病返贫问题是脱贫攻坚的“硬骨头”，要想做好健康扶贫工作不仅要敢于啃硬骨头，还要有所创新，要采取针对性、系统性措施，既要有精准识别、靶向治疗，也要通过综合治理。这样才能彻底破解因病致贫返贫问题。

“才力”加“财力”，扶贫“输血”更有力

扶贫攻坚是个动态的过程，健康扶贫的方式、方法更要因地制宜，随时改进。在健康扶贫具体工作中会不断出现新情况、新问题，需要不断制定健全完善健康扶贫政策体系。只有这样才能针对扶贫进程中出现的新情况新问题，及时研究制定新政策。再好的政策，若落实不到位或打了折扣，都会变成“纸上谈兵”。要使硬招下硬功夫，促进健康扶贫政策落到实处。健康扶贫要见实效，政策落实不能打折扣。要做到“规定动作不走样，自选动作有创新”。为此，中国建材集团十分注重强化监督管理职能，严格督导考核，将健康扶贫工作纳入卫生健康重点工作考核。

2019 年中材矿山在云南永善县举办对口帮扶专场招聘会

据了解，中国建材集团领导高度重视扶贫工作，不仅专门成立了扶贫工作领导小组和工作办公室，还设立扶贫办，配备专职人员，各成员企业特别是重要骨干企业明确扶贫工作分管领导、牵头部门和具体负责人员，形成了上下联动、全员动员、共同参与的工作格局。2019 年中国建材集团党政主要负责人到 5 个定点扶贫县调研 22 人次，集团部门负责人、成员企业负责人到定点扶贫县区走访调研、看望挂职干部共 236 人次。

魏崇明来自蚌埠中联水泥有限公司，是中国建材集团选派到石台县的帮扶干部，挂职丁香镇库山村党支部第一书记。“中国建材集团的老魏，好样的”，库山村的老百姓对他评价最多就是这句话。他自己也是经常与大家分享“敬畏、感恩、谦恭、得体”集团文化八字“箴言”。挂职以来的 5 个月里魏崇明与村两委同志同甘共苦，挨家挨户调研，了解村民意愿，为推动村脱贫攻坚工作和村集体的经济建设发挥自己力量。

库山村处于丁香镇南端，属于典型深山地区。“库山一窝圆，内藏千亩田。秋天出稻米，春天出银钱。”这是库山村早年流传的一首民谣。这首民谣生动地描绘出昔日库山的娴静和富庶。然而，人口增长，交通落后，致使库山落后于经济发展社会进步。“靠着山脚几分地，一家糊口都犯难”逐渐成为库山村如今写照。扶贫工作迫在眉睫。

要扶贫，就得先知道有哪些是贫困户，以及贫困户的具体情况。魏崇明到任后，吃住在村里，前后用了 20 多天的时间对库山村 80 户贫困户进行了挨家挨户的走访调研。

那时，刚好为板栗的成熟期，村民们大多都起早上山采收板栗。为确保贫困户家里有人，走访不落空，魏崇明就选择中午饭及晚饭时间走访。尽管如此，有时还是不免扑空，所以有些贫困户就需要多次走访，才能“抓”到人。短短的 20 天魏崇明的脚步已经遍布全村。在贫困户家中，魏崇明与他们一起拉家常，了解村民生活、生产及财产状况，弄清发展意愿。魏崇明认为只有这样，才能确保精准识别，合理制定帮扶措施做到精准施策。

生活在细微，工作在点滴。在平时走访的过程中遇到年纪较大的村民在干农活，他会立马下地搭把手，除草、浇水样样在行，村民都夸“老魏”是个好

2019 年绥江县“指尖产业”绣娘培训班开班仪式

安徽石台县合作社员工正在为禾苞蛋电商平台分装土鸡蛋

把式（农活在行的意思）；机电专业出身的他，还经常帮助村民解决家中断电、接电等问题；走访吴必满老人时发现其患有支气管哮喘慢性病，符合慢性病相关政策，他又开车带他往返县城及村镇，帮他办理下来慢性病证。通过挨家挨户地走访，魏书记不仅对这 80 户 248 名建档立卡贫困人口有了详细了解，还在走访了解情况的同时，渐渐地与村民成了贴心人。中国建材的那个“老魏”逐渐被村民喊响了起来。

中国建材集团党委把脱贫攻坚作为培养干部的方式，除完成上级安排的选派 10 名挂职扶贫干部任务之外，2019 年向泾源县、永善县、绥江县、昭阳区增派了 35 名扶贫干部，加上安徽石台已经增派的 10 名村第一书记，目前派驻定点帮扶县的在岗干部共计 55 名。他们所派驻的村百分之八十以上都是深度贫困村。

财力方面，2019 年中国建材集团在 5 个定点扶贫县区计划投入 10000 万元，实际投入 10435.04 万元，比 2018 年增加了 6825.9 万元。集团还发挥央企优势，积极动员合作单位及社会力量，全年实现引入帮扶资金 72.66 万元。实施帮扶项目 50 个，项目涵盖民生、产业发展、住房安全、饮水安全、教育、医疗等方面。

据统计，中国建材集团在医疗保障方面投入 515 万元，帮助四县一区升级改造基层医院医疗设施，并开展“中国建材善建公益·中国志愿医生行动”义诊活动。

石台，地处皖南山区腹地，是全省唯一集生态功能区、军事保护区、革命老区、自然保护区、库区移民区、自然灾害多发区于一体的山区县。尽管石台县拥有“氧、富硒”两大特色资源，有牯牛降国家级自然保护区、秋浦河源国家湿地公园、溶洞群省级地质公园、杉山和目连山森林公园而被誉为“中国原生态最美山乡”，但经济和社会发展一直相对滞后。

中国建材蚌埠玻璃工业设计研究院按照中国建材集团和安徽省委、省政府的要求，自2002年起定点帮扶安徽省石台县，通过资金支持和项目开发等方式关心当地社会经济发展。在2008年以前，帮扶的主要方式多为资金帮扶、捐助实物等，主要用以改善中小学教育、解决灾民住房、修缮道路等。2008年以后，中国建材集团加大帮扶力度，转变扶贫工作思路，将扶贫工作与企业发展相结合，由单纯捐助资金“输血”扶贫，逐渐转向投资项目“造血”扶贫。

几年来，中国建材蚌埠玻璃工业设计研究院不仅捐资56万元援建的小河镇栗阳村村组道路“凯盛幸福路”，还在池州经济开发区投资2亿元建设了2条ITO导电膜生产线。一线和二线均已分别于2015年和2016年投产，实现年产600多万片导电膜玻璃，产值接近6000万元，利税1200多万，产生了良好的经济效益和社会效益。

2017年，中国建材蚌埠玻璃工业设计研究院又在池州经济开发区启动了车载触控模组、手机盖板等项目，该项目总投资15亿元，于5年内分期建设完成。该项目完全建成后，将实现产值超过15亿元，并将分批每年创造就业岗位400余个。

这些项目的建设是中国建材产业扶贫的重要方式，对贫困区进一步延伸电子信息产业链条、提升省级半导体产业集聚发展基地的竞争力都具有重要意义。

“健康”加“技术”，专业合作提“造血”能力

脱贫工作越是到攻坚阶段，越考验解决问题的能力。“两不愁、三保障”工作是高质量脱贫摘帽的关键所在，中国建材集团充分认识到健康扶贫是整个脱贫攻坚当中的重要任务，也是最难的一块“硬骨头”。

云南省绥江县南岸村是由5个自然村、26个村民小组组成的贫困村。常住农户689户2702人；全村国土面积13.7平方公里，耕地3330亩、林地

2019 年暑假在定点帮扶 5 个县区开展善建公益七彩课堂活动

10000 亩；南岸村特色经济作物以半边红李子为主，种植面积约 2500 亩；乡村公路目前主干道已基本建设完；劳动力 1673 人，外出稳定务工 1128 人，全村年人均纯收入 7670 元；全村有建档立卡对象 366 户 1421 人，其中已脱贫 350 户 1389 人，未脱贫 16 户 34 人。这些枯燥的资料，已经深深地刻在担任中国建材集团绥江县南岸村驻村扶贫干部的江威的脑海里。

虽然在 2019 年 4 月底云南省政府宣布绥江县正式退出贫困县序列。但是担任中国建材集团绥江县南岸村驻村扶贫干部的江威接下来的任务也毫不轻松。扶贫干部江威不仅要巩固前期脱贫攻坚的成果，同时还要帮助帮扶挂点的村子逐步由脱贫攻坚走向乡村振兴，推进当地的产业发展，更要帮助脱贫户避免因病返贫。

江威通过走访了解到南岸村一位叫陈珍阳的贫困户，她今年 58 岁，老家陕西，与丈夫是早年在外打工认识的，属于远嫁。丈夫早几年因病去世，自己一个人抚养 2 个孩子，儿子今年 13 岁读初一，女儿今年 11 岁读小学四年级，

2019 年 9 月 21 日，集团在安徽石台县举办志愿医生医疗扶贫活动

家里面的房子是政府帮忙修盖的。她没有工作，自己还患有关节炎、肺炎和骨炎三种病，全家的收入完全依靠政府的低保做支撑。由于身体的原因，她不能长时间站立，自己家的几亩地都在山上，也只能看着荒废。像南岸村陈珍阳这种因病致贫，因病返贫，因病不能脱贫的案例在全国的贫困区里为数不少。

如何在解决贫困群众看得起病、看得好病、看得上病和少生病的问题的同时，又通过“输血”和“造血”相结合，来提高贫困地区的医疗卫生服务能力和水平，以保障贫困病患得到救治？这些问题的答案显然都不是中国建材集团的强项，怎么办？

与专业机构合作，让专业的人干专业的事儿。

针对贫困地区的实际情况和要求，中国建材集团通过与中国医师协会医师志愿工作委员会合作，在 2019 年 4 月至 9 月在云南省昭通一区两县、宁夏泾源县、安徽石台县陆续开展 3 场“中国建材善建公益 • 中国志愿医生行动”活动，由著名神经外科专家凌锋主任带队，汇集了来自北京医院、首都医科大学宣武医院、协和医院、301 医院等三甲医院的 73 名医学专家，义诊病人共 2550 人次，医疗讲座 6 场听众 1300 余人。

授人以鱼，更要授人以渔。

中国建材集团还和中国医师协会医师志愿工作委员会一起加大健康扶贫中的技术人才培养力度，多举措帮助贫困地区培养急需短缺医疗人才提升健康扶贫的“造血”能力。通过办培训班和学术讲座、组织基层卫生技术人员跟班学习或脱产进修等形式，提高基层医疗机构诊疗技术水平。

中国建材集团的健康扶贫项目中的中医适宜技术 3 天培训村医 350 人，医院病区查房带教近 1240 人，现场手术带教 7 台，在当地医院设立 12 个专家个人工作站。活动受到了媒体的广泛宣传报道，取得了良好的社会效果。中国建材集团和中国医师协会医师志愿工作委员会的合作也真正实现了“一加一大于二”的效果。

“身健”加“心健”，脱贫致富才能行稳致远

身体和心志相互影响。没有健康的身体，扶贫没有意义；失去健康的心志，富裕也失去根基。一方面“扶贫先扶志”，思想脱贫才能早日脱贫。中国建材集团认识到激发贫困地区群众的内生动力，引导他们确立“幸福是奋斗得来的”的观念，树立脱贫致富信心的重要性。

同时，中国建材集团的健康扶贫也注重依托地区资源优势大力培育健康产业、养老产业等新兴产业及就业稳定、市场前景广阔的产业，注重因地制宜、因人而异。比如，帮助劳动力少的贫困户就业、使他们在增加收入的同时，既

集团援建打造的宁夏泾源县杨岭村“美丽乡村建设”示范项目

能资助家庭，又能保养身体、治疗疾病，获得更多的幸福感。

中国建材集团牢记习近平总书记的“发展产业是实现脱贫的根本之策。要因地制宜，把培育产业作为推动脱贫攻坚的根本出路”的重要指示，与当地政府共同对杨岭村进行规划，重点打造杨岭“美丽乡村建设”示范项目。

资料显示，中国建材集团共计累计投入1000多万元，建设了村史馆，康养中心、农家乐、肉牛育肥中心、实施人居环境提升、水电路网、民居改造和旅游配套等基础设施建设。

如今的杨岭村大变样，环境美了，村民富了。村里办起了旅游节，习近平总书记去过的村民马克俊家，现在一年通过养牛、开办茶馆接待游客，担任村史馆讲解员等一年的收入有2万多元。2018年，杨岭村人均收入达到8631元，比2016年增加近2500元。

习近平总书记指出：“到2020年现行标准下的农村贫困人口全部脱贫，是党中央向全国人民作出的郑重承诺，必须如期实现，没有任何退路和弹性。这是一场硬仗，越到最后越要紧绷这根弦，不能停顿、不能大意、不能放松。”

为积极响应习近平总书记的号召，中国建材努力克服疫情影响，计划对定点扶贫县投入帮扶资金1亿元，引进帮扶资金50万元；培训基层干部200名，培训技术人员100名；积极开展消费扶贫，购买贫困地区农产品1000万元，帮助销售贫困地区农产品200万元。以定点扶贫县区贫困领域薄弱环节为抓手，以提高五县区自我发展能力为目标，重点在产业扶贫、就业扶贫、抓党建促脱贫、人才支持等方面开展工作，把工作做深、做细、做实，助力各地扶贫工作稳步推进。

2020年是脱贫攻坚决战之年，中国建材集团表示，将坚持以习近平总书记关于脱贫攻坚工作一系列重要论述为指导，深入贯彻落实党中央、国务院有关脱贫攻坚工作的要求，不忘初心、牢记使命，发挥集团资源优势，承担央企社会责任，夯实筑牢脱贫基础，巩固提升脱贫质量。

更多扶贫内容请扫描

寄语 2020

2020 年是全面建成小康社会和“十三五”规划收官之年，是实现第一个百年奋斗目标、为“十四五”发展和实现第二个百年奋斗目标打好基础的关键之年。站在新的历史起点，我们要坚定信心，继往开来，以一往无前的勇气和担当，以苦干实干的拼劲和韧劲，在集团从大到伟大的征程中续写光荣与梦想，全力开创集团奋发有为、稳健成长的新局面。

梦在前方，路在脚下。新的一年，我们将更加紧密地团结在以习近平同志为核心的党中央周围，以习近平新时代中国特色社会主义思想为指导，全面贯彻党的十九大，十九届二中、三中、四中全会和中央经济工作会议精神，在国务院国资委的正确领导下，只争朝夕、不负韶华，以创新驱动发展、以改革赋能发展、以国际化促进发展、以党建引领发展，不断增强竞争力、创新力、控制力、影响力、抗风险能力，加快建设具有全球竞争力的世界一流综合性建材和新材料产业投资集团，为决胜全面建成小康社会、实现中华民族伟大复兴的中国梦作出新的更大贡献！

——中国建材集团有限公司党委书记、董事长 周育先

企业名片

中国建材集团有限公司简介

中国建材集团有限公司是经国务院批准，由中国建筑材料集团有限公司与中国中材集团有限公司于2016年8月重组而成，是国务院国有资产监督管理委员会直接管理的中央企业。

中国建材集团是全球最大的综合性建材产业集团，是全球领先的材料产业投资集团，连续九年荣登《财富》世界五百强企业榜单。注册资本金171亿元，资产总额6000亿元，员工总数20万人，年营业收入近3500亿元。拥有13家上市公司，其中境外上市公司2家。

中国建材集团正加快推进国有资本投资公司试点，按照“行业整合的领军者、产业升级的创新者、国际产能合作的开拓者”的战略定位，大力实施“创新驱动、绿色发展、国际合作”三大战略，重点打造“基础建材、国际产能合作、三新产业发展、国家级材料科研、国家级矿山资源、金融投资运营”六大业务平台，推动企业向“高端化、智能化、绿色化、服务化”四化转型，以创新驱动发展、以改革赋能发展、以国际化促进发展、以党建引领发展，不断增强竞争力、创新力、控制力、影响力、抗风险能力，加快建设具有全球竞争力的世界一流综合性建材和新材料产业投资集团，为决胜全面建成小康社会、实现中华民族伟大复兴的中国梦作出新的更大贡献！

扶贫手记

作者系中国建材驻云南省昭通市八仙营村第一书记崔昕

在泥泞的村路上踩一个清晰的脚印

守望乡八仙营村隶属云南省昭通市，坐落于云贵川三省交界处、乌蒙山腹地、金沙江上游。虽然早在《长征》诗歌中领略过“乌蒙磅礴走泥丸，金沙水拍云崖暖”的气魄，但我从未设想过我会亲身去经历红军战士们走过的那条艰难的长征路，直到我收到可以自愿报名去云南担任扶贫干部的通知的那天。

我本就有一股乐于体验新奇，敢于挑战未知的天性，我把这次深入基层工作的机会当成是一件求之不得的经历和淬炼机会。在家人的支持和同事们的鼓励下，我向公司党组织请缨受命。

临行前夕，我特意观看了电影《焦裕禄》和《那山、那人、那狗》，被身先士卒带头组织干部群众种防风林、挖排水渠，不怕苦不怕累为民奉献的焦裕禄精神所感染；也被电影里乡邮员父子认认真真做好本职工作和与村民们之间的真挚感情所动容。心中满怀期待，5 月 13 日，我启程前往云南昭通。

入村的第一天，我向热情接待我的村干部了解了八仙营村的基本情况：面积 8.04 平方公里，海拔 1980 米，耕地 4045 亩，农业以种植烟草，养殖黄牛为主，村民 99.16% 是回族。村民 1960 户 6843 人，全村建档立卡贫困户 669 户 2588 人。

接下来的一段时间里，为了更加深入对八仙营村情、民情的了解，我首先走访仍未脱贫的村民，了解他们的生活情况。在入户走

访的过程中，我总结出，贫困的主要原因是自身发展力不足，以孤寡老人居多，此外还有因残、因重病致贫情况。

所谓“扶贫先扶志、脱贫先脱俗”，社会医疗保险、政府养老保险、最低生活保障补助、耕地补贴、就业培训、农村产业集体经济分红等，虽然能够解决保障贫困户基本生活难题，但是真正能够让贫困村持续走向兴旺的关键，更要解决适龄儿童的教育问题，首先确保了村里的孩子们能够受到良好的教育。

“知识改变命运”，2019 年，中国建材集团捐助八仙营村高中、中职、大专及以上的 55 名学生助学金，共计捐助资金 9.7 万元。我坚信知识不但可以改变一代人的命运，而且甚至还可以通过一代人的努力改变一个贫困村的命运。

我认为扶贫工作的目的，不仅仅是解决现阶段发展不平衡不充分的难题，更应该找到一条合理有效的途径，给贫困村注入一股可持续发展的动力，以逐步实现乡村振兴。因此，中国建材集团出资帮扶 13.4 万元在八仙营村发展樱桃园示范基地建设，按照统一规划、统一采购的方式集中连片打造樱桃种植基地 134 亩。通过加入农民专业合作社，由合作社进行技术指导及统一管理，以此提高集体经济发展速度，带动贫困劳动力就业，促进群众增收致富。

1950年，解放军第四十三师胜利解放云南和昭通时，曾将八仙营村设为作战指挥师部。2019年，中国建材集团以此红色文化在八仙营村投资500余万，援建红色党史教育基地项目，受到了中国建材集团各级领导们的高度重视。教育基地功能主要以红色教育、革命展览、党员培训为主。我作为驻村扶贫工作人员协助承建单位北新房屋成都分公司完成项目建设工作。

在八仙营村纪念中国共产党建党98周年主题党日活动中，我作为年轻同志向全村党员分享自己对于“不忘初心、牢记使命”的理解：就是从自身实际出发，为人民群众做实事。最后号召大家一起加强学习、坚定信念、团结一致打赢脱贫攻坚战。

随着驻村扶贫工作的陆续开展，我逐步可以协助村委会完成各项扶贫工作，因为村委的同事们平均年龄较大，而且不熟悉电脑操作，所以我还要协助村委使用电脑办公：收集并编辑贫困户档、贫困村档资料；向区委、乡委扶贫办整理并上报扶贫材料；汇总并编写各类扶贫工作总结；在国办、市办扶贫系统录入并修改扶贫数据等。

在投入新的工作环境之后，总是会不自觉地反思之前的工作。深入基层工作以后，离开企业工作这段时间里，让我愈加能够体会到原先在企业工作中所积累下经验的宝贵，同时也能够更加清醒地认识到自己在工作中还存在的不足之处。这是一直从事同一件工作很难得到的感受。

目前，我已驻村扶贫工作半年多，我希望通过自己的力所能及的力量为贫困村和贫困户奉上几分绵薄的贡献，也希望通过基层工作的磨炼进一步提升自身工作能力，不辜负公司各级党组织和领导们对我的鼓励和支持，也不辜负自己的青春与梦想。

善做善成
中国中铁全面发力决胜脱贫攻坚战

井冈山，在中国人的心目中有着独特的位置。当这样的地方，和中国央企“手挽手”以后，变化正在发生。

湖南省桂东县，地处湘赣边界，位于罗霄山连片特困地区，当年中国工农红军第六军团作为长征先遣队正是在这里誓师西征，为中央红军开辟了前进道路。

中国中铁公司党委书记、董事长张宗言带队到桂东县上东村中国中铁扶贫点及中药材种植基地走访调研

精准扶贫是新时代的长征。2002 年起，中国铁路工程集团有限公司（以下简称中国中铁）定点帮扶湖南省桂东县，利用平台和资源优势，将扶贫与扶智、扶技相结合，在当地开展技能培训带动就业，积极实施劳务输出，使桂东县的脱贫攻坚工作按下了“快进键”：2018 年 8 月 3 日，湖南省政府批复同意桂东县脱贫摘帽，成为全省第一个脱贫摘帽的国家级重点贫困县，全县 4 万余贫困人口共同踏上了奔赴小康的道路。除了桂东县，同样位于湘赣革命老区的湖南省汝城县和位于吕梁山北段西坡的山西省保德县也是中国中铁定点扶贫县。

在脱贫摘帽的路上，多年来，中国中铁与三县人民紧紧站在一起，充分履行央企社会责任，发挥中国中铁人精神，从智力帮扶、重点项目援建、增派挂职干部、产业帮扶、劳动力转移、消费扶贫等方面多措并举，全面发力争取脱贫攻坚战的最后胜利。

继桂东县脱贫摘帽后，2019 年 3 月 1 日，湖南省政府批复同意汝城县脱贫摘帽。而保德县也于 2019 年 4 月脱贫摘帽。中国中铁帮助当地百姓脱贫致富奔小康，真正做到脱真贫、真脱贫。

精准扶贫重在扶技，一人就业，全家脱贫

授人以鱼不如授人以渔。就业关乎老百姓的饭碗，特别是贫困地区，稳就业关乎稳定脱贫。如何让有劳动能力的贫困群众精准就业？

自 2016 年起，中国中铁响应号召，不断加大精准扶贫力度，在桂东县正式启动开展建档立卡贫困户“双百工程”，每年输送建档立卡贫困户 100 人左右到中国中铁系统就业，每年举办约 100 人次的职业技能培训班。截至 2019 年底，通过“双百工程”，已累计输送 303 名劳动力免费参加挖掘机或职业技术教育培训，输送 224 名劳动力到中国中铁所属项目部务工就业。

胡微敏，桂东县贫困户，全家四口人一年收入才 1 万元出头，参加中国中铁举办的技能培训班后，成了一名挖掘机手。胡微敏说：“中国中铁不但为我解决了学费问题，还资助了我生活费、交通费。因为我有了一份技术，一年也

中国中铁党委副书记、总裁、董事陈云走访贫困户

能挣个五六万元。”

一技在手，就业不愁。为面向市场需求，中国中铁有针对性地开展技能培训，投入 30 万开展挖机和实用厨师技能培训。2019 年，分三批开展挖机培训 51 人，其中贫困户 29 人。组织了 94 名贫困劳动力参加了实用厨师技能培训。参训劳动力凭借一技之长全部走上了工作岗位，一部分到广东、江西、山东等地就业，一部分在本地就业，另一部分优秀人才被吸收到中国中铁下属企业工作。

同时，在技能培训的基础上中国中铁开展劳务输出。2019 年，衔接中铁南方工程装备有限公司以劳务派遣形式聘用了桂东县 17 名劳动力从事自动化设备操作，平均月工资达 6000—8000 元。中国水电集团招聘 30 人，到广东阳江就业。

2017 年 11 月，中国中铁与湖南省汝城县政府签订对口援建项目实施框架协议，捐赠 1278.3 万元启动“中国中铁精准扶贫技能教育培训基地”项目建设。2019 年又捐赠 3000 万元建设两栋学生宿舍楼。目前基地实训大楼共建设六个专业实训室（“白芝勇大国工匠”实训室 1 间、电气运行与控制专业实训室2间，工程机械模拟操作实训室1间，汽车维修实训室2间）和一个室外操作场地。

中国中铁与汝城县职教中心联合开展“人人有技能”培训暨中国中铁技能教育培训68期，共计培训3690人次（送技能下乡实用技术培训3381人，特种设备挖掘机、铲车操作员培训53人，厨师培训83人，农村致富带头人68人，乡镇农技干部45人，养老护理员60人），有关培训活动多次被湖南日报、红网和广电郴州等媒体报道。去年10月9日，汝城县“人人有技能”培养工程被教育部评为“终身学习品牌项目”。

山西省保德县地处晋陕蒙交汇处，是交通运输的金三角，再加上矿产资源丰富，运输业非常发达，大车司机紧缺，收入非常高。

为了解决保德县农村贫困劳动力转移就业难的现实瓶颈，中国中铁提出打造“保德好司机”劳务品牌的思路，成立了“保德好司机”运输协会和“保德好司机”职业介绍所，出台了专项行动计划，对建档立卡贫困户人员中有考取驾驶证意愿并取得B照和C照分别一次性给予4000元和2400元的补贴，取得驾照后又在“好司机”运输协会和“好司机”职业介绍所的推荐和帮助下实现就业。

截至目前，中国中铁几年来共累计投入110余万元帮扶资金助力保德县打造好司机劳务品牌。全县共有3981人报名学习驾驶证，在中国中铁扶贫资助下考取驾驶证并且找到工作的保德县建档立卡贫困户已经有950人，大卡车司机月工资都能达到1万多，意味着中国中铁帮扶了950户贫困户稳定脱贫、彻底脱贫，受到国务院脱贫摘帽第三方验收评估组的高度赞扬。

如今，“保德好司机”已和“吕梁护工”“天镇保姆”一起列为山西三大“特色劳务品牌”之一，在贫困劳动力培训就业方面走出了一条可复制、可借鉴、可操作、可推广的新路子和新模式。

工程扶贫彰显中铁速度，当年实施，当年受益

作为全球最大建筑工程承包商之一，中国中铁拥有一百多年的历史源流，

业务范围涵盖了几乎所有基本建设领域，在全球市场久负盛名。在扶贫攻坚这一涉及全国人民福祉的伟大事业中，中国中铁更是突出享誉世界的“中国建造”“中国速度”的优势，将工程扶贫作为全面推进扶贫工作的重要抓手，开创了“当年启动、当年实施、当年受益”的中铁扶贫速度。

作为国家扶贫工作重点县，近年来，山西省保德县始终致力于基础设施建设，致力于带领老百姓脱贫致富。保德县县道桥西线孙家沟至扒楼沟段（“中铁幸福大道”项目），是贯穿保德县内中南部的通道，也是重要的经济通道，更是群众脱贫致富奔小康的幸福之路。

2018 年，中国中铁开始援建这段公路，并于当年 11 月份建成通车，实现了“当年启动、当年实施、当年受益”，为保德县上交了一份精准施策、保质保量、富有成效的扶贫答卷。

2019 年，中国中铁在 2018 年投入帮扶资金 5000 万元的基础上再投入 1000 万元，完成 2018 年由于冬季息工的原因剩余未施工配套工程。截至目前，中铁援建的总造价 5963 万元（不含设计费）的“中铁幸福大道”项目已

中国中铁与湖南保德县合作办学签约仪式

中铁组织大凉州青少年“我向国旗敬个礼圆梦活动登上天安门东侧观礼台观看升国旗仪式

完成所有施工内容并顺利交验地方政府，体现了“脱贫攻坚、善做善成”的中铁扶贫理念。

“中铁幸福大道”项目打通了数万村民唯一的出行道路，有效地解决了保德县中南部经济发展的瓶颈，直接解决了孙家沟、南河沟乡2个乡镇9个村1348贫困人口的生产生活出行难，资源、农产品外运难等实际困难。同时，打通了保德县南部的“村村通”交通路网，间接受益范围达到桥头、孙家沟、南河沟、土崖塔4个乡镇47个村2.5万人，对保德县的精准脱贫具有十分重要的意义。

桂东县大塘工业园，是中国中铁工程扶贫的又一典型项目。大塘项目区分一期、二期工程，其中一期工程占地144亩，规划建设一座220KV变电站，一座污水处理厂，12栋4层标准厂房，建筑面积55296平方米，2栋2层仓储库房，建筑面积2000平方米，以及配套的厂区道路、水电设施、排污设施、生活设施、厂区绿化等。

2018年，中国中铁投入2250万捐建的大塘工业园三幢标准厂房已经交付使用，上海朝翔牧业已经入驻。该项目的竣工使用，进一步提升了桂东县工业园区的承载能力，将至少解决 1000 人的贫困人口就业，促进工业产业乃至桂东县经济社会高质量发展，对加快桂东县群众脱贫致富和推进精准脱贫工作具有重要意义。

2019 年中国中铁在桂东县投入 3000 万捐建的另一个工程项目——X006 线跳鱼栏坳至增口公路项目前期工作进展顺利，目前正在进行涵洞、挡墙施工，未来将有效解决桂东农产品外运问题，有效降低成本，帮助贫困户增加收入。

在距离桂东县约 90 公里的汝城县，为解决“中国中铁精准扶贫技能教育培训基地”学校住宿难的问题，中国中铁投入资金 3000 万元，用于建设技能教育培训基地学生宿舍工程项目。

该项目自 2019 年 10 月 11 日奠基以来，在工期短、任务重的情况下，中国中铁用“愿为汝城脱贫攻坚做贡献”的精神展现央企担当，克服天气影响，避免影响学生日常作息，严格把控施工时间，加强全面质量管理，实现了项目建设工作的高效、有序推进，经过 3 个月的紧张施工，顺利完成了两栋宿舍楼 6 层主体结构的建设，预计今年秋季投入使用。该项目将极大地改善学校的办学条件，为学校实现跨越发展打下坚实的基础。

新媒体 + 消费扶贫，以购代捐，以买代助

作为全国生态示范县，原生态、纯天然、全有机是桂东县扶贫农产品的特色，涵盖五谷杂粮、新鲜瓜果蔬菜、名贵中草药、特色干货、自然山珍等五大类。如何让中部地区的农副产品走出大山、走向全国？如何以消费的方式让扶贫产品变商品，让贫困户的收成变收入？

“大家看看我们今年的桂东黄桃，质量杠杠的。”这是中国中铁派驻湖南省桂东县沤江镇上东村第一书记孟建甫发布的一条短视频内容。

高山黄桃是上东村的一大特色农产品，但过去黄桃卖给收购商利润微薄。今年，孟建甫出谋划策通过短视频和朋友圈宣传，只花了半个月的时间，就将

中国中铁农产品推介会

村里 2 万多斤黄桃全部卖出。上东村村民杨冠超说：“因为少了中间商收购这个环节，我们直接比去年增收至少两万块。”

尝到甜头后，孟建甫很快将这种新媒体销售方式运用到了其他农产品上。他走进养蜂能手李文章的家里。李文章说，“孟建甫书记鼓励我办一个养蜂合作社。现在国家政策这么好，我有信心将蜜蜂养殖发展起来，带动村子里的村民一同致富起来。”

孟建甫思路广，还想尝试认购式订单销售。他说：“如果大家感兴趣的话，可以进行整箱认购，消费者交管理费，李文章进行全过程管理，包括采摘、包装、技术指导，同时提供短视频甚至直播，最终目的是实现从源头到最后消费者餐桌全过程的原生态和安全。”

不光是扶贫干部帮助农户广开销路，中国中铁作为强大后盾，仅在 2019 年就在桂东购买了 150 多万元的农副产品。在中国中铁的内部消费网上，专门开设了桂东县消费扶贫专区，将桂东县产品长期推到消费网上，让中国中铁所有员工享受到桂东优质、绿色、环保的农产品，实现双赢。

而中国中铁业务点多、线长的优势，也成为中国中铁消费扶贫的巨大优势。

2019 年 10 月下旬，中国中铁通过“深秋送暖、千里一线牵”活动，让桂东县贫困户的桂东花豆、薏米、笋干、黑小豆、高山冷水黑米等 300 份扶贫农产品直达长春中铁城小区业主家的餐桌。中国中铁扶贫暖心进社区活动在旗下中铁置业长春中铁城启动，通过“企业 + 企业开发小区 + 企业客户”的模式，将对口扶贫县的农产品送进开发建设的住宅社区，借助客户答谢、示范展示、社区活动等机会，用消费和购买的方式，为相隔两千多公里的贫困户和业主之间架起了桥梁，让扶贫产品直达业主餐桌，这是企业脱贫攻坚工作新尝试新实践。

除了借助电商和自身优势，中国中铁还积极利用各大平台资源，解决老百姓的后顾之忧。

2019 年 7 月，中国中铁借助《手挽手》节目平台，向广大观众推荐一款扶贫产品——汝城辣椒。中国中铁派驻湖南汝城县挂职副县长张立吉这样描述：汝城辣椒酱最大的特点是色泽鲜亮、色味浓厚、辣味适中，喜欢吃辣的会更喜欢，不喜欢的也会喜欢上。7 月 20 日节目播出后，到 10 月上旬，汝城县鑫利食品销售额增加近 30 万元，切实巩固脱贫成效。

辣椒虽小，却成了汝城带动贫困户致富的大产业。中国中铁投入资金，对贫困户种植辣椒技能进行统一培训，确保辣椒的质量。并通过发动企业员工

中国中铁帮扶湖南省汝城县“汝味真湘”活动

“以购代捐 ”“以买代助”的形式来帮助推广辣椒的销路。

自 2019 年“两节”以来，中国中铁开展精准扶贫“汝味真湘”消费扶贫专项行动，共帮助销售汝城县茶叶、山茶油、辣椒制品等各类优质农产品近 200 万元，直接帮助建档立卡贫困户近 700 人，人均增收 500 元左右，为困难群众持续稳定脱贫提供了有效途径和有力保障。特别是当年 7 月份，中国中铁精准扶贫“汝味真湘”消费扶贫专项行动帮助本地西瓜种植户销售西瓜 5 吨，解决了部分农户的西瓜滞销难题。

2019 年全年，中国中铁全系统共购买定点帮扶县农产品 666.78 万元，比 2018 年多 379.12 万元 。

2020 年是脱贫攻坚决战决胜之年。“入之愈深，其进愈难。”虽然中国中铁定点帮扶的三个县都已正式脱贫摘帽，但中国中铁的责任和行动仍在持续。摘帽不是终点，整体脱贫、稳定脱贫，坚决不返贫，乡村振兴奔小康，才是目标，实现“生态美、产业兴、百姓富”的美好愿景成为新的“长征路”。

从黄土高坡到雪域高原，从西北边陲到云贵高原，全国 14 个集中连片特困地区，基本都有中国中铁的工程项目，中国中铁充分发挥在建项目分布广，点多线长的特点，因地制宜开展扶贫开发工作，可以说“工程修到哪里，扶贫工作就开展到哪里”。

多年来，中国中铁下属 42 家单位中，先后有 29 个单位累计参与 104 个贫困县、贫困乡、贫困村的扶贫工作，18 个单位以捐款捐物、援建扶贫项目等形式积极参与扶贫工作。

下一步，中国中铁将以党中央脱贫攻坚精神为指导，将坚决贯彻落实“精准扶贫攻坚战”决策部署，摘帽“不摘责任、不摘政策、不摘帮扶、不摘监管”，持续用力，进一步整合资源，以愚公移山的勇气，咬定目标、苦干实干，狠抓工作落实，进一步巩固脱贫攻坚成果，构建长效脱贫机制，与贫困县干部群众携手并肩打赢这场扶贫攻坚战。

寄语 2020

党的十八大以来，以习近平同志为核心的党中央把脱贫攻坚摆到治国理政的新高度。习近平总书记亲自挂帅、亲自出征、亲自督战，吹响了打赢脱贫攻坚的号角。作为中央企业，中国中铁在实现自我发展的同时，积极履行社会责任。自 2002 年开始参与定点扶贫工作，特别是自 2017 年以来，尽锐出战，持续加大扶贫开发力度，累计投入资金 2.6 亿元，以干部扶贫、教育扶贫、重点项目援建、产业扶贫为主要抓手，通过持续发力，三个定点帮扶县于 2019 年上半年全部脱贫摘帽。

“雄关漫道，勇行者至”，2020 年是全面建成小康社会目标实现之年，是脱贫攻坚收官之年，中国中铁将认真贯彻落实党中央关于扶贫工作的重要部署。乘势而上，依托企业平台，保持攻坚态势、强化攻坚责任，坚持不懈抓好各项工作落实，全面助力脱贫攻坚目标任务如期全面完成。

——中国铁路工程集团有限公司党委书记、董事长　张宗言

企业名片

中国铁路工程集团有限公司简介

中国中铁是集勘察设计、施工安装、工业制造、房地产开发、资源矿产、金融投资和其他业务于一体的特大型企业集团，总部设在中国北京。作为全球最大建筑工程承包商之一，中国中铁连续14年进入世界企业500强，2019年在《财富》世界500强企业排名第55位，在中国企业500强排名第12位。

中国中铁先后参与建设的铁路占中国铁路总里程的三分之二以上；建成电气化铁路占中国电气化铁路的90%；参与建设的高速公路约占中国高速公路总里程的八分之一；建设了中国五分之三的城市轨道工程。

中国中铁业务范围涵盖了几乎所有基本建设领域，包括铁路、公路、市政、房建、城市轨道交通、水利水电、机场、港口、码头等。此外，公司实施有限相关多元化战略，在勘察设计与咨询、工业设备和零部件制造、房地产开发、矿产资源开发、高速公路运营、金融等业务方面也取得了较好的发展。

中国中铁在特大桥、深水桥、长大隧道、铁路电气化、桥梁钢结构、盾构及高速道岔的研发制造、试车场建设等方面，积累了丰富的经验，形成了独特的管理和技术优势。

中国中铁机械装备领先。公司能够自行开发及制造具有国际先进水平的专用重工机械，同时公司是世界上能够独立生产TBM并具有知识产权的三大企业之一。

中国中铁在全球市场久负盛名。

扶贫手记

作者：何志平，原中铁五局五公司党委办公室主任，2019年4月17日开始挂职，任湖南省汝城县马桥镇外沙村党总支第一书记。

【天天心语】走上脱贫攻坚之路，带上微笑，和快乐一起出发！不要停止奔跑，不要回顾来路，来路无可眷恋，值得期待的只有前方。

【工作纪实】2019年4月17日，将是我一生中难忘的一天。因为这一天，有着农村情结的我，从中铁五局五公司党委办公室主任岗位，作为中国中铁派驻汝城县马桥镇外沙村，出任村党总支第一书记的第一天。经组织程序选任，我带着中国中铁29万职工的信任出发，带着中国中铁、中铁五局和五公司各位领导的殷切嘱托，光荣地走上为期两年巩固脱贫攻坚的驻村帮扶之路。下午2点钟，在汝城县行政中心召开了中国中铁·汝城县巩固脱贫交流会议。会议由常务副县长李志强主持，会上中国中铁人才交流咨询公司总经理、中国中铁干部部副部长裴清宁宣布了我到马桥镇外沙村任职第一书记。我作了个简短的发言，表示一定要加强学习、务实工作、廉洁自律，汝城县住建局负责人汇报了县内基础设施建设总体规划情况、县职业中专负责人汇报了职中二期项目立项、预算、项目推进等相关情况……贾部长在讲话中指出，……2018年对汝城县来说是极不平凡、极不容易、极不简单的一年。为进一步减少和防止贫困人口返贫，如何巩固和进一步扩大脱贫攻坚成果，要保持镜头不换，力度不减，再上台阶。我们共同为汝城

的基础设施建设、特色小镇、养老、职教新城项目的推进提出三点要求：一是进一步提高政治站位。十九大明确提出脱贫攻坚是三大攻坚战之一，是民生工程，也是民心工程，要坚持“摘帽不摘责任、不摘政策、不摘帮扶、不摘监管”，保持攻坚态势巩固脱贫成果。要将扶贫和扶志紧密结合，突出在“两不愁三保障”的脱贫攻坚成果上出效果。二是对挂职干部的要求。要弘扬勇担当、善作为的工作精神，我们中国中铁每次选派挂职干部，都优中选优，不但是要看工作，还要考虑发展。我们的扶贫干部通过地方工作，学习到了地方上的好的作风，好的理念、思路、方法，能力在不断增强。不但要履行经济责任，还要履行社会责任、政治责任；要与地方工作人员打成一片，尽快转变角色，融入乡村建设中；发扬好中国中铁挂职干部的传统作风，发挥好联络员、宣传员、办事员作用，确保各项工作有效推进、落实落地。三是援建项目后期推进工作，确保顺利推进。挂职副县长张立吉，要与汝城县政府形成共建合力，确保职教新城二期工程在县委、县

政府的领导下，尽早开工、早日落地，让学生早日有学上。巩固脱贫攻坚，人才是第一资源。加快项目建设，是顺利完成汝城加快发展的期盼。最后贾部长用一句话总结：成都是去了不想走的地方，汝城是走了还想回来的地方。中国中铁干部部技术干部处处长胡丁旺、报社经理夏宜兵，中铁五局党委人事部熊国胜部长、廖红敏副部长，党委宣传部薛超，中铁五局五公司李光跃，中铁大桥局记者王一凡等人参加了会议。汝城县委办主任李雄、挂职副县长张立吉参加了会议。

紧接着，中国中铁挂职汝城县人民政府副县长张立吉带我到外沙村报到，局人资部熊国胜部长、廖红敏副部长，五公司党委李光跃副书记一起到外沙村参加我的任职见面会议，县委组织部驻村办李强生主任和李志文组长、镇党委黄志文书记和朱忠意镇长应邀参加会议，县派驻村工作队、镇驻村干部、村主干等14人参加会议。

【脱贫攻坚感悟】带着信任快乐出发，带着嘱托奋发向前，承担起了贫困人口最多的外沙村帮扶工作，全面开启了驻村第一书记助力脱贫攻坚的崭新生涯。响应中国中铁号召，抱着“不破楼兰终不还”的决心，接起了中国中铁的脱贫攻坚“接力棒”和“责任棒”。我能赶上巩固脱贫这场攻坚战且深入驻村一线，热血沸腾，激动自豪。

为决战决胜脱贫攻坚
贡献“黄金”智慧

“民亦劳止，汔可小康。”从2000多年前的《诗经》开始，“小康”作为丰衣足食、安居乐业的代名词，就成为中华民族追求美好生活的朴素愿望和社会理想。然而，“八山一水一分田”的贵州，横亘绵延于黔西南州的高山深谷，曾经桎梏了多少贞丰县儿女对美好生活的向往；“华夏泱泱万古长”的河南，得天独厚

中国黄金捐赠100万元支持河南省新蔡县贝蒂袜业发展，已累计用工760余人，累计发放工资和分红约830万元，带动脱贫约300户

的自然条件、勤劳坚韧的劳动人民、繁荣至今的农耕文化与新蔡县发展困境的对比，也曾困惑了多少干部群众奔向小康的希望。

党的十八大以来，以习近平同志为核心的党中央围绕脱贫攻坚作出一系列重大部署和安排，全面打响脱贫攻坚战，拓展了中国特色扶贫开发道路，脱贫攻坚取得决定性进展。党的十九大明确把精准脱贫作为决胜全面建成小康社会必须打好的三大攻坚战之一，作出了新的部署。

按照中央统一安排，中国黄金集团有限公司（以下简称中国黄金）自2011年起分别对地处大别山区的新蔡县、滇桂黔石漠化区的贞丰县两个国家级贫困县实施定点扶贫。经过多年努力，新蔡县已于2018年8月脱贫摘帽，贞丰县已于2020年3月脱贫摘帽。至此，集团公司定点帮扶的河南省新蔡县，贵州省贞丰县全部退出贫困县序列。九年定点扶贫之路，中国黄金与两个贫困县结下了深厚情谊，并探索总结出一套特色鲜明、成熟有效的扶贫模式。

大扶贫格局强化帮扶合力

中国黄金建立了“集团统筹抓总、企业广泛参与、扶贫干部推进落实”的大扶贫工作格局，合力推进定点扶贫工作。

总部成立了扶贫开发工作领导小组，党委书记、董事长任组长，班子成员全员参与，专门研究部署扶贫工作，多年来以领导小组名义累计召开集团扶贫开发工作会议、定点扶贫专题会议30多次。结合中国黄金开展“不忘初心、牢记使命”主题教育和隆重庆祝中华人民共和国成立70周年系列活动的工作成果，集团党委进一步加深了对打赢脱贫攻坚战重大政治意义的思想认识，进一步强化了作为中央单位定点扶贫国家贫困县的政治责任感和历史使命感，进一步明确了帮助新蔡县、贞丰县打赢打好脱贫攻坚战的战略蓝图。

集团主要领导赴两县调研20多次，听取和交流县委县政府“两不愁三保障”总体部署、落实情况和面临的困难，并围绕转变发展理念、提升内生动力、做实产业项目等提出建议、调整思路，切实用扶贫调研促进帮扶质量。在精准了解扶贫一线具体情况的基础上，向贫困县党委政府反馈建议问题50多

中国黄金捐赠 150 万元支持河南省新蔡县黄楼镇返乡创业园建设，并已引进 4 家种植、食品、材料企业，引入投资共计 3140 万元，产生销售额 1600 万元，带贫益贫 1400 人户，人均增收约 2 万元

项，有力推动了帮扶工作的有效开展。

为了更好发挥权属企业的联动作用，中国黄金从效益较好或距离受助地较近的下属企业中划定部分企业作为定点帮扶企业，现已从 8 家发展到 14 家，投入扶贫资金约占总额的 80%。在全集团合力扶贫攻坚的大格局下，直接投入的扶贫资金连年攀升，近 4 年直接投入定点扶贫资金就超过 6000 万元，其中 2016 年投入 350 万元、2017 年 679 万元、2018 年 1000 万元、2019 年 4017 万元，投入力度接近逐年翻番。

为将定点扶贫工作落到实处、让扶贫项目发挥实效，中国黄金不仅在资金方面给予资助，同时在人才方面也给予大力支持。九年来累计选派八位工作经验丰富、责任心和使命感强、不惧艰苦的干部先后到两县挂职工作。集团对这些挂职扶贫干部十分关心，集团领导时常过问扶贫干部的工作情况，了解困难，及时予以支持，并在扶贫调研时认真听取和交流扶贫工作，对他们进行慰问和鼓励。

分类帮扶保证精准施策

干非常之事，需非常之策，哪里是定点扶贫县脱贫攻坚主要矛盾和矛盾主要方面的集中区域，中国黄金就在哪里集中发力，谋划落实重点帮扶项。根据新蔡县、贞丰县脱贫攻坚事业不同阶段面临的不同需求，中国黄金党委认真学习贯彻中办印发的脱贫攻坚三年行动规划，制定印发了《中国黄金集团有限公司关于定点帮扶河南省新蔡县、贵州省贞丰县打赢脱贫攻坚战三年行动规划》，明确对两县进行分类帮扶，即对贞丰县以“促进贫困户持续增收，实现‘一达标两不愁三保障’，以扶贫扶智激发内生动力”为主要任务；对新蔡县以“巩固脱贫成果，提升基本公共服务领域水平，做好脱贫攻坚与乡村振兴战略衔接”为努力方向。围绕既定目标，中国黄金在两县先后实施了50多个扶贫项目，涵盖了产业扶贫、教育扶贫、就业扶贫、业务和技能培训、健康和文化扶贫等多个领域。

2015年冬天，贵州打响易地扶贫搬迁“第一炮”，启动历史上规模空前的易地扶贫搬迁，成为全国搬迁人数最多的省份。在贞丰县，中国黄金根据县委县政府“两不愁三保障”急切需求，调配整合扶贫资金850万元，专门用于解决教育保障短板问题，其中804万元用于捐建贞丰县龙场二中“黄金综合楼”，以解决移民搬迁点群众子女就学问题，建筑面积4.6万平方米，能满足3000名学生入学，其中包括移民搬迁户子女799人。

中国黄金支持贵州省贞丰县纳尧村建设活动室

脱贫攻坚战给贫困地区带来的不仅仅是财政转移支付的红利，更是一场“发展方式”的深刻革命。怎么种、如何卖？现代农业需要现代化的农业生产组织形式，中国黄金在瞄准“退得出”的基础上，聚焦“稳得住、可持续”，大力支持两县推行“龙头企业＋合

作社 + 农户”组织方式，以市场为导向，实施了近 30 个集体经济发展项目，推动当地农产品、加工品持续不断、大规模进入省内外大市场。

在新蔡县，中国黄金直接投资 100 万元，并成功协调贝蒂纺织公司扩大投资规模，帮助引入投资 1006 万元。目前，该项目每年可带动帮扶 70 余家贫困户及困难家庭人均增收 1500—4500 元之间。项目累计用工 760 余人，累计发放工资和分红约 830 万元，带动脱贫约 300 户；捐赠 150 万元支持返乡创业园建设，并已引进 4 家企业投资 3140 万元，产生销售额 1600 万元，带贫益贫 1400 人 / 户，人均年增收约 2 万元。这些经济项目从根本上破解了制约当地群众脱贫致富的瓶颈，让广大贫困人口彻底拔除了“穷根”、摘掉了“穷帽”。

扶志、扶智激发内生动力

中国黄金下属三门峡黄金工业学校是集技工培训、中专教育等为一体的多功能办学实体，是全国黄金系统唯一一所普通中等专业学校。中国黄金充分利用这一内部教育资源，逐步将其打造为集团“智志双扶”战略基地，开展全日制包分配教育扶贫和党政干部、致富带头人业务技能培训，为提升两县青少年文化素质，提高当地人力资本质量做出了积极贡献。

教育拔穷根是根本之策。中国黄金创新打造“思想引导 + 职业教育 + 企业就业”教育扶贫模式，从 2014 年开始，从新蔡县、贞丰县贫困家庭招收适龄学员和因贫辍学的孩子，进入“中国黄金宏志班”，免费进行中专教育。学校为宏志班学员提供定制式教育服务，通过德育教育和机电、机械加工、冶金、采选、化验等技能教育并举的半军事化管理，提升学员综合素质，培育自我发展能力，毕业后分配至中国黄金效益较好的矿山冶炼企业就业，实现“职教一人、就业一个、脱贫一家”，变“输血”为“造血”。

许多寒门子弟通过教育改变了人生命运。宏志班开班以来，已累计招生 361 人，安排就业 237 人。

针对两县在脱贫攻坚中存在的干部思想观念落后、工作方法单一，贫困群众脱贫动力不足等“精神贫困”问题，中国黄金面向两县党政干部、扶贫干部、致富带头人和基层党员干部，通过举办“黄金大讲堂”、外出考察学习、移动讲堂等形式，开展政治理论学习和业务培训，累计培训2000多人。

2019年，中国黄金邀请国务院扶贫办社会扶贫司定点扶贫处领导为贞丰县广大扶贫干部开展业务培训的基础上，结合培训精神，集团在三季度积极协调贞丰县脱贫攻坚指挥部和县扶贫办积极对接北京第三方评估公司，组织40多名业务骨干深入贞丰脱贫攻坚一线开展排查工作，在全县范围内组织开展实战演练培训，集中召开了问题反馈和业务培训会议，为助力贞丰高质量开展脱贫验收工作打下了良好基础。

针对两县缺少公共事业服务供给、贫困户缺乏专业知识和技能的现象，中国黄金每年定期举办专业技术人员培训，为农业技术人员讲授精品水果、茶叶产业，农业技术知识，为教师队伍提供职业道德、班级管理、教材教法、脱贫攻坚业务知识培训，对医疗卫生从业者进行儿童、孕妇、老人、病患等各类人群健康管理培训，近两年培训相关技术人员逾千人。

扶贫不养懒汉，家风决定乡风。中国黄金每年划拨专项扶贫资金，在贞丰县纳尧村、新蔡县余庄村两个选派驻村第一书记的对口帮扶村深入开展道德模范、文明家庭、孝子孝媳等一系列评选活动，大力表彰在积极传承中华民族传统美德和良好家风家训等方面表现突出、事迹感人、群众认可的模范家庭，并兴建脱贫攻坚文化长廊文化广场，宣传国家扶贫惠农政策，展示脱贫先进典型，引导群众感党恩、记党情、跟党走，转变发展观念，补足“精神之钙”，激发脱贫动力。

模式创新广纳八方支援

中国黄金在开展定点扶贫过程中，注重开发式扶贫和保障式扶贫并举，一方面高度重视直接帮扶对脱贫的拉动作用，另一方面坚持将资源开发和带贫益贫深度融合，广泛吸纳矿山周边社区贫困户就业，充分发挥产业的辐射带动作用。同时，利用企业和行业资源，积极动员社会力量参与脱贫攻坚。

中国黄金于2016年在贞丰县通过3亿元美元收购了贵州锦丰矿业有限公

中国黄金在贵州贞丰县为过六一儿童节的小学生发放节日礼物

司，其拥有的锦丰金矿属百吨级超大型金矿，日处理金精矿 790 吨，规模位列世界第三位，年产合质金 4 吨左右。如何将企业发展的成果惠及周边贫困群众、促进当地经济社会发展，是中国黄金认真思考的问题和努力的方向。经过多年探索，“四方共创”平台应运而生。

“四方共创”平台是由贞丰县党委政府、外部科研机构、锦丰公司、矿区周边社区四方共同参与的发展利益带动模式，对当地社会经济发展起到了积极作用。集团收购锦丰公司后，“四方共创”平台成立了标准化党支部，开启了党建促脱贫的新时期。

2019 年，“四方共创”平台留下一连串数据，作为中国黄金扶贫之路的注脚，同时见证了矿区周边贫困群众勤劳致富的鸿篇：

通过税收上缴、各类生产资料、生活物资采购等形式，累计为贞丰县创收超过 2 亿元；

安排贞丰籍居民就业 475 人，本地员工占锦丰公司员工比例已达 46%，近两年放工资总额近 7000 万元；

中国黄金宏志班学员参加三门峡创吉尼斯世界纪录志愿者活动

中国黄金宏志班学员毕业证书和职业资格证书

与周边四个村委会签订《矿区零星土建工程合同》，完成锦丰公司零星土建工程13项，结算工程款总额85万元。

与贵州师范大学合作开展的矿区贫困家庭中小学生助养项目已为363名中小学生申请到了公益资助金95.5万元，企业资助周边三个村共103名大学生、高中生共计73.4万元，捐赠各类学习用品7万元。

2019年6月25日，在国务院国资委召开的庆祝中国共产党成立98周年暨中央企业“两优一先”表彰大会上，“四方共创党支部”被国资委党委授予“中央企业先进基层党组织”荣誉称号。

贞丰县黄金资源丰富，但工业基础较为薄弱，为使企业发展成果更好地促进当地经济社会发展，中国黄金组织了矿产资源专家深入贞丰县一线开展产能调研，对其矿山资源潜力进行评价论证，为今后资源开发和招商引资奠定基础，切实巩固贞丰县“中国金县”的金字招牌。

中国黄金通过积极争取，邀请中国扶贫基金赴贞丰县参观调研，对产业扶贫生产规模化、经营标准化、管理规范化等方面提出宝贵建议，对民宿开发提出指导性建议，并通过基金会为贞丰县第三中学争取到中国画学会教育捐赠资金30万元和无偿提供的教育资源。

为支持新蔡县、贞丰县探索电商扶贫新途径，发展电商经济，拓展农特产品销售渠道，带动当地贫困户增收，中国黄金与中国建设银行、中国农业银行积极合作，分别将两县农特产品统一整合到建行“善融商务”平台和农行“扶贫商城”专区，并于第六个国家扶贫日前上线。集团党委专门下发通知，号召权属企业和广大职工进行扶贫产品消费，并协调建设银行向集团职工派发优惠券，开馆仅 2 个月销售额近 180 万元。加上集团于 2018 年作为首批 11 家中央企业之一入驻的国务院扶贫办下属中国社会扶贫网央企扶贫馆，中国黄金目前已推动上线 3 个电商扶贫馆。

不获全胜决不收兵

新蔡县、贞丰县村村户户的蜕变，是两地高质量脱贫的一个个剪影和缩影。

进入 2020 年，脱贫攻坚已经到了收官阶段，不论是新蔡县的稳贫还是贞丰县的脱贫，面对的都是难啃的硬骨头，要完成这个目标不容易，中国黄金的任务依然艰巨。

习近平总书记在新年贺词中指出，2020 年是脱贫攻坚决战决胜之年。冲锋号角已经吹响，庄严承诺激荡人心。

十年磨一剑，十年圆一梦，中国黄金将坚决贯彻中央“四个不摘”总体要求，认真落实国务院扶贫办、国务院国资委有关要求，聚焦定点扶贫县脱贫稳贫目标，以更扎实的工作、更务实的作风，用情用力、同心同德，帮助两县高质量打赢打好脱贫攻坚战！

寄语 2020

为打赢脱贫攻坚战贡献中国黄金力量

天不言而四时行，2020年如期而至。这是具有里程碑意义的一年，千百年来困扰中华民族的绝对贫困问题将历史性地画上句号，我们将打赢脱贫攻坚战，决胜全面建成小康社会，实现第一个百年奋斗目标。

作为我国黄金行业唯一的中央企业，中国黄金集团有限公司坚决落实习近平总书记提出的“以人民为中心”的发展思想，努力让企业改革发展成果更多更好地惠及广大人民群众。在全国12个省、自治区的33个国家级贫困县和河南省新蔡县、贵州省贞丰县两个定点扶贫县，以及新疆、西藏、民族地区、边远贫困地区大力开展援助帮扶和投资建设，集团公司已累计扶贫投入上亿元，取得了显著的扶贫成效。

及时当勉励，岁月不待人。打赢脱贫攻坚战是一项光荣而艰巨的历史任务，中国黄金人将以成为这个历史性任务中的参与者、贡献者和搏击者为人生之大幸，既为全面建成小康社会跑好“最后一公里”，又要努力实现创建世界一流黄金产业集团目标，为全面建设社会主义现代化国家新征程做出自己的贡献。

——中国黄金集团有限公司党委书记、董事长 卢 进

企业名片

中国黄金集团有限公司简介

作为我国黄金行业唯一一家中央企业，中国黄金协会会长单位，世界黄金协会中国首家董事会成员单位，中国黄金集团有限公司组建于2003年，其前身为国家黄金管理局、中国黄金总公司。在黄金资源储量、精炼金产量、黄金投资产品市场占有率、黄金选冶技术水平、上海黄金交易所综合类会员实物黄金交易量等五项指标，中国黄金集团有限公司均位列国内第一。

作为集地质勘探、矿山开采、选矿冶炼、产品精炼、加工销售、科研开发、工程设计与建设于一体的大型综合性产业集团，中国黄金集团有限公司拥有完整的上下游产业链，业务范围还涉及辐照加工、产业金融服务、文化传媒等多个领域。

面对国企改革的新要求，国际国内黄金产业发展的新格局，中国黄金集团有限公司坚定向实体产业集团发展的战略方向，确立了创建最具价值并受人尊敬的世界一流黄金产业集团的战略定位，以金为主，强化全产业链优势，以多金属开发和产业服务为两翼，加快培育发展新动能，大力推进国际化经营。

中国黄金集团有限公司深入贯彻“以人民为中心”的发展思想，秉承“黄金为民”的价值理念，以满足人民对美好生活的向往为目标，坚持发挥黄金全产业链优势，坚持矿产资源开发与黄金珠宝首饰设计生产销售、相关服务产业协同发展，充分发挥黄金上下游产业链协同效应，加快培育企业高质量发展新动能，大力推进国际化经营，做强做优黄金实业主业，在全球黄金矿业和黄金珠宝首饰产业发展中，形成国际话语权和影响力、竞争力。

中国黄金集团有限公司将以高度政治责任感和历史使命感，审视自身在中央企业、在黄金行业，在新时代里的定位，在全面建成小康社会和建设社会主义现代化强国的历程中，在经济发展、科技进步、市场升级的锤炼中，不断提升含金量和竞争力，在引领中国黄金行业稳居全球第一的同时，打造出世界领先的黄金产业集团。

扶贫手记

作者系中国黄金集团有限公司驻河南省新蔡县余庄村第一书记梅硕朝

早上，余庄村脱贫责任组副组长李文忠拿给我一份文件——“关于全县2019年度脱贫攻坚成效考核实施方案”，说是明天县里要来检查，检查组除了要走访贫困户了解情况外，还要对村委干部、驻村工作队员进行访谈，驻村第一书记也不例外，又给了我一份访谈提纲，让我提前准备一下，可能会提问。

紧接着，村委干部一起开了个碰头会，大家在办公室商量明天检查事宜。会议上村支书管道峰强调了此次检查的重要性，要求各村委干部负责各村民组贫困户管理情况。会议通知下午召开

贫困户培训会，给大家传达一下明天检查事宜，把建档立卡户入户调查表内容给大家讲解一下。

会后，我温习了今年做过的事情，整理了一下可能会提到我的一些问题，跟村委干部聊了聊哪一户还需要重点关注一下。其间今是街道办事处主任（兼余庄村脱贫责任组组长）到余庄村，给我们讲了讲明天检查需要注意的事项，没吃午饭就走了。

下午，召开余庄村贫困户会议，所有建档立卡贫困户和村委干部参加了会议。会上，村支书简单传达了“关于全县2019年度脱贫攻坚成效考核实施方案”文件内容，让各户回去后将家里面环境卫生搞一搞，做好迎接检查准备。帮扶责任人高志宏跟大家一起温习了今年的帮扶政策和措施，并把建档立卡户入户调查表内容给大家详细地讲解了一遍。会议上随机提问了几个问题，大家答得都挺好，感到很欣慰，毕竟给大家做的工作都得到理解和认可。我给大家简单讲述了此次检查的意义之后就散会了。

散会后，我和李海娜去慰问了李好英和王守勤。李好英两口子在家正准备晚餐食材，老两口身体状况挺好的，家里面环境保持可以。跟老两口拉了拉家常后，我们去了王守勤家，他不在家，只有他的妻子在家，家里面环境卫生很差，他的妻子存在精神问题，没有办法进行正常的交流，打电话也联系不上王守勤，我们待了一小会儿就走了。

不知不觉天就黑了，大家都回家去了，我也回到了我的住处——村委大院二楼，这一天工作很充实，跟大家相处也很和谐。白天和晚上形成了鲜明的对比，白天热闹，来来往往很多人，晚上安静，自己一个人在屋里，感觉掉根针在地上都能听见。

作者系中国黄金集团有限公司驻贞丰县纳尧村第一书记王晓东

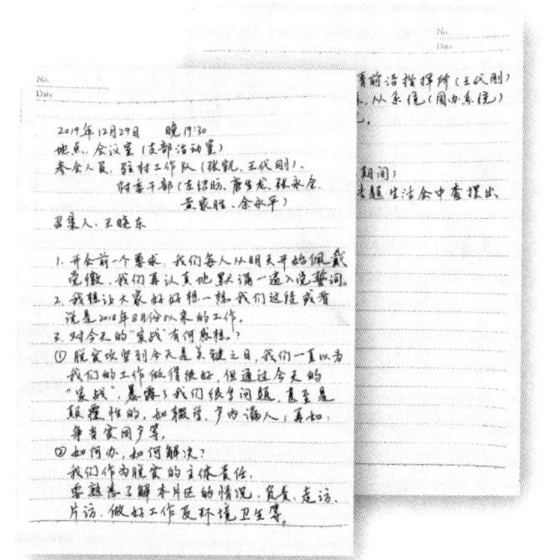

2019 年 12 月 29 日　晚 19:30

地点：会议室（支部活动室）

参会人员：驻村工作队（张凯、王代刚）、村委干部（左绍昉、唐生龙、张永全、黄家胜、余永平）

召集人：王晓东

1. 开会前一个要求：我们每人从明天开始佩戴党徽，我们再认真地默诵一遍入党誓词。

2. 我想让大家好好想一想我们这段或者说是 2018 年 8 月份以来的工作。

3. 对今天的“实战”有何感想？

①脱贫攻坚到今天是关键之日，我们一直以为我们的工作做得很好，但通过今天的“实战”，暴露了我们的很多问题，甚至是颠覆性的。如辍学、户内漏人；再如：争当贫困户等。

②如何办，如何解决？

我们作为脱贫的主体责任；要熟悉了解本片区的情况，负责：走访、片访、做好工作及环境卫生等基本信息情况，请前沿指挥所（王代刚）与街道一线指挥联系，从系统（国办系统）中导出最新信息情况。

③强调一下纪律：

要按时

不准饮酒（工作期间）

自己对照自己在专题生活会中查摆出的问题，解决。

【重磅链接】

央企扶贫基金
探路"集团军"作战模式
打造央企扶贫品牌

在脱贫攻坚战场上，国务院国资委和中央企业承担着 246 个国家扶贫开发工作重点县的定点帮扶任务，成为这场战役中的集团军、生力军。

为了赢得这场与贫困之间的斗争，国务院国资委充分发挥中央企业的资金优势、市场主体优势，凝心聚力，改革创新，牵头设立了中央企业贫困地区产业投资基金（以下简称央企扶贫基金），作为中央企业服务国家脱贫攻坚战略的重要载体，探索出一条市场化运作、专业化管理，促进贫困地区产业发展，带动贫困人口稳定脱贫的新路。

凝心聚力　全员覆盖
蹚出产业基金扶贫新路子

2015 年 11 月 29 日，《中共中央国务院关于打赢脱贫攻坚战的决定》中提出"引导中央企业、民营企业分别设立贫困地区产

央企扶贫基金成立

业投资基金，采取市场化运作方式，主要用于吸引企业到贫困地区从事资源开发、产业园区建设、新型城镇化发展等。”

2016 年 10 月，经国务院批准，由国务院国资委牵头，财政部参与，中央企业出资的央企扶贫基金正式成立。经过三年多的发展，国务院国资委监管的全部中央企业和财政部履行出资人职责的中国邮政共 96 家中央企业参与出资，基金规模达 314.05 亿元。截至 2020 年 3 月，央企扶贫基金完成投资 226.27 亿元，撬动社会资本超 2100 亿元，全部投产后，预计将带动 42 万人直接或间接就业，为就业人口每年提供收入 35 亿元，为地方政府每年提供税收 25 亿元，为国企以工补农走出了新路，成为央企扶贫领域的金字招牌。

如何实现发挥市场在资源配置中的决定性作用和体现中央企业社会责任相统一？央企扶贫基金的募集投资使用等做出了系统严格的规定。基金存续期 15 年，存续期内不向股东分红，回收资金滚动投资。主要投资于贫困地区资源开发利用、产业园区建设、新型城镇化发展等；优先支持吸纳就业人数

央企扶贫基金揭牌

多、带动力强、脱贫效果好的项目；重点支持贫困人口多、贫困发生率高的省区、革命老区、少数民族地区和边疆地区。

央企扶贫基金由中央企业中唯一的投资控股公司，首批国有资本投资公司改革试点单位——国投集团所属全资企业国投创益产业基金管理有限公司运营管理。被委以重任的国投集团将管好用好央企扶贫基金作为一项重要的政治任务，坚决贯彻落实习近平总书记关于扶贫工作的重要论述，在国资委党委领导和中央企业支持下，坚持服务国家脱贫攻坚战略，扎实推进产业基金扶贫工作。

记者曾多次走访央企扶贫基金投资企业、投资项目、投资区域，所到之处，所访之人对于国投创益管理团队的政治认识和专业水平给予了高度肯定。

三年来，央企扶贫基金不断探索可复制的产业基金扶贫模式，不断加大对贫困地区的投资力度，增强贫困地区的“造血”功能和内生动力。尤其在“三区三州”等深度贫困地区，央企扶贫基金集中投资一批对贫困地区产业带动作用大、扶贫效果好的龙头企业和IPO项目，希望投入可以真正带动贫困地区产业发展。

2017年央企扶贫基金向青海国投旅游资源开发有限公司投资1.5亿元，重点用于旗下察尔汗盐湖国际生态旅游项目、青海省自驾游营地建设等项目的开发、建设和运营，项目覆盖了四省藏区、六盘山区共计10余个贫困县。项目建成后，预计可带动当地1300名贫困人口就业。同时还可通过乡村旅游、民族手工、特色文化等服务业带动当地约1.3万贫困人口实现就近就地脱贫致富，探索出一条旅游扶贫、文化扶贫、精神扶贫的路子。

2017年央企扶贫基金向亿利生态修复股份有限公司投资1亿元，用于西藏山南地区的生态修复工程。该项目以“生态造血型治本扶贫”方式，在山南市雅江流域，以甘草中药材供应链、沙漠生态旅游、养殖业等产业扶贫、生态职业教育扶贫、乡村振兴移民搬迁扶贫等方式，通过产业带动扶贫，将扶贫与扶志、扶智、扶弱全面结合，帮扶西藏山南市整市脱贫、带动贫困群众实现稳定脱贫奔小康，探索出一条“党和国家政策性引导、央企扶贫基金产业化投资、西藏民工联队和地方农牧民市场化参与、高科技依托持续化创新”四轮驱动的“西藏山南生态扶贫新模式”，实现了生态效益、经济效益和社会效益的有机统一，走出了一条扶贫扶智扶弱、环保生态与经济发展并重的中国特色生态扶贫之路。

2018年，央企扶贫基金向云南铜业股份有限公司投资5亿元，主要用于支持云南楚雄彝族自治州、迪庆藏族自治州等深度贫困地区采矿业发展，通过利用贫困地区资源禀赋，一是促进当地贫困人口就业，增加贫困人口收入；二是增加地方政府税收，增强贫困地区基础设施建设，云南铜业年均贡献税收超10亿元；三是助力贫困地区产业发展，通过产业链上下游带动当地经济发展，探索出一条利用扶贫地区特色产业资源脱贫致富的路子。

“三区三州”被喻为国家全面建成小康社会最难啃的“硬骨头”。近年来，央企扶贫基金在此投资20个项目，金额41.52亿元，占总投资的18%。

宝剑锋从磨砺出，梅花香自苦寒来，在“集团军”的大力帮扶下，最难啃的“硬骨头”终于驶上发展的“快车道”。

借船出海　示范带动
产业扶贫实现可持续脱贫

独木不成林，一花难成春。在央企扶贫基金的带动下，中央企业纷纷走上基金扶贫的路子。国家能源集团设立了绿色生态保护扶贫基金、中国建筑与甘肃省共同设立丝路交通发展基金、中国船舶集团在定点扶贫县设立扶贫基金，拉动社会投资促进地区发展和贫困群众增收。

坚持改革创新，资本运作、基金扶贫的市场化路子越走越宽。央企扶贫基金通过打造扶贫资本运作平台，带动各类资本到贫困地区投资。这些基金投资的不少项目不仅有很好的社会效益，而且兼顾了经济效益，为产业扶贫、市场化扶贫走出一条可持续发展之路。

央企扶贫基金如何下好产业基金扶贫“棋子”？使产业基金扶贫更加精准？这首先得益于央企强大的资金和市场化优势。据了解，央企扶贫基金充分用好“国有资本期限长、股东产业背景雄厚以及投资方式灵活”三大优势，根据企业发展阶段，灵活使用股权、债权、子基金等投资方式进行投资布局，与

央企扶贫基金投资企业德天瀑布（亚洲第一大跨国瀑布）

中航工业、中石油、中铝集团、港中旅、中广核、中国电建等围绕央企主业合作了 23 个项目，金额 82 亿元，达到基金投资总额的 36%。

牢牢抓住聚焦产业这一持续脱贫的牛鼻子。深入分析贫困地区资源禀赋，全面论证行业投资机会，精心筛选出现代农业、高端加工制造、矿产资源开发、医药健康等重点支持产业，打造了现代农业、资源开发、清洁能源、医疗健康、产销对接、产业金融、资本运作等七大产业扶贫平台，涉及项目 78 个、金额 181.42 亿元，占总投资 80%。

实现央企扶贫基金与贫困地区的深度握手，另外一个不可忽视的角色就是行业龙头企业。在投资运营过程中，紧紧依托国有、民营、外资等各类产业龙头，在贫困地区投资了一批产业带动大、扶贫效果好的项目，为贫困地区脱贫奔小康提供了可持续发展动力。与贵州产投、四川能投、云南能投、河南农开、青海省投等省属国企通过直接投资或设立子基金方式合作项目 25 个，金额 72 亿元；与牧原集团、天士力集团等大型民营企业合作项目 23 个，金额 47.55 亿元；与外资合作项目 2 个，金额 1.3 亿元。

结合基金管理团队多年的经验，组合投资和基金杠杆也起到了“四两拨千斤”的效果。

为兼顾社会效益和经济效益，实现基金整体保本微利和扶贫带动目标，坚持稳健保守的投资策略，从区域分布、产业类型、投资方式、发展阶段等多维度出发构建投资组合。即通过投资位于深度贫困地区、扶贫效果显著但经济效益一般的中小项目，来解决中小企业融资难融资贵难题；通过投资与央企、省属国企、大型民营龙头企业合作的经营稳健、收益有保障、扶贫效果好的项目，充分发挥龙头企业优势，帮助地方开发特色资源、发展产业；通过投资经营理念和技术先进的证券化项目，提高贫困地区企业经营管理水平，推动产业升级，通过上市退出取得较高收益，提升基金整体回报。

根据外部形势和行业发展，动态优化调整投资组合，努力达到基金行业平均收益水平，实现基金滚动投资、可持续发展。

在用好投资组合的同时，充分发挥基金杠杆作用，引导撬动社会资本近 1 倍。央企扶贫基金将投资项目的社会效益作为筛选投资对象的重要依据，健全

央企扶贫基金投资企业民勤中天羊业

社会效益指标评估体系，密切投资企业与贫困户的利益联结，切实发挥产业扶贫效果。

专家指出，用好产业扶贫资金可帮助贫困人口提升自身潜能，培育新型职业农民，为减少和防止脱贫后返贫提供有力保障，实现“一次性扶贫”向“可持续性扶贫”迈进的重要使命。

经过三年来的探索与实践，央企扶贫基金总结形成了产业基金扶贫模式——通过产业基金的扶贫体系、扶贫方式指导投资实践，带动各类资本投向贫困地区；发挥国有资本优势，“借船出海”放大扶贫效益；坚持组合投资理念，实现了基金整体保本微利和带动扶贫的目标。

利益联结　共生共荣
扶贫、扶治“两手抓”

“中央企业贫困地区产业投资基金，是国资委整合央企力量精准扶贫的有益探索。扶贫基金因扶贫而设，要切实管理好，要引领带动更多社会资金参与脱贫攻坚，努力探索可持续的产业扶贫模式。”国务院国资委党委书记、主任郝鹏 3 月 10 日在国投集团调研指导并主持召开座谈会时强调。

央企扶贫基金总经理、国投创益董事长王维东表示，央企扶贫基金将在总结经验的基础上，进一步创新基金投资和管理模式，充分引导、带动各类资金到贫困地区投资，解决贫困地区融资难、融资贵、融资慢等现实问题，支持当地优势特色产业发展，打造永续的产业发展平台，在贫困地区尤其是深度贫困地区建立“搬不走的银行”。

央企扶贫基金始终将带贫减贫作为基金投资管理的第一指标，不断创新和完善基金投资企业与贫困户的利益联结机制，针对不同行业采取不同形式的带贫模式，构建企农双赢共同体。

例如现代农业，基金通过龙头企业向贫困户提供产品收购、免费生产资料、技术指导等各种类型服务的形式，实现农户增产提质、节本增效和企业的轻资产、高回报运行；矿业资源，基金坚持把贫困户精准受益作为产业扶贫的主要目标，让贫困户分享企业发展红利、深度参与企业生产，变简单“扶持到户”为“效益到户”，通过企业各项基础设施建设投入发展贫困地区特色资源，进行对口帮扶，带动贫困农民就业，实现从传统农民到产业农民的身份转变；制造业，企业可带动贫困地区人群就业，还可解决企业用工难题，同时上缴各项税费；医疗行业，以企业引入医疗队，为贫困地区提供专业的医疗服务，且费用适当减免；旅游业通过开设餐厅、商店、民宿以及从事导游、运输等自主

央企扶贫基金投资企业云南铜业

2020 年 3 月，国资委党委书记、主任郝鹏同志到国投调研央企扶贫基金投资运作情况

创业平台为贫困人群提供更多机会。

谈到基金管理模式，国投创益相关负责人表示，现实经验表明，对投资企业的扶“治”和对贫困人口的扶贫同样重要。

一直以来，央企扶贫基金把投资企业作为命运共同体，同时也视为扶贫战场“亲兄弟”。在贫困地区的很多企业，虽然在扶贫带贫方面效果显著，但在现代企业制度建设方面存在短板。央企扶贫基金便与投资企业一道完善企业制度规范，帮助企业制度化规范化运营。在基金扶贫过程中，积极扶持有理想、有干劲、有情怀、讲信用、负责任的企业家，为贫困地区群众培育一批具有持续带富能力的创业致富带头人。

自央企扶贫基金成立以来，连续三年举办投资企业财务专业培训会，累计培训投资企业财务负责人超 200 人次，为投资企业规范财务管理提供持续动能；举办涉农企业专项培训会，30 余家涉农企业参与，就行业发展和交流提供平台；举办资本运作专项培训会，为十余家有上市准备的企业提供指导和帮助。

另外，央企扶贫基金作为中央企业“集团军”作战的主体，深刻地领悟到党在脱贫攻坚中的作用。在投资后，不断加强和促进所投资入股的民营企业，即混合所有制企业的党建工作，使党组织的战斗堡垒作用得以充分发挥。

国投创益团队通过对投资企业实地调研和党建信息采集汇总，按照分类施策、因企制宜的原则，采取一系列举措加强混合所有制基金投资企业党建指导工作，连续三年举办投资企业党建工作培训交流会，累计培训投资企业负责人150余人次，还会派出党建工作指导员，对投资企业进行分类指导，切实确保企业党建和生产经营的有机结合。

经过不断探索，央企扶贫基金形成“一个目标、两个原则、三个保障、四个主体、五个标准”的产业扶贫体系，即以探索市场化的产业基金扶贫方式，促进贫困地区区域经济发展为目标；以坚持产业基金扶贫效果，坚持产业基金保值增值、有效退出为原则；保障基金治理结构、保障风险控制体系、保障稽核监控体系完善；以“产业基金 + 企业 + 贫困地区资源 + 贫困人口”为主体；建立“投资决策规范化、团队建设专业化、运作管理信息化、投后管理增值化、对外形象品牌化”五个标准。

2020年，要确保如期实现全面建成小康社会的第一个百年奋斗目标，剩余的脱贫攻坚任务依然艰巨。央企扶贫基金作为国务院国资委坚强领导，中央企业全员参与的央企扶贫品牌，结合在贫困地区投资的经验，探索形成的产业基金扶贫模式，将在发挥举国体制优势和坚持市场化运作中，为打赢脱贫攻坚战贡献央企力量，还将复制延伸到经济社会的相关领域，实现可持续的扶贫长效机制，为服务乡村振兴战略，实现第二个百年目标贡献央企方案。

央企扶贫基金最新进展请扫描

【数说扶贫】

航空工业集团 扶贫2019

党建扶贫：

结合"不忘初心、牢记使命"主题教育，建立党建帮扶联系点，开展结对帮扶，借鉴"1122"党建工作体系，建强村级党组织。

产业扶贫：

投入1739.17万元，通过农业、工业、服务业等第一、二、三产业相结合方式，规模化打造产业品牌，努力建立扶贫"造血"机制。

教育扶贫：

开展青年讲师团支教，在贵州和陕西航空单位选派抽调优秀青年员工共39人次组成扶贫讲师团；开展"蓝粉笔"乡村教师培训公益行动，对近2000名基层教师进行了培训。

消费扶贫：

建立"天虹商场实体店+爱心航空电商平台+单位集采"销售渠道网和"集团公司+扶贫现场指挥部+帮扶协作区"消费帮扶协作网，购买贫困县农产品1795万元。

医疗扶贫：

持续开展北京高端医疗扶贫精准对接贫困县活动，通过北京医疗博士团、一对一导师制等具体举措，诊疗患者1000余名，提升贫困县医疗卫生水平。

劳动力扶贫：

通过开展订单式培训项目共招收56名贫困地区学生；积极参加专场招聘会，累计招收安顺四县劳动力就业350人。协调工业项目合作单位和扶贫车间录用100多名贫困劳动力。

文化扶贫：

开展航空科普活动，共有4022名学生参与。开展乡村文化旅游活动，仅普定县荷花节2019年接待游客6万余人，直接产生经济效益150余万元。开发红色旅游，在西乡县骆家坝镇建立红色景区。

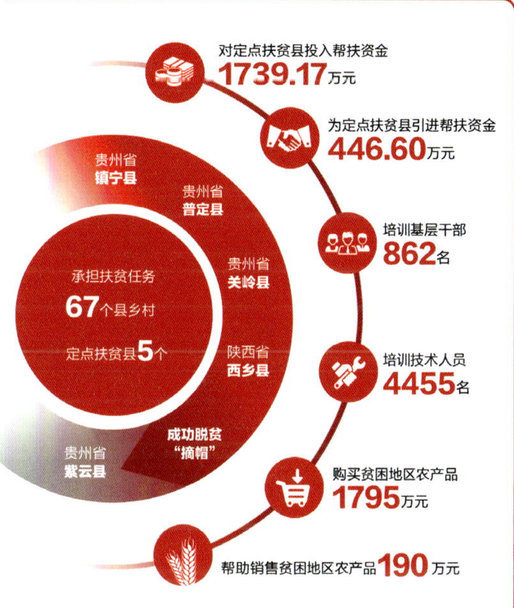

中国航空工业集团有限公司

中国兵器工业集团 NORINCO GROUP 2019年定点扶贫

定点帮扶：

云南省红河县 黑龙江省甘南县

投入帮扶资金 **1720 万元**

引进帮扶资金 **860.5 万元**

培训基层干部 **267 人**

培训技术人员 **1180 人**

购买贫困地区农产品 **454.54 万元**

帮助销售贫困地区农产品 **820.4 万元**

带动建档立卡贫困人口脱贫 **2601 名**

产业扶贫

投入 1278 万元，实施农机服务队项目、东发村酸菜厂、电商扶贫、稻田养鱼等扶贫项目，惠及贫困人口近 2 万人。

教育扶贫

投入 95 万元，建立 5 个兵工计算机教室，惠及 2500 名学生；为 50 名贫困高中毕业生发放助学金。

医疗扶贫

投入 30 万元，为红河县宝华镇、甲寅镇和乐育镇配备医疗设备。

人员培训

投入 72 万元，为红河县和甘南县培训基层干部 267 人、致富带头人 100 人、班主任 1080 人。

"两不愁三保障"

投入 220 万元，添购 10100 套床架，帮助 8183 户贫困户解决了居住问题。

中国兵器工业集团有限公司

中国石油天然气集团有限公司

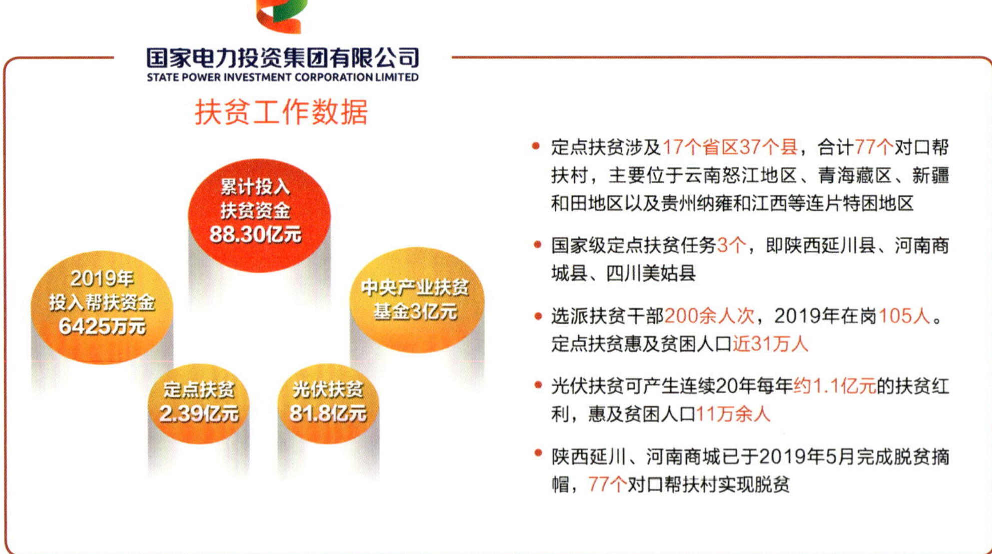

国家电力投资集团有限公司

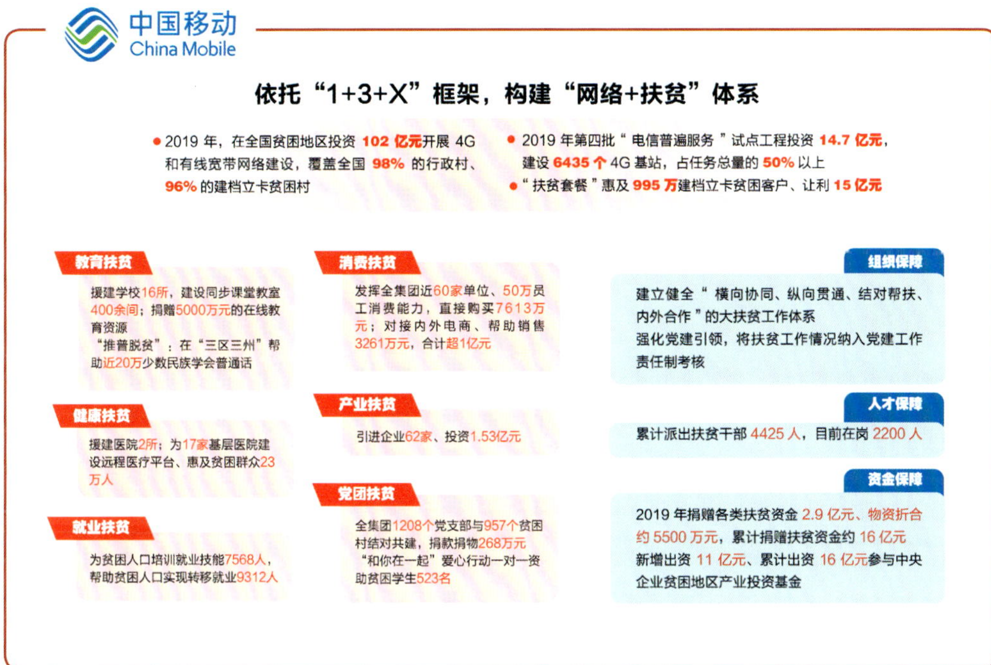

中国移动通信集团有限公司

东风汽车集团有限公司

2019年东航集团扶贫

- 一年来，实际投入帮扶资金1825.17万元，引进帮扶资金253.26万元，培养贫困县基层干部423名、培训技术人员583人次，完成消费扶贫（农副产品）近千万元
- 牵线全球商业合作伙伴共同扶贫

航空扶贫

涉及临沧、沧源航班 4839架次

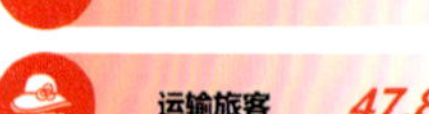

运输旅客 47.86万人次

航线带动GDP 8.6亿元

解决就业 13065人

放眼全国，东航航班飞抵68个贫困地区机场，辐射352个贫困县

产业扶贫

党建引领，创新机制，带动贫困人口10689人，成立沧源残疾人产业扶贫基地

安全饮用水

投入1077万元，援建沧源农村饮用水工程，惠及3862名当地百姓

教育扶贫

“援建、助学双投入”办好东航双江宏志班；“圆梦助学”惠及5500名学生

医疗扶贫

对接上海医疗资源开展义诊带教，全年开展手术57台，带教培训382人次，义诊患者218人

中国东方航空集团有限公司

中国中化集团公司
SINOCHEM GROUP

2002年起承担定点扶贫和对口支援任务，目前定点帮扶内蒙古赤峰市林西县和阿鲁科尔沁旗（简称阿旗），对口支援西藏日喀则市岗巴县和青海海西州大柴旦地区。多年累计派出干部**40人次**，投入资金**6.16亿元**，实施项目**186个**，累计投入**3.02亿元**参股中央企业贫困地区产业投资基金，先后帮扶的和林格尔县、清水河县、林西县、大柴旦地区、德令哈市、岗巴县、阿旗等**7地**目前已全部退出贫困县序列。

产业扶贫

- 在全国各省区农村建立现代农业技术服务平台**142个**，服务管理耕地**256万亩**，服务规模种植户**2.1万户**，带动农民增产增收超过**2.5亿元**，并在全国**4个**集中连片特困地区中的**8个县/区/旗**开展农业产业扶贫。
- 熊猫指南已发布三期榜单，其中2019年春季榜单上榜**27款**国贫县农产品，占榜单产品总数的**20%**，带动贫困地区农产品销售提升。未来三年，榜单将覆盖**300余个**贫困县优质农产品，帮助贫困地区农产品扩大销路。

金融扶贫

- 累计投入**3.02亿元**参股中央企业贫困地区产业投资基金，发挥金融业务优势，投入**200万元**成立北京信诺公益基金会。

教育扶贫

- “圆梦行动”公益项目实施6年来，中化集团组织员工与内蒙古、西藏、青海等受援地贫困学生结对帮扶，广大中化员工慷慨解囊，倾情相助，累计帮扶贫困学生**3600余名**，捐款总额超过**480万元**，帮助受援地区贫困学生完成“求知梦”。
- 中化集团近年开展各类专项培训，培训基层干部**2100余名**、技术人员**2500余名**。各MAP技术服务中心培训达**434场**、发放技术资料**8万多份**、服务作物**40余种**、制定“技术+生产”方案**79套**。

中国中化集团有限公司

中国五矿集团有限公司 2019年扶贫主要数据

帮扶19个产业扶贫项目、9个“两不愁三保障”民生项目（含5个教育扶贫项目和1个“救急难”项目）

- 中国五矿承担云南省、湖南省、贵州省的6个县的定点扶贫任务。
- 对口帮扶青海祁连县。
- 派驻12名挂职干部，其中1名副市长，7名副县长，4位驻村第一书记。

开展“五矿特色”的扶贫模式

在花垣县打造并在其他县推广具有内生动力的、小而美的产业扶贫模式；开展“矿心”职业教育计划，第一批招收48名学生入学，开展职业教育+扶贫的工作模式；持续开展金融创新扶贫，“期货+保险”扶贫范围不断扩大，效果更加突出。

引入无偿帮扶资金**594.8万元**

购买定点扶贫县农产品**1330.6万元**

购买国家整个扶贫地区**1620.5万元**

定点扶贫县基层干部**496名**，技术人员**915名**。全年形成调研报告**57份**。

中国五矿集团有限公司

2019年中国建筑扶贫 定点帮扶康乐县、卓尼县、康县（提前摘帽）

对甘肃三县直接投入和引进帮扶资金**7640万元**

认购中央企业贫困地区产业投资基金**11亿元** 累计认购达**16亿元**

培训基层干部和培训技术人员**2312人**

购买和帮助销售贫困地区农产品**2639万元**

精准扶贫“中建模式”

“全生命周期”的产业扶贫模式

“打造示范项目+提升人文素养+加强旅游推介”。投入**7100余万元**打造**2个**产业示范园，带动**1976名**建档立卡贫困群众脱贫。康县旅游产业扶贫示范园整合当地古村资源，将一个深度贫困村申报成功国家**4A级**景区。

“全过程服务”的就业扶贫模式

“办学培训-专场招聘-特殊保障”。中建高级技能人才培训班“订单式”培养**82名**建档立卡贫困群众。举办**13场**招聘会，招录和劳务转输**329名**贫困群众。

“全方位保障”的教育扶贫模式

“既投资建校又选派师资、既传授知识又人文关怀、既送教进山又带娃出山”。动员**15.4万**职工教育扶贫捐款**1078万元**，开展助学活动惠及**4271名**贫困学子。组织**50名**乡村教师赴东莞接受教学培训，选派**9名**教师送学送教。

“全要素管理”的消费扶贫模式

打通“平台、品牌、渠道”的痛点堵点。建立2个电商平台，开设“中海优家”实体店，免费为甘肃三县**41家**龙头企业和**80个**合作社开设网店，上架商品**405种**。

“点对点引领”的党建扶贫模式

与甘肃三县**17个**贫困村党支部结对共建，党员干部捐款捐物**148.37万元**，帮助培训贫困村两委班子**604人**，培训农村创业致富带头人**454人**。

中国建筑集团有限公司

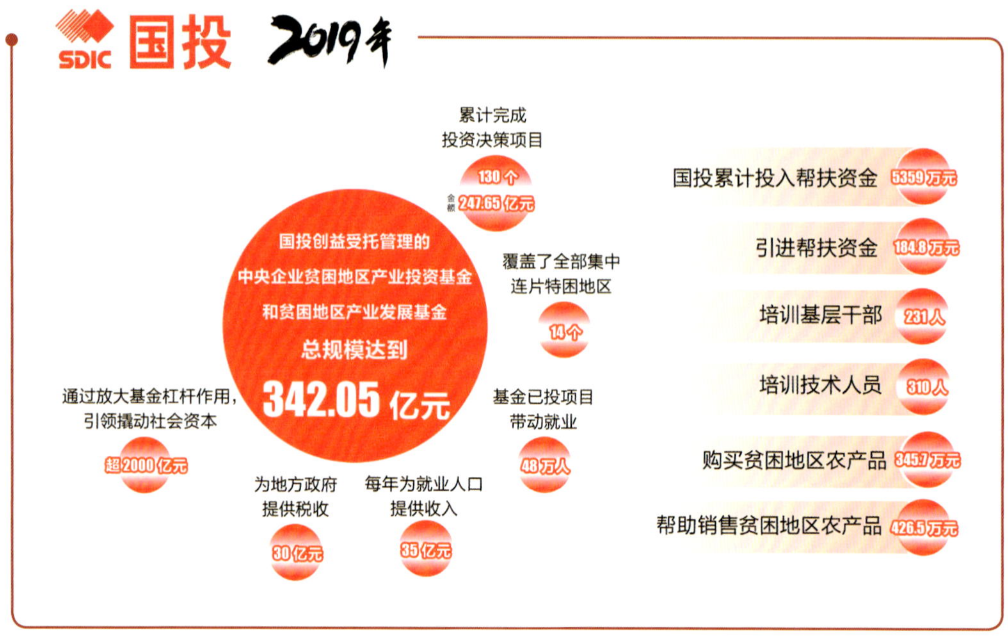

国家开发投资集团有限公司

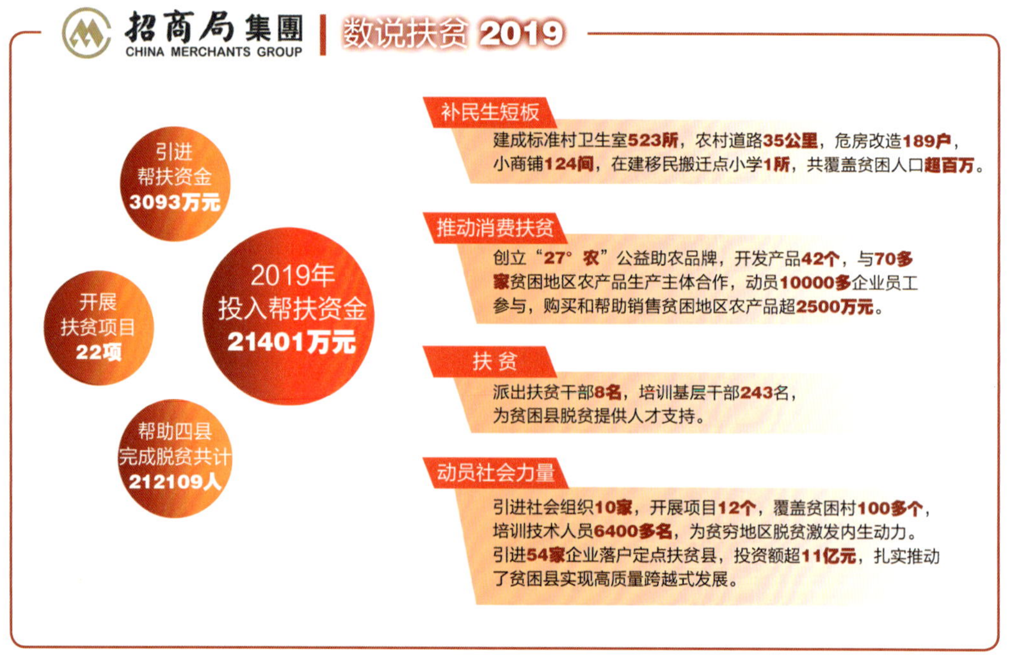

招商局集团有限公司

华润（集团）有限公司

中国旅游集团有限公司

中国节能环保集团有限公司

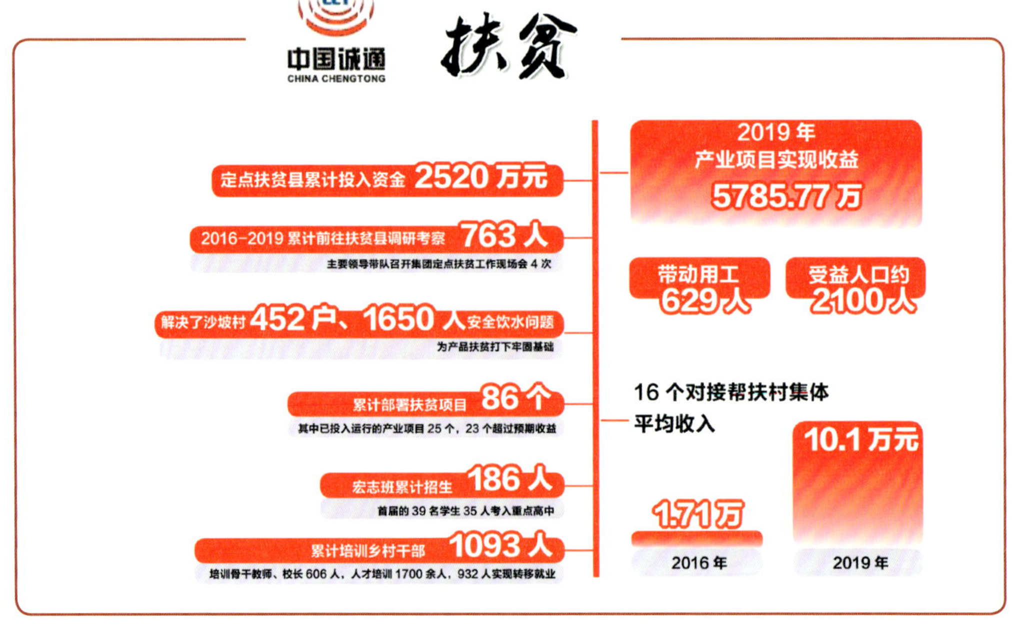

中国诚通控股集团有限公司

中国建材集团有限公司

中国铁路工程集团有限公司

中国交通建设集团有限公司

中国黄金集团有限公司